大漠鵬城

5

劍氣沖天

蕭瑟——著

目錄

第一章　海枯石爛

石砥中伸手接劍躍進陣中，他見七絕神君功力雖高，霸道無倫，但強勁中顯得柔軟無力，他知道七絕神君一生愛名，不肯就此退下。

他忙一振長劍，道：「神君，你且退下。」

「好！」七絕神君逼出一掌，道：「你要小心，這些死人不好鬥。」

石砥中低哼一聲，劍勢一挽，衣袍自內而外隆隆地鼓了起來，雙眉一緊，嘴間露出一絲冰冷的笑意。

他自進入幽靈騎士陣中，便感到一股絕大的劍氣自這些黑衣大漢劍中緩緩射出，恍如一塊千斤巨石重重地壓住他的心穴。

他已有上次的經驗，知道這些喪失本性的高手手段狠辣，但因為人所操縱，自己根本沒有任何反應，欲破除他們，唯有發出無比厲害的劍罡。

泊之中。

於是，他大喝一聲：「看劍！」

西門錡忙吹起銀哨，嘟嘟聲中，那些幽靈騎士忙不迭地往後散了開來。

石砥中鄙夷地一笑，運劍一轉，只聽兩聲慘哼，已有兩個幽靈騎士倒於血

西門熊氣得暴跳如雷，喝道：「你敢傷我幽靈騎士！」

石砥中運劍平胸，傲然道：「我還敢殺了你！」

西門熊怒火高熾，厲聲道：「小子，上次饒你不死，你倒吃了豹子膽了。」

西門錡這時一領長劍，道：「爹爹，殺了他。」

西門熊心中另有打算，搖搖頭道：「今日不是時候，等到時日到了，為父的自然會將他殺死。」

這個詭譎的老江湖自知體內真力不繼，難和石砥中硬拚，不覺起了去意，領著幽靈騎士往山下走去。

石砥中一眼瞥見羅盈和西門錡兩人站在一起，心中立時泛起無限慨嘆，他低聲一嘆道：「西門熊，你回來。」

西門熊回首怒道：「小子，你別自視太高，老夫可不是怕你才走，要打我們不妨找個地方好好比一下……。」

石砥中正待跨身施劍，七絕神君突地睜開眼睛，緩緩道：「砥中，放他

走吧！」

西門熊嘿嘿一聲長笑，身形躍起往山下電射而去。

西門錡走了兩步，見羅盈身形未動，依然癡癡地望著石砥中，不覺大怒道：「羅盈，你不走嗎？」

羅盈充耳不聞，眸子裡閃動著一種難以覺察的情意，深深地投落在石砥中的身上。

石砥中笑道：「羅姑娘，你好。」

羅盈全身一顫，柔弱的嬌軀一顫，眼中浮現淚光，幽怨地長嘆一聲，道：「你也好。」

她只能說出語意深長的短短幾個字，因為她覺得已沒有什麼話好說了，一道無形的隔閡，使得兩人的距離愈拉愈遠，漸漸有一種陌生人的感覺。

西門錡一拉羅盈的手臂，怒道：「你如果再敢和他說一句話，我就……。」

石砥中劍眉往上一軒，道：「你算什麼東西，在這裡耀武揚威？」

西門錡目中凶光浮現，但他卻不敢輕易發作，因為眼前高手無一是好惹的，自己只要一動怒，恐怕就不能活著離開崑崙。

他嘿嘿一笑，道：「石砥中，我們走著瞧。」

只見他身形在空中轉了一匝，捨下羅盈，唯有朝玉柱峰下躍去，他走得絕決異常，竟沒有回過一次頭。

羅盈淒然一笑，道：「石公子，我也要走了。」

石砥中眼中掠過一片黯然的神色，揮了揮手，道：「再會了！」

敢情他忽然想起羅盈和西門錡親暱在一起，善惡不分，內心裡突地對羅盈冷漠起來。

當然他不會知道羅盈和西門錡的關係不比尋常，兩人雖然沒有愛意，但羅盈已落入他的圈套之中了。

羅盈嘴唇動了一下，低低幽怨一嘆，掠了掠額前的一綹黑髮，舉起沉重的步子邁下山去。

石砥中望著她的背影暗暗地搖了搖頭，忖道：「她怎麼這樣孤獨？好像變了一個人似的……。」

七絕神君身形一抖而起，哈哈笑道：「砥中，你是不是看上她了？」

石砥中苦笑一下，道：「前輩不要開玩笑了。」

山下突地響起一聲長嘯，隨之看到兩條人影恍如天馬行空，疾馳而至。

只聽見一個嬌柔的聲音道：「爹爹，那些人好可怕呀！」

「那些人神智已失，只是一些傀儡而已！」

石砥中眼前一亮，一個熟悉無比的俏麗影子已出現在他的眼前。

頓時，他心頭一陣悸動……。

七絕神君驚呼道：「天龍大帝……。」

×　×　×

凜冽的寒風刮過，樹枝顫抖著，但卻抖不落樹上的積雪，那光禿禿的枝桿仍自苦苦掙扎著……。

東方萍那雙含著盈盈淚水的美眸，聚落在石砥中的身上，她癡癡地望著日思夜念的年輕人，一句話也說不出來，只是深深地注視他的臉龐……。

石砥中彷彿受到什麼震撼似的，身軀微微地抖顫了一下，那幽怨的目光，好似要看穿他的心……。

他發覺東方萍的眸子裡噙著晶瑩的淚珠，但她卻強自忍耐不使它掉落下來，那種強自遏止住自己感情奔放的痛苦，在她面容上表露出來……。

石砥中心中彷彿是被尖銳的鋼針戳了一下，他嘶啞地低低一笑，痛苦地吼道：「萍萍！」

東方萍渾身微微顫抖，原本略帶紅暈的雙靨，這時突然現出蒼白的顏色，她終究忍受不了心底隱藏的那股情感，兩顆瀠瑩的淚珠奪眶而出。

她顫嬌地道：「砥中！」

她張開了兩隻如蛇般的玉臂，朝石砥中的懷裡撲了過來。

這一刹那，石砥中恍如脫離了這個世界。

他只覺得一陣春風拂過，東方萍已投進他的懷抱……。

於是兩人緊緊地摟著，唯恐再分開。

兩顆心在這刹那，似乎又融成一顆了。

那隱藏的情感，好似洶湧的江水，無遏止地奔流著……。

「萍萍！」

「砥中！」

輕聲的呼喚，抒發兩人的銘骨相思。

所以兩人都不願再開口了，這時無聲的沉醉，遠比有聲的低訴還要纏綿感人，只是略帶幾絲淒涼。

緊緊地！緊緊地！兩人都忘了身在何處。

也不知道過了多少時間，兩人突然被一聲如雷的沉喝驚醒過來，只見東方剛鐵青著臉行來。

東方剛怒喝道：「萍萍！」

東方萍的身軀泛起一陣劇烈的驚顫，她恍如看見一隻惡猛的老虎向她撲來，她閃移躲避。

她依戀不捨地自石砥中懷裡掙扎出來，滿面的淚痕掩去了臉上明朗的光輝，她驚顫地道：「爹爹！」

東方剛抓住她的滿頭長髮，恨恨地道：「賤丫頭，東方家的臉都給你丟盡了。」

東方萍痛得幾乎暈厥了過去，她嬌柔地一聲低沉的驚呼，身體搖搖晃晃往地上倒去。

東方剛輕輕地扶住她的身軀，狠狠地瞪了她一眼，只瞪得她花容失色……。

七絕神君突然大喝道：「東方剛，你敢再碰那小妞一下，柴倫必拚命和你再戰三百回合……。」

東方剛恨恨地道：「柴老鬼，這裡沒有你的事，最好讓得遠遠的。」

「咄！」七絕神君大怒道：「東方剛，你敢小覷本君……。」

他「君」字尚未說出，便身子一晃，欺進天龍大帝東方剛的身旁，探手一抓，直扣對方「肩井穴」。

東方剛見七絕神君說打就打，急忙間，他身形一挫，雙掌連環劈出，只見掌影層層湧出。

七絕神君冷笑一聲，足下輕輕一移，便自讓開那驚濤駭浪似的三掌，但他的衣袍卻被猛烈的掌風吹得嘩嘩作響，幾乎要破裂開來。

東方剛面容略略一變，他冷哼一聲，左手一轉，往七絕神君身前徐徐地推了一掌，霎時只見白色的氣柱自他掌心冒出。

七絕神君腳下一滑，如遇鬼魅般的退了十步之外，他喊道：「你也嘗嘗這個！」

只見他運起右臂一抖，手中的那個古琴忽然凌空掠起，空中立時傳來「錚」的一響……。

東方剛的身子只是微微一顫，已如影附形地跟隨而進，原式不變的往七絕神君胸前印過去。

斜陽下，七絕神君身形騰空，錚錚三響，右掌掄起一片掌影，現出一道道弧線，霎時便自避過東方剛襲來的掌勁。

東方剛哈哈一笑，道：「神君的『千山掌法』確屬一絕，只是……。」

他深吸一口氣，單掌一旋，瀟灑已極地揮出一掌。

七絕神君只覺微風颯然，突地一股窒人的雄厚力道壓上身來，他心中大驚，沉掌、吸氣，盡提丹田真力，平拍而出，掌心外吐，一股迴旋的氣勁劈出。

「砰！」

一聲巨響，七絕神君輕哼一聲，身子倏然而退，雙目怒睜，忙坐在地上調息起來。

東方剛冷冷地道：「承讓，閣下許多年來也只不過如此。」

七絕神君一聽大怒，自地上躍了起來，喝道：「你也進步不了多少，有種再接我一掌。」

他正要揮掌擊去，忽見東方剛身後的東方萍向他擺了擺手，七絕神君仰天一聲長笑，雙掌緩緩放了下來。

東方剛知道七絕神君脾氣暴烈如火，這時忽見他自動放下掌來，不禁十分詫異，他心裡忖道：「柴老兒，這幾年果然不錯，竟連火氣也練得小了不少，這與他當年那種剛烈的個性實在是差別太大了……。」

忖念未了，身形電快地往石砥中身前欺了過去。

東方萍正和石砥中相依偎在一起，一見爹爹捨下七絕神君欺身而來，她嚇得渾身一顫，眸中噙淚，身軀緩緩地向前迎去。

她淒苦地一笑，道：「爹爹！」

東方剛見東方萍那種傷心欲絕的樣子，心裡也是一酸，眼眶裡淚影一閃而逝，強自忍下自己老年的哀傷。

他的雙目凝聚在東方萍的臉上，只見她那略顯愁容的玉面上掛著條條淚痕，他不覺得想起了那逝去的妻子，臨終前不正也是這種令人心酸的模樣嗎？

眼前一幕幕前塵往事，歷歷如畫地浮現在這個悲傷的老人的腦海之中。

他恍似聽見遠在天國的老妻責備他的聲音，如夢如幻地在他耳際響了起來：「萍兒是我最鍾愛的女兒，你不是答應我要好好地照顧她嗎？怎麼今天這樣虐待她呢！」

「你我雖然陰陽相隔，但我卻時時陪伴在你的身邊，因為我愛你，但也更愛我們的女兒……剛剛你這樣做，我是會生氣的。」

東方剛望著天邊悠悠的浮雲，喃喃地道：「我是錯了，若萍請原諒我……。」

他深深地自責，身體都有些微微的顫抖，只見他目中隱含淚光，嘴中喃喃自語不知說些什麼？

一陣冷風吹來，使得東方剛的神智不由一清，他低低地長嘆一聲，慈愛地道：「萍萍，你過來！」

東方萍淒然道：「爹爹，你不能……。」

她不由得臉上流露出悲傷害怕的神色，蓮足輕輕移動，緩緩往東方剛的身前移去。

石砥中見東方剛臉上神情變化不定，誤以為他又要喝叱東方萍，心神一顫之下，身軀也跟著前進。

石砥中怒道：「你敢再碰她一下，我就對你無禮了！」

東方剛正要說出幾句安慰的話來使東方萍心情開朗些，忽聞石砥中這聲厲喝，不由又激起心中那一絲即將平息的怒火。

他低哼一聲，怒道：「這是老夫的事，你無權過問。」

石砥中也是年少氣盛，適才他看見東方剛那種對待東方萍的樣子，早已氣憤到了極點，這時更是不悅。

他冷冷地道：「不管是誰，只要他敢動東方萍一指，我便拚了性命不要，也要和他周旋到底。」

這句話是針對東方剛而發，只氣得東方剛髯髮倒立，雙目神光倏然一冷，而七絕神君卻樂得一聲大笑，更使東方剛難以下臺。

東方萍自然知道石砥中這話完全是一時的氣話，她知道爹爹一定會生氣，忙道：「爹，求你原諒他……。」說完又移轉身軀，朝石砥中幽怨地道：「砥中，你少說幾句吧。」

石砥中經不起她那種幽怨沁人心懷的目光逼視，看她那種處境為難的樣子，他心裡開始軟化了。

但他個性倔強，從不向任何人低頭示弱，雖然東方剛是東方萍的爹爹，他也不願因此顯示自己的懦弱，他冷哼一聲，便把頭轉了過去。

七絕神君向他一瞇眼，仰天笑道：「小子，真有你的！」

這句話聽在別人耳中也許沒有什麼，但聽在東方剛的耳裡，卻使他老臉無光，有些掛不住了。

東方剛怒喝道：「你哼什麼？」

他一曳袍角，身形如一道輕弧般往石砥中身前斜飛而落。

石砥中見他雙掌舒展，以為他要跟自己動手，忙低喝一聲，雙臂一展，似大鶴亮翅，身軀已隨風飛起，在空中身子一斜，如夜鳥翔飛，繞空轉了兩匝，而後如片落葉般飄退了開去。

他因身在崑崙，不願施出別派的武功，表示自己是崑崙的弟子。

靜立一旁的崑崙弟子這時都欣然笑了，他們眼見石砥中本領高強，不但擊退了幽靈大帝西門熊，還和天龍大帝互爭長短，這在崑崙來說，可謂百年來第一次出現這樣的弟子。

東方剛頷下白髯飛拂，嘿的一聲，雙手一揚，登時一片掌影掠起，空中呼呼風響裡，那劈落的兩隻肉掌「啪！」的一碰，左右分擊，兜起二道掌弧，直奔石砥中「太陽穴」打去，去勢疾若急矢，快若電閃。

石砥中一直在凝神靜氣，注視著對方，此刻一見對方雙手揮處，漫天灑起一片掌影，直往他頭上罩來，聲勢凌厲之極。

他右掌舒伸，斜指上空，看著掌影起處，左掌伸至胸前，「般若真力」已布滿全身，運至於雙掌之上。

他低喝一聲，掌影起處，呼呼風聲裡，直撞襲來的雙掌，右掌駢指如劍，一溜指風直點對方「三里穴」，招式凌厲無比。

東方剛似是微微一驚，沒有料到對方功力精進如斯，真有一瀉千里之勢，這分格外的驚奇使東方剛泛起無限的感觸，他記得自己年輕時也沒有這種驚人的神速進步。

他雙掌揮去有如風雷迸發，轟地一聲中，兩人身形同時一頓，石砥中終究功力尚差一籌，連連退了五、六步。

他面色青白，急促地喘著氣，臉上的汗水一滴滴的流下，從額頭到鼻尖，又從鼻尖流到嘴角，他劍眉緊蹙，星目朗朗放光，右掌緩緩地抬了起來。

東方剛也是胸前起伏不定，雙目如神，深深盯住石砥中身上，二掌斜分，靜靜地等著對方的掌勢發出。

兩人四眼相覷，但手上卻動也沒動，良久，攻出一招後便又分開，各自盯住對方，誰也沒動一動……。

但，他們兩人的雙足卻深深陷入冰雪之中，每行一步便有沙沙的聲音，踏出的腳掌，使得地上的積雪都化成了冰水，因此他們的足下愈陷愈深。

七絕神君臉上的神色隨著兩人的身子轉動，便苦苦思索破解下一招的式子，於是，他的目光始終不離兩人的身上，自兩人的身法中，他驟然悟出許多從未想到過的招式。

石砥中每攻出一招，便要連想下一招的攻勢，他想從空蕩的腦海裡，找出一絲線索來，以擊敗自認是自己最大對手的東方剛。

他喘著氣，仰首望著無盡無涯的蒼穹，右掌橫豎胸前，左手捻指斜放腰際，靜立不動。

東方剛雙目若星，卻也不敢輕易地攻出一招，只是望著石砥中那種出神的樣子，更是使他暗中吃驚。

突地——

「爹爹！」

一聲尖銳的叫聲，又重新劃破了寂寂的穹空。

石砥中驚奇地抬頭一看，頓時渾身一陣顫抖，他喃喃地道：「萍萍，我知道你急壞了，但是這是沒有辦法的事呀，你爹爹絲毫都不肯原諒我。」

這時東方萍的臉上一片焦急之容，嘴唇微微顫動著，胸前急驟地一起一伏喘動著，她望了石砥中一眼，幽怨地道：「石哥哥，你不要再和我爹爹打了……。」

但當她的視線略移一下，看到了東方剛那種不愉的樣子，頓時「哇！」的一聲哭出聲來，繼之飛撲至東方剛的身前，嚎啕大哭……。

她慘然叫道：「爹爹！」兩行淚珠頓時有若泉湧，流了出來。

石砥中此刻有如受到雷殛，他腦中變成一片空白，只見他茫然喃喃地道：「萍妹，你不要哭，我不和你爹爹動手。」

他的手在顫抖了……。

好半晌——

東方萍緩緩抬起頭來，她兩眼紅腫，滿臉都是淚痕，盯著石砥中那俊逸的身形，她的心裡一片紛亂，愛、恨……無數複雜的感情，在她脆弱的心房裡激蕩著。

她顫聲道：「砥中！」

沒有回答，只有冷風刮過樹林……。

石砥中只是深情地凝望著痛苦無比的東方萍，腦中混亂無緒，似是沒有聽到東方萍的呼喚。

東方萍見石砥中那種茫然的神色，頓時使她的心裡一陣絞痛，臉上肌肉抽動著，痛苦地迸出一句話：「砥中！您好……。」

她倏然一伸腰間，拔出那柄石砥中贈與她的綠猗寶劍，面色隨之變得黯然無光，她慘笑一聲，飛快地舉劍往自己喉間一勒！

石砥中大叫道：「萍妹，啊……。」

「萍萍！」這是東方剛驚呼的聲音……。

石砥中施出崑崙身法，他一飛身，躍到東方萍的身旁，電疾地奪過那柄精芒四射的短劍，摟住了她那向後倒去的身子。

而東方剛和七絕神君兩人身形一晃，同時飄了過來，兩人相視無語，臉上俱都流露出不自然的神色，尤其是東方剛臉色蒼白，目眶中已隱含著欲滴的淚水。

東方剛身子一動就要前去，七絕神君柴倫伸掌握住東方剛的手臂，輕聲道：「慢點，讓這兩個孩子多敘敘。」

東方剛苦笑道：「為了萍萍，老夫已忍受了許多痛苦……。」

七絕神君一瞪眼，道：「東方兄，你愛令嬡有如性命，本君早已洞察出來，但是你既然愛她，為什麼要阻擋她和砥中的來往呢？」

東方剛黯然一嘆道：「柴兄有所不知，石砥中雖然是人間罕見的佳材，但他打傷了劣子不算，又欺凌老夫的媳婦西門婕，東方一門至今從未被人這樣欺侮過……唉，老夫實在難以忍受這口氣。」

七絕神君低頭沉思了一會，道：「東方兄，為了兩個孩子的終身幸福，我們上一輩的人不能過分固執，你瞧，他們兩人不是很好的一對嗎？我們又何必過分苛求呢！」

說完，他一拉東方剛，退出丈外之處，只見倆人坐在雪地上，正在低聲談論事情。

石砥中摟住東方萍搖搖欲墜的身子，一眼瞥見她喉間被劍刃劃了一道傷口，鮮紅的血液汩汩流出，他痛苦地叫道：「萍萍，你為什麼要這樣呢？為什麼？」

東方萍眸中含淚，她苦笑道：「砥中，你為什麼一定要和我爹爹動手呢？我在左右為難之下，只有以死方能報答你跟爹爹對我的恩情。」

石砥中熱淚迸流，他啞聲道：「萍萍，你太傻了！」

他雙臂用力將她摟得更緊一點，想給她一點溫暖似的，又好似怕她的靈魂飛去。

東方萍此時面上一片蒼白，她先嚅動了一下嘴唇，才顫聲說道：「砥中，我愛你……。」

說完，她全身顫動了一下，頭低垂著，輕輕拭去眼淚，淒涼地低低幽怨的一嘆。

石砥中驟見她那種傷心欲絕的樣子，他的心恍似受到劍刺一般，他牙齒緊咬著嘴唇，鮮血自他的齒間流出，臉上兩滴淚珠仍然掛著，但他此時欲哭無淚，因為他的心早已碎成片片……。

他低啞地道：「萍萍，我更愛你……。」

東方萍一抬頭，道：「我們兩情相悅，為什麼不能結合？」

石砥中茫然道：「也許波折愈多的愛情，愈顯得偉大。」

東方萍精神一振，懷疑地道：「你對我倆的未來，是否曾想像過……。」

石砥中臉上露出一絲笑容，道：「幾乎是天天我都在想，憧憬那美麗的一天，期待著那一天的來臨。」

「它會來嗎？」

「我相信它一定會來，但要我們共同去奮鬥……。」

是的，沒有奮鬥的愛情相當於無花的果，雖然它長得又壯又大，卻沒有紅花綠葉的配襯，在它結果的歷程中，它會感到孤單而不真實。

石砥中右手輕輕地拂了拂她如雲的秀髮，凝視她的臉上，輕聲道：「萍萍，拿出勇氣來，我們要面對現實……。」

東方萍這時面上已有了紅暈，她似是受到莫大的鼓勵，有著無比的勇氣，她輕輕轉動身軀，艱難地站了起來。

她拉著石砥中的手，輕聲地道：「走，我們去跟爹爹說去，他一定會答應我們倆的……。」

愛是一切力量的泉源，東方萍經過愛的沐浴後，忘卻了身上的傷痕，只希望能達到兩人結合的願望，一步一步地向林外走去……。

正在這時，那林中傳來東方剛和七絕神君的爭執之聲，只聽到東方剛憤然叫道：「柴老鬼，你是存心給老夫難堪。」

七絕神君柴倫也不甘示弱，大吼道：「東方老兄，你不要以為天下的人都會怕你，我柴倫苦口婆心說得如何?還不是為了你那寶貝女兒。」

只見兩人面色鐵青，爭得面紅耳赤，倆人邊走邊吵，不多時已出到林外。

東方剛的頭搖得像搏浪鼓似的，吼道：「不答應，不答應，誰說我也不答應。」

七絕神君恨恨地道：「那是你的事，本君管不了這許多，只是本君奉勸你一句，做人不要太剛愎自負，天下沒有絕對的事情。」

東方剛一瞪眼，道：「我是實話實說，聽不聽是你的事。」

東方萍和石砥中一見兩人爭吵不休，頓時心中同時一冷，兩人只好停步不前，望著他們倆一言不語。

石砥中暗暗一嘆，道：「不要去了，你爹爹準不會答應!」

東方萍眸子睜得大大，道：「你怎麼知道?」

石砥中冷哼一聲道：「你爹爹剛愎自用，怎肯這樣屈身下就……我石砥中自傲一生，也不會向他乞憐賠錯。」

他目光中寒光一湧，面上立時罩上一層寒霜，東方萍陡見他那種煞人的形色，不由驚得花顫枝搖……。

她掩著嘴顫道：「你難道不能為我犧牲一點嗎？」

石砥中傲骨天生，傲然道：「不能，我石砥中決不向你爹爹低首認錯。」

他跨前一步，握著東方萍的手腕，道：「萍萍，原諒我，我的個性不容許我這麼做，這不是我的錯，只怪我的個性……。」

東方萍拂理額前的髮絲，道：「我太自私了，這是不能勉強的，我喜歡你那獨特又孤傲的個性，當我第一眼看見你時，我就已愛上了你。」

石砥中激動地緊緊握住她的皓腕，恍如天地間只有她能瞭解他，他彷彿找到了知音，緊緊抓住不放……。

驀地，東方剛厲叱一聲：「不准你碰她！」

東方萍驚悸地抬起頭來，急忙縮回了雙手，她看見爹爹目含血絲，好似要擇人而噬似的，她寒慄了……。

石砥中驟遭這聲厲喝，心中猶似刀剜劍剮似的，他痛苦地低嘆了一聲，茫然望著東方剛。

驀地，東方剛伸出一掌劈去，厲聲道：「小子，你永遠都得不到她，你死了這條心吧！」

石砥中正在咀嚼這頗堪耐人尋味而又使自己心酸的語聲，背後忽然一股奇厚的掌風推至，他疏神之下，一個身子直往山谷中墜去！

「砥中——」

東方萍淒慘的哭聲，傳進了每人的耳中，那慘痛的悲嗥恍如杜鵑泣血般，自空際飄散開來。

場中諸人的目光俱落在這個痛苦欲死的少女身上，漸漸地自他們目中泛起驚愕的神色！

只見東方萍頭上流瀉下來的烏絲，在這一剎那間突然變成白色，那銀白色的髮絲迎向陽光，射出雪白的銀華。

她一聲淒厲的長笑，張開了雙臂隨著笑聲往山下馳去，那披散的長髮絲絲飄散開來，隨著山風曳著髮影愈去愈遠。

東方剛悲亢地一笑，自驚駭中清醒過來，身形一弓，往東方萍的身後追去。

第二章　偷盜元陰

室內一燈如豆。昏黃的光焰不停地跳躍著，因而，室內的人影也在跳動……。

西門熊坐在一張石桌前，面色鐵青，獨自喝著悶酒。

他喝了一口酒，氣得舉掌拍在石桌上，哼道：「氣死我了，石砥中，石砥中……。」

「呀！」此時那房門忽然呀的一聲打了開來，只見西門錡滿臉惶然地走了進來。

他道：「爹爹，你是在生孩兒的氣嗎？」

西門熊微微一愣，旋即冷哼一聲，道：「我很生你的氣，不錯，你自從弄了那個女人來後，不但毀了爹爹的一切計劃，還破壞了我和東方剛的友誼。」

西門錡見西門熊氣成這個樣子，嚇得面色一變，他深知爹爹的習性，翻臉不認人。

西門錡急忙跪了下去，道：「爹爹，孩兒錯了，您原諒孩兒吧！」

西門熊面色稍緩，命西門錡站了起來，他手捻腮髯，沉思俄頃，道：「錡兒，爹爹的原定計劃是你娶了東方萍後，借重天龍谷的力量懾服天下。誰知你竟勾引羅盈那女娃兒，把一件好好的事情都毀壞無存，爹爹怎能不生氣！」

西門錡眼珠子一轉，道：「食色性也，連孔老夫子都免不了，何況孩兒正是血氣方剛的時候，那東方剛老匹夫處處和孩兒刁難，根本沒有誠意和我們結成親家。」

西門熊道：「這個爹爹自然知道，想那東方老兒也著實太氣人，只是爹爹在未得武林盟主之前，不宜和他反臉。」

西門錡一揚眉，道：「爹爹，我們幽靈騎士訓練已成，天下還有誰不服，東方剛雖然聲望極隆，那也奈何不了我們。」

西門熊低聲哼了一聲，道：「你懂什麼?幽靈騎士雖能天下無敵，但對東方剛卻毫無用處，他功力之高不下於爹爹。」

西門錡臉上湧現驚詫之色，道：「這麼說，連爹爹都不是東方剛的對手？」

「胡說！」西門熊怒氣地一吼，道：「爹爹的幽靈功天下無人能敵，東方剛的『三劍司命』雖為武林一絕，也只不過和『冥空降』不分上下。」

「幽靈功！」西門錡驚道：「爹爹。你已經練成了？」

西門熊陰沉地一笑，道：「現在爹爹還不願公諸武林，只要一登盟位，爹爹便要以『幽靈功』炫耀武林。」

語聲未落，他忽然身子一弓，碩大的身軀疾射而起，身在空中，大喝道：「窗外何人？」

西門熊大喝聲裡，已經飛身拔起數尺，從那半掩的窗口飛了出去。

× × ×

彎彎的眉月斜掛天空，湛清的光耀從枝葉隙縫裡透出來，照得地上通明如畫。

西門熊站在月光下，雙目朝四處略略一掃，面上忽然一冷，朝草叢之中行去。

「不要碰我！」

草叢之中，這時有一個黑影正在蠕動著。

那聲尖叫立刻使西門熊縮回了雙手。他已一眼看清躲在草叢裡的是個女人，不但是個女人，還是個非常漂亮的女人。

他眼光才飄及那黑影的臉上，心中陡然一震，那湧上臉上的煞氣，忽然一隱而退，他茫然自語道：「這不可能啊，這不是作夢吧！」

霎時，他的心湖裡起了漣漪，目光立時落在那少女的臉上。

她有一個非常好看的小嘴，紅潤鮮豔而兩邊微微向上翹，其中最令人引起遐思的，則是嘴角上有一顆「美人痣」，隨著她的小嘴微微翕動，盪漾出一種動人可愛的風韻……。

望向他那射來的迷惘視線，她一撇嘴，送出一朵美麗的笑靨。露出那晶盈潔白、有如編貝的玉齒，一拋首，她那披肩的髮絲落在胸前。

西門熊望著這個明媚佳人，激動地自語道：「她太像慧琴了，慧琴……。」

「爹爹，她是誰？」西門錡飛身便從窗口躍出。

西門熊說道：「沒事，沒事，你去睡吧！」

西門錡暗中嘀咕不已，他只好不甘願地離去了。

那女子畏縮地自草叢中站了起來，眸中含著畏懼的神色，姍姍然往外行去。

「姑娘！」西門熊自夢中清醒過來，他忙道：「夜中風涼，你還是進屋中歇歇吧！」

那女人回身薄笑，輕聲道：「你會收容一個無家可歸的女子嗎？」

西門熊自見這女子之後，眼中便迴盪著那已逝去二十多年的年輕妻子，這女子音容舉止幾乎無所不像他的妻子，故而他開始迷茫了，也開始心搖了。

他捋髯一笑，道：「只要姑娘不嫌棄，老夫會樂於幫助你的。」

那女子似是患有重病，擺動的身軀都有一點搖晃，她低喟一嘆，緩緩地跟著西門熊進入房中。

燈光照耀下，西門熊見這身分莫測的女子面上一片枯黃，帶著病容，兩道娥眉深鎖，顯然是有莫大的心事。

那女子低聲一笑，道：「我叫慧琴，你就叫我小名好了。」

西門熊驚得跳了起來，道：「什麼？你真的是慧琴……。」

那女子恍似故作驚詫的神色，嚇得連連倒退了三步，有些惑然不解地道：「你怎麼知道我的名字？真奇怪。」

但她心中卻暗暗冷笑，忖道：「西門熊，不管你有多厲害，你也想不到我是故意冒充你妻子的姿態出現，藉以引起你對我的注意，然後……。」

西門熊再也沒有想到天下真有這般巧合的事情發生在自己的身上，這女子不但酷似那逝去的妻子，竟連名字都是一樣，這怎能不使他異常吃驚呢？

他神色瞬息一變，道：「你太像她了。」

「我像誰？」

西門熊神色一整，笑道：「沒什麼，姑娘身上是否有病？」

那慧琴姑娘低聲長嘆，臉上立時籠罩一片慘然愁容，自長長的睫毛後，淌下了兩行淚珠，那種淒涼悲傷的神情，使這個江湖大魔頭都有些心酸。

她黯然一笑道：「我……唉！」

西門熊一愕，道：「你說吧，你長得酷似我一個逝去的故人，我一見你就好似真的見了她一樣，你有什麼困難儘管告訴我，只要能力所及，我是不會讓你失望的。」

慧琴悽然笑道：「大爺您真好，其實這也沒什麼，我從小得一種怪病，終年不能見太陽，一見太陽全身便發熱流汗。所以我日息夜醒，剛才不經意才走到你這裡。」

西門熊怔怔地道：「你為什麼不求醫療治呢？」

慧琴淒涼地笑道：「庸醫俗才，哪有真能治病之人，前年遇見一個茅山道士，他說天下只有找到練有陰功的人，才能根除身疾，否則不出三年必熱焚而死。」

她斜睨了西門熊一眼，重聲一嘆，又道：「江湖上雖然有不少奇人異士，但都挾技自秘，小女子治病心切，已走遍三山五嶽，唉！看來當真要死在怪病底下。」

她說得動聽之極，那臉上的表情，隨著她的語聲而轉變，搖著臻首，低淌眼淚。

西門熊只覺這女子就是死去妻子的化身，他發覺自己多年的憂鬱隨著這女子的出現，而覺得心靈又充實起來。

他雙眉一蹙，忖道：「這女子雖來路可疑，但當可打聽出來，看在亡妻的份上，我先救她一命，也許是妻子死後顯靈。讓我再一次親見芳顏。」

他面上浮現一片笑容，慈愛地道：「老夫膝下有一兒一女，他們正愁少個姊妹作伴，我就收你做義女好了。」

「義父！」

那慧琴倒真乖巧，竟自動跪了下去，西門熊哈哈一笑，忙扶她起來。

室外斜月冷照，稀星點點，淡淡的清輝從窗子映來，投至室內，映在西門熊身上，也映在慧琴的臉上。

× × ×

一張雕浮花紋的本床上，躺臥著一個羅衣半解的女子，雙目緊閉，似是在接受外來的一股力道，暗暗地吸收著。

在她身旁，西門熊此時正倒豎著身子，頭輕輕地昂了起來。

他雙手撐地，兩足盤曲豎立在空中，臉上漲得通紅，但從他的鼻孔裡，卻有兩條白色的氣體，緩緩地伸了出來，又很緩慢地縮了回來。

他身軀的四外散發一層薄霧，那氤氳的白色氣體，隨著他身子的轉動，漸漸地愈來愈濃……。

他忽然一聲大喝，身子倏然直立起來，張口噴出一口白氣，往慧琴的口裡吐去。

就在這時候，躺在床上的慧琴櫻口一張，深深地吸了一口氣，身子也隨著左右轉動了一下。

西門熊此時兩眼突睜，神光暴射，一聲輕喝中，隨見圍繞在他身軀四周的白霧如遇風似的，一齊朝靜臥床上的慧琴身上罩去。

一觸之下，白霧便已消失殆盡，霎時見到慧琴鼻中沁出一縷黑氣，緩緩而飄，轉眼便消失在空中。

西門熊在慧琴身上連拍七十二掌，掌掌拍向她的穴道，但他自己卻額前泛汗，喘息聲急驟而起，顯而易見他已替那少女打通了玄關八脈，只差任、督二穴了。

他長吸一口氣，忙盤膝坐於地下。

只見他這時盤膝而坐，兩手相合，瞑目垂首，安詳之極。

幾乎就在同時，慧琴忽然睜開了星眸，她輕輕地自床上坐了起來，理了理紊亂的秀髮。

她眸光一閃，臉色隨之一變，嘴角忽然露出一絲陰狠冷酷的微笑，望向西門熊。

她暗忖道：「我現在殺他易如反掌，只要輕輕一推，他便走火入魔——那樣豈不就少掉日後許多的麻煩。」

旋即另一個念頭又湧進了她的腦海裡，她緊咬著嘴唇，暗道：「我最主要的目的是要得到幽靈神功。現在他雖然把幽靈神功的真氣灌進了我的脈穴之中，而我卻無法利用幽靈功的真氣傷人，要學會幽靈功，只有設法奪取他體內的精髓。」

「自己既已會『移花接木』大法，何不試試此法的功效，設法把他體內的真力接引至自己身上，那自己豈不是等於練了幽靈功，陡增數十年的功力。」

她想到這裡，面上不由一陣飛紅。

思慮了一會又忖思道：「反正我已不想嫁人，自己雖然失了身子，卻能得到絕世神功……石砥中，這都是你一手造成的，我為了報仇，只有犧牲自己了……可恨的石砥中，我一定讓你瞧瞧我是怎樣的女人。」

她恨得銀牙一咬，玉掌輕輕一斜，屋內狂風頓起，擺在桌上的一盞孤燈立時熄滅。

室內漆黑如墨，風聲颯颯裡，窗櫺格格作響，砰的一聲，窗子關起來了，室中更黑了。

西門熊此時正在調息自己耗去的功力，鼻息中忽然聞到一股幽蘭的異香，他心神一陣搖晃，不自覺地睜開了眼睛。

「啊！」他只覺得自己觸到一個軟綿綿的身軀，人體光滑有如白脂膏玉似的，他心神一顫，那股幽香使他神智混淆，他不覺之中把投入懷中玉蛇般的身體緊緊地摟住。

於是，兩人的身子緊緊地纏在一起……。

慧琴星目微睜。面色冰冷異常，但她的身子卻開始擺動了，那兩片紅紅的嘴唇向西門熊的嘴上吻去。

她覺得他的鬍髯如針般地刺痛了她，但她卻忍受下來了，因為她的犧牲是急切的需要付出相等的代價。

黑夜中，兩人的身子搖顫著，肉體很快便密合在一起……。

慧琴的臉上沒一絲快樂的感覺，她只覺得痛苦異常，但她卻默默地忍受著身體上的痛苦，暗暗運起了新近拾到的那殘箋上的「移花接木大法」上的心法，於是她生理上有了變化，緊緊地收縮著……。

西門熊漸漸覺出不對了，他的神智也漸漸清醒過來，他發現有一股難以抗拒的力道深深吸吮著他身體裡的精髓，恍如要抽去他的骨髓一般，授生之門也可以成為致死之門……。

西門熊一瀉千里，竟然無法收住去勢。

他大驚之下急忙運起真力，手掌一按床面，身子倏然落下床來，疾快地尋找衣服穿上。

慧琴也隨著他坐起身來，急忙披上預先放好的衣衫，她毫不驚惶地穿戴好了，並拂理好蓬亂的髮絲。

「喀！」那盞小燈又亮了。

西門熊略整衣衫，面上露出一片鐵青之色，雙目神光散亂，怒喝道：「你到底是誰？」

慧琴望著床上那灘殷紅斑斑的血漬，心中有絲惆悵的悲傷，她雖然因愛生恨，產生了不正常的心理，但對自己失去最珍貴的東西，也難免神傷，落下兩滴淚水。

她緩緩地轉過了身子，冷然道：「你真想要知道我是誰嗎？」

西門熊暗暗調集全身真力，運轉一周天，貫集十二重樓，哪知全身真氣微若游絲，竟凝而不聚，再也無法將元神還原到泥丸穴，他心裡大駭之下，恨得牙關格格直響。

他怒吼一聲，道：「你盜我真陰，毀我道基，今夜若不說出個根由，老夫必把你碎屍萬段。」

慧琴冷冷地道：「你真力已至匱乏之地步，短時期內，你還不是我的對手。」她輕拂額前的那綹髮絲，低嘆道：「其實我也不想害你，但我為了修習幽靈功，也只好自甘墮落了。」

西門熊大驚道：「你……你是吸取我的幽靈真氣。」

慧琴毫不為意地輕哂一笑，道：「我連身子都給了你，換取一點幽靈真氣又算得了什麼，若我不會『移花接木』大法，我也不敢孤注一擲。」

西門熊心中一凜，暗想道：「怪不得適才陰陽相調時，有股深邃的吸引力自她下體傳來，原來這是『移花接木術』大法中的盜元取陰之法。」

他冷哼了一聲，道：「幽靈功天下一絕，我雖傾瀉如注，最後關頭卻也克制住了自己，幽靈真氣寒陰如冰，給予你少許，你若不會調陽輔陰，也會寒冷而死，這是你所想不到的吧！」

幽靈功寒冷如冰，修練者若不得其法，便會冰斃而死，傳聞此功天下寒陰，發時有若雪崩冰陷，周遭空氣都會結霜成冰，中者無不冰凍而死。

的命呢！」

慧琴咭咭一笑，道：「這不結了嗎？你能要了我的命，我又何嘗不能要你

說完，她纖手一撩，兩指之間已挾著一根細如牛毛的青色小針。

她望著針尖，道：「這針蘊有奇毒，專破道門罡氣功夫，在你欲仙欲死的時候，我暗中已戳了你脅下重穴一針，現在毒氣恐怕已擴散至體內了……唉，我倆一命換一命，你傳我幽靈心法，我解你身上奇毒，這在你不算是吃虧的事情。」

西門熊料不到此女毒辣如斯，心機之深猶較他為甚，他全身一顫，冷汗涔涔而落。

他默運真力暗暗勘察一遍，果然發現脅下隱隱生痛，若不留意，尚不易覺察出來。

西門熊怒喝一聲，道：「賤丫頭，你是找死！」

他雙手電快一合。身影一閃，當胸一掌往慧琴的身上擊去。

慧琴腳下一退，滑開二步，玉掌一橫，自側處橫掃而出。

她的雙掌掄起之際，風聲呼呼，吹得衣袂紛飛，氣流激起一個個的漩渦，朝西門熊擊來的雙掌砸去。

「砰！」一聲巨響，她的手腕一顫，虎口發熱，雙掌向後盪開，帶動著她

的身子也朝後退了開去，身勢去時甚疾，筆直撞在牆壁上。

轟然聲中，整個屋子一陣搖顫，灰塵自上紛紛瀉落下來，連桌子那盞油燈都倒翻地上，霎時熄滅了。

西門熊嘿嘿一聲冷笑，身形一個晃動，又挾著一聲異嘯，往慧琴的身上撲去。

慧琴一咬牙，揉身撲上，雙掌一揚，自上而下的往對方胸前拍了過去。

他倆身子方要接觸之際，一個如雷的暴喝在他們耳邊響起，隨即光影暴漲，一個黑影躍在他倆身前。

慧琴只見眼前幻出三把劍影，神妙無比地自脅下空門刺進，罩住自己「將臺」、「七坎」、「期門」三穴，劍尖來勢急躁，毒辣之至。

只聽一個聲音道：「爹，她是誰？」

慧琴見到來勢勁急，上身微縮，一吸氣之間，平空向後移開三寸，驀地一吐氣，左掌斜掃而出，指尖一張，直取對方咽喉，去勢如電。

頓時只見一個白影，飄忽如風，快捷似電地閃擊而去。

西門錡長劍才出，即見眼前白影飄忽，瀰空而來，指影如戟，斜彈而至。

他上身前傾，跨前半步，藉這個勢子，手中長劍改劃為掃，寒芒閃處，斜削而去！

「鏘！」長劍和掌風擊在一起，發出一聲龍吟似的振顫聲音，嗡嗡之聲歷久方逝。

三條人影一分，光芒頓斂，慧琴衣衫破碎，斜橫玉掌，面色蒼白地望著西門父子兩人，然後發出一聲裂帛似的大笑。

因為她能夠在兩個武林高手的夾攻下全身而退，這是她作夢也沒有想到的事，這足以使她欣喜無比，因為她的心血並沒有白費。

雖然她失去了身子，卻贏得了一身渾厚無比的內力，她感覺自己花去的代價並沒有白白付出去。

西門錡臉上露出駭人的神色，他沒想到自己一劍灑出，這個女人竟能夠輕易地避過，並能反攻自己一招。這是他深感困惑的地方。

當然，他還不知道他爹爹和此女已有不尋常的關係存在，而因一夕風流，使她的功力陡增快近十年。

他愣了一下，疑道：「爹爹，她到底是誰？」

西門熊臉色非常難堪，他極痛苦地道：「連爹爹都沒有摸出她的門路。」

慧琴冷哼了一聲，道：「如果我不告訴你們，你倆一輩子也休想知道。」

她話聲一完，眼前人影倏然而至。

西門熊冷漠地道：「你若不說出，今夜恐怕是離不開這裡了。」

慧琴從對方炯炯的目光裡，看出一絲奇異的情緒，她知道此刻對方的心情，因為西門熊對剛才那一幕情緣不曾忘懷。

她默默地望著西門熊，沒有作聲，她知道暫時的沉默能使對方對自己更具戒心，產生更大的恐懼。

當然，自己是無法和眼前這兩大高手相頡頏的。可是西門熊也不能不顧及自己的生命呀！

西門錡長劍一抖，耀起數個劍花，厲喝道：「你真要倔強到底嗎？」

慧琴冷然一笑，道：「我不會令你們失望的……。」

說完，斜舉纖手在臉上輕輕一揭，便露出柳眉、瑤鼻、櫻唇，雲鬟微散，額覆綠雲，正是何小媛的本來面目。

西門熊望著她手上的那張人皮面具，喝道：「你竟敢冒充我逝去的妻子，我很佩服你，但我卻想不通，你怎會知道我妻子的容貌形像呢？」

何小媛微微一笑，道：「這還不簡單，我追蹤你們已不止一日，前天偶而在你房中翻得一張繡織而成的少女畫軸，斷定是你妻子，後來我便花錢做了一張面罩，果然能騙過了你……。」她冷煞地一笑，又道：「西門熊，時間無多，你到底傳不傳給我？」

西門熊搔首怒道：「你在作夢。」

西門錡在旁邊聽得沒頭沒腦，暗中驚詫不已，他只覺得爹爹和何小媛兩者之間必有一層不易瞭解的關係存在。

他愣愣地道：「爹，什麼事？」

何小媛目光在他面上一溜，冷笑一聲，道：「你要我把你的醜事告訴令郎嗎？」

西門熊一聽大驚，尤其這種難以啟口的事情怎可讓自己的孩子知道，雖然這完全是何小媛一手造成的事實，可是別人卻不清楚其中的內幕，孩子是不會諒解的。

他雙臂伸展，握拳喝道：「錡兒，你出去！」

西門錡愣了一愣，道：「爹！你要我走？」

他見到爹爹面色非常難看，只好默默地退了出去。

何小媛望著西門錡逝去的身影，發出一陣得意的長笑，美眸中立時閃過一線光輝。

「唉！」西門熊發出一聲沉重的長嘆。

黑夜無燈的屋裡。更是一片漆黑，藉著微弱如豆的光華，只見屋中傳來低低的話聲，一個細細解說，一個傾耳細聽。

良久，只見一個婀娜的身影站起身來，道：「喏，這是解藥，謝謝你的幽靈心法。」

說完穿窗而去。

屋裡人雙目一閃，發出一聲嘿嘿冷笑，是得意？是驕傲？只有晚風才知道。

× × ×

山中無甲子，輕風逐飛雲。

淡淡的柔陽無力地掛在山頭上，正在掙扎著，冀圖將那熱情的光輝早一刻灑落在大地……。

但是儘管它漲紅了臉，仍然慢慢地朝山頭上爬來，滿天金色的雲彩，絢麗的光霞，已漸漸照遍了四野。

輕柔的晨風拂過樹梢，掠過山谷，飄拂在石砥中的臉上，他感覺一絲涼意，身子顫動了一下，他的意識逐漸清醒，但他的身軀卻動也沒動。

清晨的陽光刺得他睜開雙目，緩緩張開上下交合的眼皮，朝向四周的景物望去。

他突然覺得自己身子懸在空中，耳際呼呼風響，樹影、田野、塵土，都拋在身後遠遠地倒退著……。

一聲悲壯的馬嘶把他從惡夢中驚醒過來，他深深地吸了一口氣，緩緩抬起頭來，只見自己臥伏在汗血寶馬身上任憑牠馳騁。

漸漸的，他腦中有了記憶……。

前天，他清楚地記得自己被東方剛打落在深谷絕淵之中，他的身子像一片輕葉般往下沉墜。

他不知道自己為何會伏在汗血寶馬身上，當時他以為自己死了，哪知他的呼吸依然沒有停止。

突然，他眼前幻化出一個嬝嬝婷婷、渾身雪白、風姿綽約的少女儷影，愈來愈清晰，晃動在他的面前……。

但是，這白衣少女臉上浮現一片愁容，眼角上斜掛著兩行淚水……。

漸漸他發覺這少女好像是他熟悉的人，他又看見那少女手中捧著一束鮮花，冷漠地凝望著遠遠隆起的一塊墳土上，嘴唇翕動，他無法聽清楚她到底說些什麼？

他的靈魂像脫離了軀殼，緊緊追隨在那白衣少女的身後，輕輕地踏著綠色的茵草，慢慢挪移步子……。

白衣少女捧著鮮豔的花朵，走到墓前，輕輕插在墳上。

他看見她一朵一朵地插著，輕吻著墓上的青草，不時呼喚一個人的名字。

那顆顆滾落的淚珠，像珍珠似的，自她腮上斜滑而落，滴在衣襟上，落在墓土上，也落進他的心湖裡。

他的耳際恍如響起那少女的聲音！

「砥中，砥中，我又來陪你了……。」

他的眼眶裡噙著兩顆淚珠，他覺得自己的心正片片撕碎著，他的血在流淌……。

「呃！」

他痛苦地全身一顫，他發覺那少女是萍萍，她身著白色羅衫，披著孝衣，這一切的畫面閃過他的眼前。

於是，他大聲吼道：「萍萍！我沒有死。」

眼前的景象一閃而逝。他自夢中清醒過來。

石砥中抹拭眼角的淚水，輕輕拍了拍馬頭，腦中又繼續想著那無盡的心事。

他任由汗血寶馬奔馳，連他自己也不知道牠要把他馱往何處，只隨著牠顛簸的身子振動著。

突地，汗血寶馬一聲長嘶，戛然煞住了勢子。佇立地上動也不動，他驚詫地抬起了頭，眼神落在那一片高聳的樹林之後。

只見山林之後現出了一片畫棟雕樑、樓閣雲集的連亙巨屋。這巨屋依山而築，搭在半山腰上好似浮現在雲絮裡似的。

潺潺的流水聲自林後隱隱傳來，石砥中乏力的自馬上輕輕躍了下來，牽著寶馬一步一步往林中行去。

轉過這片樹林，他一眼瞥見遠遠出現一個清澈如鏡的碧綠青草湖，那陣潺潺的水聲便是從湖中飄送過來的。

寶馬一聲歡呼般的高亢長嘶，邁開四蹄往湖中躍去。

「嘩啦！」水花濺飛。好似銀浪翻濤，在金色的陽光下。顯得美麗至極，好似金珠耀舞似的。

石砥中望了望掩映在空中的屋宇，嘆道：「好一處美麗的地方！」

「你認為美嗎？」

輕輕的語聲好似雲絮般地低低響起，石砥中乍然聽見這悅耳的細語，心神不覺一震，使他的心弦繃得緊緊的，他循著話聲尋去……。

遠遠的，他看見一個身著玫瑰色羅衣的少女，坐在湖畔上，凝望著那漾動的湖水怔怔出神。

他無法看清楚這少女容貌，從身後看去，只見這少女身材婀娜多姿，雲髯微垂，隨著輕柔的清風，絲絲地飄散開來。

在滿湖綠色的相襯之下，她這一身玫瑰羅衣顯得更是醒目，有如一朵紅色的玫瑰，給人一種寧靜鮮豔的感覺。

她的肌膚如雪，素手有似寒玉，與那綢質的輕羅薄衫相較，紅中透白，益發顯得美麗動人。

石砥中見到這裡突然出現這樣一個美麗的少女，愣得呆了一會，急忙轉身將要離去。

那紅衣少女雙足落在湖水之中，撥動水面，濺起片片水花，濺在褲管上溼了一大塊，她望著漣漪圈圈的湖面，輕輕地道：「你既然來了，為什麼又要走呢？」

石砥中舉手一揖道：「姑娘貴姓？在下無意路過，打擾了姑娘的清幽。」

那紅衣少女輕輕一笑道：「你只不過是個過路人，又何必要知道我的名字呢！唉，你也是個笨人。」

石砥中一慌，囁嚅地道：「這……？」

那少女依然望著湖面，溫柔地道：「我說你笨，你還不服，你想想，一個少女的名字豈會輕易告訴一個陌生人？」

石砥中臉上一紅，道：「姑娘聖潔如蘭，在下倒是個俗人。」

那少女咯咯一笑，道：「你又說錯了，我身罩紅衣俗而鄙陋，哪會似蘭花那般的聖潔高貴呢？」

石砥中只覺這少女言詞犀利。從她的語聲中，他覺得這個少女並不是生長在快樂的環境裡，她似幽怨又孤寂，恍似得不到友情的滋潤……。

石砥中一時無語，只好暗自搖頭。

那湖中的寶馬在湖裡翻騰一陣，自水中冒出頭來，那少女看得此時，全身突然一陣驚顫，目光緊緊聚落在馬上。

石砥中朗朗一笑，道：「姑娘認為這匹馬好嗎？」

那少女忽然語氣一變，冷冷地道：「這匹馬是你的嗎？」

石砥中微微一愣，道：「是啊！」

「你不配！」

那少女驀一回頭，霎時愣住了，她的目光投落在石砥中臉上，再也收不回來，自她那幽怨的眸子裡，泛現出那激動的神采。

石砥中也是大感意外，驚奇地道：「原來是你！」

西門婕眼中泛淚，道：「你怎麼到海心山來了，是來看我嗎？」

石砥中暗吃一驚，道：「這是海心山，那上面必是幽靈宮了。」

他想不到自己誤打誤撞，硬是闖進幽靈宮。

西門婕面上流露出一絲歡喜而又恐懼的神色，她嘴唇翕動，不知道該說什麼才好！

朝朝暮暮她都想再見這第一個進入她心中男人的影子，哪知，當她面對石砥中的時候，她又沒有話好說了。

她目中含蘊著複雜的神色，顫聲道：「你好！」

石砥中凝望這個少女，心中有種惆悵若失的感覺，他思緒轉動，低聲道：「我很好，你也好吧！」

西門婕輕輕地低垂臻首，玩著衣角，垂下頭去。

「刷啦！」

自湖裡蘆草中傳來搖櫓擊水的聲音，西門婕聞聲，粉面神色一變，身軀直躍而起，惶然地道：「你快走吧，東方玉來了。」

石砥中鼻中透出重重的一聲冷哼，只見蘆葦分處，一葉小舟自水面上飛馳而來。

東方玉凝立船頭，雙手背負身後，仰首望著穹空，恍如沒有看見他倆似的，在他身後，一個頭戴斗笠的黑衣大漢，搖著雙漿，激得湖水濺起層層的波芒。

不多時，那葉扁舟馳至湖畔，東方玉一聲長笑，一曳袍角，那襲深藍長衫隨風飄起，只見他身形曼妙輕靈地躍將過來。

他冷冷一笑，怒道：「石砥中，你好大的膽子，竟敢到海心山生事。」

石砥中面上殺意湧現，他只冷冷一笑，恍如沒有聽見東方玉的話聲似的，只聽他嘬口一聲長嘯，湖中的汗血寶馬長嘯而來，紅影一閃，寶馬已偎立在他的身邊。

東方玉臉色一變，喝道：「我說的話，你聽見沒有？」

石砥中冷冷地道：「你沒有資格這樣對我說話。」

東方玉見西門婕和石砥中站在一起，一股醋火自胸中燃燒開來，他以為石砥中是來勾引他的愛人西門婕，頓時眉罩殺意，薄唇中迸出一聲冷哼。

他大喝一聲，怒道：「石砥中，你騙了我妹妹的全部感情，那還不算，還想來勾引我的婕妹，是嗎？」

西門婕急一轉身，道：「玉哥哥，你不要胡說。」

東方玉臉色鐵青，叱道：「我親眼看到你倆站在一起親熱的樣子，我還看不出來嗎？我東方玉的眼睛又沒有瞎！」

「你真混蛋！」

西門婕氣得鐵青著臉，銀牙一咬，迸出了幾個字。

東方玉被罵得一愣，神智不由一清，暗忖道：「看來我是不該說這樣的話來傷她的心，也許我是誤會了，」

石砥中冷然道：「有眼無珠的東西，你跟你爹一樣混蛋。」說罷，他身軀輕輕一轉，就欲上馬離去。

那紅馬歡鳴一聲，昂首搖尾，表示出親暱的樣子。

「石砥中，你給我滾過來！」東方玉雙拳一舒，目中泛著憤怒的烈焰，他一提足，已向石砥中立身處逼進。

石砥中漫不經意地一笑，道：「看樣子你是要逼我動手了。」

東方玉大喝一聲，雙掌一揚，掌心之中泛出一道潔白如玉的光芒，迎著刺目的陽光，璀璨醒目，恍似潔淨的白玉似的。

隨著這聲大喝，一股深邃如海的狂猛掌力，自東方玉的掌心之中綿源出來，直往石砥中身上湧來。

西門婕驚呼道：「白玉觀音手。」

石砥中見東方玉一出手便是天龍大帝的不世絕學「白玉觀音手」，他暗中冷哼了一聲，身子一側，挽臂斜挑了兩個掌花，斜迎上去！

「砰！」

東方玉只覺身子一震，斜斜歪歪的退了五、六步方始拿樁立穩，只震得他雙臂酸麻，有些抬不起來。

石砥中只是身子一陣搖晃，馬步竟是一浮，差點穩不住自己的身子。

石砥中大驚之下，忖道：「我身體裡的真力，竟無法把含蓄的掌力完全發出來，莫非我摔下五柱峰的時候就已受了內傷。」

東方玉見自己一掌擊出，便自對方身體傳來一股浩大的反震之力，他大驚之下，不由忖道：「這小子莫不是已練就金剛不壞之身！」

他騰身飛躍而起，雙掌一抖，運起一股內家真力，頭下足上斜射而下，距離石砥中頭上不及五尺的時候，驀一朗聲吐氣，斜劈而落。

石砥中驀覺眼前一片掌影，由上而下圈圈而來，將自己全身的去路俱皆封住。

他急忙中一運氣。飄然躍了開來，右掌急忙兜轉半弧，指尖刺到東方玉臂上的「臂孺穴」。

這一招快速異常，竟出乎東方玉的意料之外。

石砥中這一招變動得很快，嘶的一聲便已刺到對方的手臂，但是東方玉一驚之下，忽然手腕一繞，那分開的掌幕一收，筆直的一縷劍影，朝石砥中的眉心射去。

他這一式更快得有如飛電驚雷，來得毫無蹤跡可尋，的確是一流高手的手法，逼得石砥中招式尚未施滿，便要收招自保。

驀聽石砥中一聲大喝，叱道：「東方玉，你真是不知進退。」

只見他退了一步，雙手輕輕在空中劃起一道圓弧，帶起縷縷指風，圈圈成環，反罩在東方玉的身上。

西門婕驚呼道：「石公子，不要傷他。」

石砥中眼看自己的指力將戳在東方玉的「期門穴」上，忽聞這聲惶悚的急呼，只得將指力一偏，斜削過東方玉的袍衫上，撕碎一塊衣角下來。

東方玉臉上泛起青色，氣極而笑道：「想不到我東方玉竟要你手下留情。」

石砥中冷哼道：「若不是看在你妹妹的分上，這下準要了你的命。」

東方玉怒道：「混蛋，哪個要你看她的面子。」

「鏘！」

一道寒星射舞的冷煞劍氣脫鞘而起、東方玉手挽長劍，斜指在劍身輕輕一彈，一縷有若龍吟似的清越響聲隨風飄送開來。

「不要再打了，不要……！」

東方玉搖首道：「不行，他與我東方玉誓不兩立，我若不殺了他，等於我自毀了自己的生路。」

西門婕悽然道：「你不聽我的話……。」

東方玉見她眼內蘊含淚水，冀望地看著自己，他心裡不由一軟、嘆道：

「罷了，我不能再惹你生氣。」

「咻咻咻！」

一縷銀光似的一道閃電般挾著懾人心神的嘯聲，朝石砥中的身上射來，勢急勁猛，威勢好不嚇人。

石砥中抬頭一看，只見三支銀光爍亮的長箭，離自己身前不及三尺的地方，他大喝一聲，一掌當胸推出，那三支長箭瞬息被擊進塵埃之中。

他雙目圓睜，怒喝道：「什麼人敢這般偷襲在下？」

他驀一回頭，只見後面那片森林裡，並排立著十餘個身穿黑衣的大漢，每人腰懸長劍，目光全落在石砥中的身上。

西門婕粉面一變，叱道：「哪個叫你們發箭的，吳雄，你給我回答。」

自羅列的人群裡，走出一個黑髯白眉的清矍老人，他目光炯炯有神，兩個太陽穴高高鼓起，顯然此人有極高的內家修為。

吳雄恭聲道：「是奴才命他們發的。」

西門婕氣得全身一顫，道：「你好大的狗膽，竟敢乘我爹爹不在的時候，擅自主張亂施號令，根本沒把我放在眼裡。」

吳雄目光中閃過一絲畏懼之色，惶然道：「奴才該死，小姐請先息怒。」

他目光一掠凝立在旁的石砥中，閃過一絲怨毒之色，冷冷地問道：「這位少俠是何人？」

東方玉高聲道：「他是回天劍客石砥中。」

吳雄驚顫道：「回天劍客！」

他回身抽出身上的長劍，喝道：「給我拿下！」

周遭那些背劍黑衣大漢，各自抽出了身上懸掛的長劍，豎劍於胸，緩緩往石砥中立身處逼來。

石破中冷冷一笑，道：「你們這些人都該死了。」

只見他環掌交合，覷定四周湧來的人群，他臉上冷漠異常，雙目神光似戟，緊緊盯在吳雄的臉上。

西門婕身形晃動而來，大喝道：「哪個敢動他一指，我就出場讓他躺下……。」

吳雄神色一變道：「小姐，宮主有令，只要回天劍客路過海心山必要擒獲，否則老奴等都要殺頭示眾……。」

他臉上一動，嘿嘿地道：「萬一宮主回來知道這件事，說老奴放走賊人，我吳雄實在擔待不起。」

西門婕冷冷地道：「誰要你擔待，這裡我自然會跟爹爹說去。」

吳雄面上湧過一層恐懼之色，說：「我們死罪雖可免，活罪卻非受不可，宮主明令規定誰也不敢違背，今天老夫拚了命也要擒下石砥中。」

「啪！」

西門婕氣得通體一顫，撩起玉掌往吳雄的臉上擊了過去。

霎時，吳雄蒼老的臉上起了五道深深的指痕，他身子動也不敢動，面上依然浮著笑容道：「小姐，你打夠了嗎？」

西門婕看得一跺腳，轉身對石砥中道：「你快走吧！」

東方玉假裝沒有聽見，雙目望天，鼻子裡禁不住發出一聲冷哼，顯然他正憋了一肚子氣……。

石砥中冷冷一笑，牽著寶馬往林外走去，背後只聽吳雄傳來一聲大喝，道：「小姐，老夫放肆了！」

他一提袍角，朝前忽然躍起，身在空中，他已自大喝道：「速把來人截下，等候宮主發落！」

石砥中才行幾步，便見眼前四支長劍閃過，一縷劍光往自己身上射來，而背後這時也響起破空之聲，一縷金風往他脅下斜刺而來。

他驀一移步，左掌疾揮而出。一股剛猛無比的掌風掃出之後，他的身子彈空而起，躍飛至寶馬身上。

吳雄長劍一掄，大喝道：「哪裡走？」

他長嘯一聲，手中的長劍發出一溜寒風。往空中急射而去。

劍刃破空，閃起爍爍波光，「叮叮叮！」一連數響，正好和四面斜刺而來的數支長劍吻合在一起。

剎那之間，敵劍掉頭，急射而去。有似一面劍網，把石砥中和胯下的神駒通通罩在劍光裡面。

石砥中方待策馬躍去，便聽見空中傳來劍颯之聲，他抬頭一看，只見七八支長劍組合在一起，像是一面網子般罩在自己身上，來勢急如閃電，不待他有一絲閃避騰躍的機會。

他心中凜然，已沒有絲毫考慮的時間，左掌電疾地橫掃襲來的冷劍，右手疾拍馬腹。

那馬深通人意，絲毫沒有感到驚惶，牠長嘶一聲，身子弓彈起來，馱著石砥中往空中射去。

劍劃急掠，全數落空。

石砥中驚魂甫定，嘴角上立時泛出冷然笑意。他端坐馬上，驀一回身，對從身後撲來的那些追趕大漢，大喝道：「看！」

只見他右手一揚、五指箕張，自他指縫之中，五支金羽斜飛而去，朝著撲來的數人射擊。

五支金羽飛去，石砥中冷笑一聲，揮手之間，又是五支金羽射出！

那些幽靈宮的高手俱都大駭，望著漫空而來的金羽，揮掌劈去！

東方玉大喝道：「不能碰！」

「噹！」自幽靈谷裡傳來一聲悠揚的鐘聲，清越地散在空中，歷久不絕，嬝嬝的餘音迴盪在每人的耳際。

吳雄身中金羽，猶自大喝道：「宮主回來了！」

石砥中騰馬躍起，一閃而去，在他眼前出現一條黃濛濛的滾沙，散逸在空中。

一排騎影清晰地出現他的眼前，阻住了寶馬的去路。

第三章 幽靈血女

空山寂寂，白雲悠悠……。

輕柔的山風自溪谷裡吟著清嘯而來，輕輕地拂過枝頭上，抖落枯黃的林葉，片片落下……。

「噹！」悠揚的鐘聲，清越地散逸在空中。

絲絲的餘音迴盪在每一個人的耳際，於是大家齊都往大道上望去。

吳雄呻吟一聲，強忍著身上的痛苦，大喝道：「宮主回來了！」

自那鐘聲從幽靈宮裡響起來之後，一旁的西門婕粉面上立時變了色，臉上露出一種惶悚又驚悸的神色。

她急忙躍至石砥中的身前，喝道：「砥中，你快走！」

東方玉目睹自己未過門的妻子西門婕這種關懷石砥中之情景，心裡頓時怒火中燒，目中泛現出怨憤的凶光。

由這一剎那起，東方玉突然感到有一絲莫名的空虛襲上心頭，多年來刻骨相愛的情意，在這短暫的時間裡突地化為烏有，他的心漸漸動搖了……。

他覺得自己所付出的愛情並沒有換得西門婕坦誠相愛的心，因為當石砥中出現之時，他的愛情便有如流水般滾滾而去，留下的只是一顆空虛而惆悵的心。

不穩固的愛情好似一片浮萍似的，遇到一點濁浪便會搖擺而去，表面上，東方玉和西門婕由於日久相處而兩心相悅，其實西門婕雖然對東方玉已經動了感情，可是在她內心深處又何曾忘過石砥中呢？

積鬱於心中的恨意自東方玉的心裡燃燒起來，所以他的雙眉濃濃地聚在一起，也愈來愈難看，而他的手也微微顫抖著，因為他想要追回那一些失落的愛情。

於是，他的鼻子裡發出一聲重重的冷哼，只是場中群雄全都把精神傾注在石砥中的身上，沒有人注意到東方玉此時的神情。

他挾著一顆怨恨的心偷偷地走了，連對西門婕都沒說一聲，只是深深地回首望了她一眼……。

石砥中驟見西門婕那種焦急而又關懷的神情，心裡頓時往下一沉，他深深地長吸一口氣，道：「謝謝你的關懷，我不會忘記你的……。」

說著一拉馬韁，汗血寶馬長嘶一聲，倏地四蹄躍了起來，只見紅影一閃，已馳出數丈之外了。

西門婕驟聞石砥中臨去的話語，心神有如觸到電流似的一顫，她木然地佇立在地上，咀嚼著這意味深長的幾個字！

她望著石砥中逝去的身影，喃喃自語道：「『謝謝你的關懷』，這是多麼陌生的語氣，我不會忘記你，這又是多麼深濃的情懷……啊，我們的距離太遠了，讓我的心屬於你吧，而我的心也早已給了你。」

內心感情的泛濫促使她激動地說了出來，殊不知這些真情流露的細語，讓場中幽靈宮的人全聽了進去。

所有的目光集聚在她的身上，她羞澀地低下頭，雙頰豔紅如火，急急地往前走去。

突然一聲大喝，使她驚悸地抬起頭來，只見前頭黃土滾滾，一列騎影橫在石砥中的身前，阻斷了去路。

粉面變色，她的身形急忙掠了過去。

石砥中眼前出現了一條黃濛濛的滾霧，由遠而近，黃沙漫天中，他已看見西門熊一馬當先疾馳而來。

他迅快地一勒馬韁，汗血寶馬霎時釘立在地上。

「嘿！」西門熊領著二十門騎風馳電掣地飛奔過來，他一見石砥中橫馬而立，嘴裡頓時發出一聲低沉的冷笑。

他目中凶光一閃，嘿嘿笑道：「嘿……石砥中，你倒敢上海心山來。」

石砥中冷冷地道：「海心山又不是龍潭虎穴，我為什麼不敢來？」

西門熊臉色微微一變，怒笑道：「海心山雖非銅牆鐵壁，但也不亞於龍潭虎穴，你既敢來這裡生事，顯然是沒把老夫放在眼中。」

他濃眉一揚，道：「老夫正愁找不著你，想不到你竟先來了，嘿……今天趁這機會，如不毀了你，也太沒天理了。」

說完，右掌往外兜了一圈，斜斜地劈出一道掌風，勢疾勁猛，氣勁旋激地湧向石砥中的身上。

這一掌來得迅速異常，宛如羚羊掛角，毫無蹤跡可尋，圈圈的掌風有如波浪層疊，端是威烈異常。

石砥中先前真力已耗損不少，驟見這一掌擊來，暗中調勻一下真力，冷哼一聲，連人帶馬躍將起來。

他身在空中，突然朗氣吐聲，一股剛猛無比的內家真力，反手往下拍了過去，澎湃的掌力斜擊而落。

「砰！」一聲震天巨響。

西門熊身子一晃，那座下的健騎，蹬蹬蹬地連退了五、六步，每退一步，那匹馬的腿踝便深陷泥中五、六寸有餘，等到馬勢一穩，牠已四足跪倒在地上。

紅影一閃，石砥中仍傲然端坐在汗血寶馬身上，身子也只不過略略一晃而已。

西門熊漲紅了臉，自馬背上躍了起來。

他臉上變幻不定，腦中電光火石地浮現了一個念頭，忖道：「這小子功力之深，幾乎凌駕老夫之上，今天如不趁此機會把他除掉，將來江湖上豈不變成他的天下……。」

一念至此，凶念陡生，只見他嘿嘿一笑，道：「當世之中，只有你堪與老夫匹敵。」

石砥中仰聲大笑，道：「江湖上誰不知幽靈大帝詭譎百出，陰險絕倫，你能把我列入你的敵手，對我來說該是件榮幸的事。」

西門熊道：「我不但把你看成是我的勁敵，還把你列為當世三大高手之中，所以說，老夫若不趁著這個時候毀了你，以後恐怕沒有機會了。」

石砥中道：「你有自知之明，我若不死，你便有如芒刺在背，終日寢食難安，所以你必須要除去我方能洩心頭之恨，西門熊，我很瞭解你。」

西門熊撫掌大笑，道：「痛快！想不到生我者父母，知我者卻是你，但是不論如何，你已落入老夫之算中……。」

石砥中聞言道：「你心計太深，終會不得好死，石砥中是個鐵錚錚的漢子，要有一口正氣存在，何畏你那些鬼魅伎倆。」

這種豪語，這種口氣，立時氣得西門熊滿頭髮絲根根豎了起來，他身形一動，目中立時閃過一絲狠毒之色。

他猙獰地道：「這只怪你是我的敵人，怨不得老夫了。」

說著，自懷裡掏出一個銀色短笛緩緩地吹了起來，這笛聲二長一短，霎時傳遍了整個山林，盪了開去。

× × ×

絲絲縷縷的笛聲有如翠竹之音，十分的悅耳動聽。

笛音一落，自斜倚半山腰中的幽靈宮裡也回應了同樣的笛聲，不多時，便有一隊人馬從山腰裡緩緩而來。

這一隊人看上去是一片粉紅之色，遠遠望來，好似一道紅色的彩虹，端是美麗耀目，奇豔至極。

漸漸行近了，原來是一列十二個妙齡的少女，她們全都穿著粉紅色的衣衫，薄得有如蟬翼似的，在那薄衫之內，隱隱妙相畢露，修長的玉腿粉白如林、使人眼花繚亂，難以抑制住心頭那種莫名的衝動。

但是，這些少女臉上的表情全是冷漠至極，冰冷的有如一塊涼冰。連一絲感情都沒有，更怪的是，她們皆是星眸緊閉，睫毛都是垂搭在眼簾上，一絲都不動。

四周幽靈宮裡的高手，驟見這些紅衣少女出現在他們的眼前，恍如遇見了鬼魅似的，紛紛退避開來。可是他們的目光卻直挺挺地逼視在那些少女身上，貪戀地捨不得離開，一種既畏又貪的神色自他們臉上湧現出來。

石砥中嘴裡只是冷冷地一哼，目光掃過那些少女身上，僅僅輕輕一掠便移了開去，他滿臉不屑的浮現出一絲嘲諷的笑意。

「爹爹！」西門婕喘息地奔了過來，惶恐地走上前去。

西門熊平時雖然陰鷙毒辣，可是獨對西門婕是出自於真心的疼愛，他一見愛女奔了過來，臉上凶狠之色立時褪去，變得十分溫和的樣子，態度與剛才判若兩人。

他捋鬚哈哈一笑，道：「婕兒，你幾天不見，怎麼瘦了！」

「爹！」西門婕不自然地道：「你真要用十二幽靈血女對付他？」

他——自然指的是石砥中，在西門熊面前，她還是不敢直接地稱呼石砥中，僅是一個「他」便代表了一切。

西門熊輕輕拍著她的肩膀，道：「好女兒，爹爹知道你要說什麼了，不要再多作解釋，十二幽靈血女出現，你應該高興才對呀！因為那正是爹爹榮登天下盟主寶座的開始。」

西門婕淚光盈目，悽然道：「我不知道為什麼，我總覺得爹爹有些地方太過分了，女兒始終不明白，你訓練這些人做什麼？」

西門熊把眼一瞪，道：「天下只知道我有幽靈騎士，而不知道我還有幽靈血女，今天適逢石砥中這麼一個高手，爹爹怎能不拿來試試……。」

西門婕搖搖頭，道：「這總不是正大光明的手段，爹爹，你千萬不能做這樣的事情，我們不能背上這樣不義的惡名。」

石砥中目光過處，見西門婕一臉悽楚又堪憐的樣子，以一種哀求的眼色乞求她的父親，他的心頓時往下一沉，腦海裡電忖道：「唉，她處處都維護我，可惜我無法把感情分得一絲一毫給她，以前我就覺得她有一種與眾不同的氣質，果然比西門熊父子的為人要強上幾十倍。」

他深深地望了西門婕一眼，這一眼卻被那靜立在人群中的西門錡看見了，他怒氣衝衝地躍了出來。

西門錡目現凶光，喝道：「妹妹，你回去，這兒沒有你的事。」

西門婕氣得全身抖顫，白了她哥哥一眼，道：「我的事不要你管。」

她一向被嬌寵慣了，平時除了爹爹的話誰都不聽，連西門錡都得讓她三分，這一發怒，杏目含威，粉面上氣得通紅，肩上髮絲立時飄散開來。

西門錡當著眾人面前，遭受妹妹的喝叱，不覺有些尷尬。

他羞怒之下，氣極仰天大笑，指著西門婕道：「好，你這個吃裡扒外的賤貨，誰不知你暗戀著石砥中，不要臉的東西，西門一家的臉全給你丟盡了……。」

他一時氣憤，口不擇言，話甫離嘴，驟覺說得十分難聽，可是這時騎虎難下，只得大聲地說了下去。

西門婕臉色蒼白，顫聲叱道：「想不到你今天會說出這種話，我不要臉，我愛石砥中。不錯！他確實值得我愛，至少他比你要值得人愛。」

她這時氣憤達至極點，連自己也都不知道說些什麼話，等她把話說完了，眼淚再也控制不住，自眼眶外直湧，顆顆滾落了下來。

簌簌滴落的淚水，有如斷線的風箏，使得胸前衣襟都沾溼了大片，那種傷痛欲絕的樣子，真是十分動人心懷。

西門熊見他們兄妹間鬧得太不像話，使他的臉再也掛不住了，他氣得臉色鐵青，竟然罵出聲來：「混蛋！」

西門熊怒形於色地罵道：「這是什麼時候，你們還要爭吵？我養育你們這麼大，不但沒有為我爭一口氣，反而處處使我丟臉。」

西門錡見爹爹生氣了，悻悻地退向了一邊，但他卻十分不服地抗辯，道：「妹妹太可惡了，這怎能怪我！」

羅盈自他身後拉了一把，給他施一個眼色，西門錡把她的玉掌輕輕一甩，使得她幾乎栽倒了下去。

羅盈睜大了眼睛，面色顯得蒼白，那雙深邃似海的眸子裡，陡然湧現一片淚光，一股莫名的淒涼泛現心頭。

她望了望那傲然而立的石砥中，心底再也無法抑制住那波濤翻湧的情懷，她幽怨又企求地望向石砥中。可是石砥中恍如沒有瞧見她似的，極目眺望，對這裡發生的事情置若未聞，使她欲說的話又咽回了腹中。

這個倔強而又剛毅的女孩子，含著淚水低下頭去，萬端的痛苦使得她整個心都碎了，片片的炸裂開來。

西門婕自群雄手中搶過一柄長劍，大聲叫道：「真可惡，哥哥，我們兄妹的感情從此了斷，從今以後，你的事我不管，我的事你也不准過問。」

說著，揮起手中的三尺銳劍，斜斜的在自己衣角上劃了一劍，削下一塊衣角來，顯得她內心堅決異常。

群雄同時發出一聲驚呼，西門婕臉色蒼白，當她削斷衣角之後，她不禁有了懊悔之意。

西門熊氣得大喝一聲，怒道：「好東西，我還沒死，你們兩人就反目無情，好！好！好！你們既然不顧手足之情．我還顧什麼父子之情？你們兩人通通給我滾。」

西門錡和西門婕都嚇得不敢出聲，同聲叫道：「爹爹！」噙著晶瑩的淚光。

他揮揮手，低啞道：「你們都別說了，爹爹算白養育了你倆。」

「爹，女兒錯了……。」

西門熊裝做沒有聽見，抬眼朝石砥中望去，只見石砥中嘴角含著不太明朗的笑意。

諷諷、嘲弄、卑視……種種念頭在西門熊的心裡轉動，他覺得這個臉丟大了。

他臉上漸漸變得鐵青色，眉端的殺意愈來愈濃了，「家醜不可外揚」，他欲保名譽，那股殺掉石砥中的意念更加堅決了，他全身的怒火都要在這個年輕人的身上宣洩出來，不管用任何手段。

西門熊長笑一聲，道：「石砥中，莽莽神州屬你最惡，你不但弄得江湖上處處因你不安，還幾乎拆散了我們美滿的家庭，由此可見你的為人……。」

「吁！」石砥中長吁一口氣，笑道：「你要殺我何必找這麼多的理由？乾脆直接動手算了，石砥中光明磊落，自問於心無愧。」

「嘿！」西門熊朝前大跨一步，低喝一聲，道：「老夫今日若容你走了，也枉為幽靈大帝了。」

只見他手掌一揮，嘴裡發出一種怪異難懂的聲音，那十二個凝立的紅衣少女，立時湧了過來。

她們身著薄紗有如蟬翼，身形輕擺漫步，卻快若捷風地圍將而來，恍如一道粉紅色的濃霧，把石砥中困了起來。

石砥中端坐在汗血寶馬上，對這些低垂雙目、身形怪異的少女視若未睹，只是冷漠地含著淡淡的笑意。

西門熊抬頭一掃，道：「催魂鼓何在？」

群雄霎時散了開來，只見自人群中走出兩個枯瘦如竹的漢子，抬著一面銅鼓放在西門熊的腳前。

西門熊抓起了那兩支前圓後尖的鼓捶，仰天哈哈大笑。

石砥中臉色漸漸凝重了，他冷冷喝道：「西門熊，你拿這些死人餵我雙掌，不怕有辱你的人格嗎？」

西門熊道：「你雖然見過我的幽靈騎士，卻沒見過真正的幽靈豔女，這些美麗的少女，對你石砥中來說該是一種享受。」

「呸！」石砥中嘲笑道：「我原還尊你是一派宗主，想不到你是這般的下流，竟訓練一些沒有知覺的死人來嚇唬我，你也不想想我石砥中什麼陣仗沒有見過，還會怕你西門熊這點小玩意。」

「咚！」

一聲震懾心神的銅鼓響聲，直敲進了每一個人的心底，他們通通覺得一顆跳動的心幾欲奪腔躍出，四下的群雄紛紛向外逃了開去，躲得遠遠的。

這當中只有幾個人沒有走，一個是羅盈，她關注的眸子茫然望著那些幽靈血女，她不知自己為什麼不走，只知道自己的心已牽繫在石砥中身上，他的生死恍如就是自己的生死……。

她茫然瞪視著場中，連西門錡何時靠近了她的身邊都不知道，可是耳際卻隱隱地聽到西門錡那種令人厭惡的笑聲，那是驕傲得意的冷笑，卻刺得她心裡冰冷，顯然西門錡已經預先知道這最後的結果了。

傍立一邊的西門婕卻沒有羅盈這樣鎮定，她的臉色時青時白，在一瞬間就有幾個不同的變化。

那是焦急又惶悚的表現，她的心整個都被鼓聲擊碎了，全身也開始搖顫，並泛起了微微的抽搐，掌心也沁出了汗水。

沉重又驚巨的鼓聲響後，場中的紅衣少女身子突然轉動起來，她們緩緩而動，有若出閣的少女。

而在這時，她們本來低垂的眼簾，忽然翻了上去，可是那雙雙眸子雖然明澈清亮，卻十分地呆滯……。

石砥中這時可不敢大意，急忙自馬背上翻下身來，他全身真力急快地運行了一匝，雙掌當胸平伸開去。

汗血寶馬的確是不世名駒，牠似是知道此刻凶險萬分，靜靜地凝立在石砥中身後，雙目卻盯著石砥中背後那些遊走不定的少女身上。

重重的鼓聲又再次響了起來，石砥中這次卻感到不輕鬆了，不但是那些少女圍繞的圈子愈來愈小，而且那低沉又凝重的鼓聲直似敲碎了他的腦袋，使得他的頭突然嗡了一聲，幾乎栽倒地上，差點震暈過去。

他不但要抗拒那沉猛的鼓聲，還要凝神專志地應付那些少女的進襲，他漸漸覺得有一股無形的壓力逼視著他。

而此時他的眼睛被那些足以撩人心志的紅衫影子刺激得有些忍受不了，雙目隨著眼前的人影而轉動。

「咚！」

這下鼓聲輕得異乎尋常的小聲，但卻十分的有力量，石砥中只覺心頭一緊，前方突然一掌拂來！

這一掌來得悄無聲息而又奇怪異常，他心中陡地一震，急忙一晃身形，陡然一掌推了過去。

無比澎湃的掌風洶湧地推了過去，然而那些少女居然不畏任何的強勁掌力，掌風過後，她們全都安然無傷。

更怪的是，石砥中眼前的掌影並沒有抽了回去，忽而又多出來幾道掌影，掌掌襲向他的全身要穴上。

他心裡大懼，竟想不通這是什麼道理，一時之間，哪有思考的餘地，急迫間連拍出六掌之多。

漸漸地他煩躁起來，那層出不窮的掌影就好似十二個少女同時發出一般，每一掌都是來得那麼玄奧。

石砥中自己也不知到底發出了多少掌，只累得他汗水淋漓，始終沒有傷到這十二幽靈血女的分毫。

西門熊抓著鼓捶哈哈大笑，道：「哈……石砥中，饒你有通天之能也逃不過本大帝的幽靈血女的幻境，僅憑這點，你已不足為懼了。」

羅盈傻了，西門婕也迷惑了，連西門錡都摸不透這是什麼道理，因為在他們眼前出現了一個奇怪的情景。

在場外看去，那十二個幽靈血女只不過是身形轉動而已，根本沒有一個曾揮掌掄腿，為何場內的石砥中卻恍如遇到勁敵似的，拚命地擊出雙掌。

這種從未有過的新奇拚鬥，使三個人心裡納悶異常。

西門錡奇詫地道：「爹，這是怎麼一回事？」

西門熊更得意了，他高舉鼓捶、笑道：「可笑石砥中還真以為她們是些幽靈，殊不知她們是活生生的人。爹爹知道他必然上當，先使他心裡存有戒意，再命她們施出迷神大法，眼下石砥中眼神已亂，根本不知自己存於幻覺之中。她們身著紗衫正有刺激眼睛神經之用，使他惑於神智，尚以為自己正和敵人搏鬥中。」

西門錡似是懂了，嗯了一聲，道：「那擊鼓又是什麼意思呢？」

西門熊一捶敲了下去，咚然一聲之後，道：「這鼓聲倒是一點不假，確有震懾心弦、奪人魂魄之功。像石砥中這種人，若不擊重鼓使他分了神，哪能會如此輕易上當，爹爹擊鼓正是要使他心要二用，一面抗拒鼓力，一面在疏神之下產生幻覺，不然怎能整得了他……。」

西門錡心中大喜，跟著西門熊哈哈大笑起來。

羅盈聽得心頭驚顫起來，一時急得眼淚直淌，頓時沒有了主意，無助地望向西門婕，卻說不出一句話來。

西門婕向羅盈身邊移過來，冷冷地道：「你也不是個笨人，怎會愛上我哥哥？」

羅盈淚水顆顆而落，聞言全身一顫，低頭輕聲道：「我從心底也沒有一絲愛他的意思，他若不是玷汙了我，我斷不會和這種人交往，可是我現在……。」

西門婕雙眉一聳，料不到這裡面還有這麼多複雜的情形。她呆了一呆，一時也不知該說些什麼，只是輕嘆了一聲，低聲地對羅盈道：「現在不談這些了，我們得設法救石砥中。」

說完，她在羅盈的坐騎上拔下了一柄爍亮的匕首，暗藏於袖口之中，緩步向西門熊移了過去。

羅盈驚得睜大了眼睛，道：「你……你想要殺你爹？」

西門婕回眸悽笑，道：「我怎會那麼不孝？我只是想毀了那面銅鼓。」

她見西門熊掄動雙捶，使得鼓聲密急如雨，而石砥中的情形越來越惡劣，急急地移上前去！

「爹——」

西門熊一怔，旋即笑道：「你們兄妹和好了，我就放心了，爹爹最疼的是你，以後你哥哥不敢再欺負你了，我已告訴過他了……。」

「噗！」突然，自西門婕的手上揚起一道銀虹，只見寒光一閃，那銅鼓的鼓皮霎時穿裂開來，鼓聲戛然停止。

「妹妹，你敢！」

只聽砰的一聲，西門婕的身子倏地震飛開來，她嘴角溢血，竟似忘卻了自己的重傷，揚聲大喝道：「砥中快走！」

紅影一閃，場中立時揚起一聲馬嘶，只見石砥中面色蒼白，翻身躍上馬背，往外急馳而去，那十二個紅衣少女的身形立時散亂開來，驚惶退避。

西門熊這時已來不及責備西門婕，他身形暴起，身在空中，急喝道：「快備馬隊，石砥中已受了重傷。」

只見那散立於四處的馬匹又重新聚攏了，西門熊領著群雄隨著石砥中的身後追了過去，漸漸沒有騎影了。

羅盈急步走至西門婕的身前，扶著她道：「你受傷了！」

西門婕悽然一笑，道：「我要走了，永遠離開這裡……。」

一步一搖地往外走去，含著淚水，帶著一顆破碎的心……。

羅盈黯然無語，只能目送她離去。

第四章　咫尺天涯

落寞、孤獨、怨憤……。

種種複雜的思緒齊都湧上東方玉的心頭，他驟然離開了西門婕，立時一縷惆悵之感襲上心頭。

他抬眼望了望滿天的彩霞，嘴角上顯現出一絲冷酷又淒涼笑意，那絲笑意是報復、仇恨、悲悽……。

東方玉的嘴唇翕動，只聽他喃喃地道：「婕妹，我會從石砥中的手裡把你搶過來，我不要你的人，而是要你的心，他害我失去了你，我也會使他失去所有愛他的女孩子，包括你……。」

這個受到愛情傷害的青年，心靈上已遭受嚴重的巨創，他的血液沸騰，腦海裡盡是石砥中的影子，他恨他，也畏他，更想殺死他。

他看了看天色，又自言自語道：「但願石砥中能從這條路上經過，我要等著他和他公平的決鬥，解決關於西門婕的所有糾葛，啊！婕妹，我要用我的鮮血來換取你的愛情。」

東方玉偷偷離開幽靈宮後，並沒有立即離去。

他隱藏於暗處，親眼看見石砥中負傷而逃，他在幽靈宮裡療傷時日不短，對幽靈宮附近的捷途小徑知道不少，一見石砥中騎著汗血寶馬馳去，忙從小路繞來，等在這裡。

這時殘霞滿天，滾滾黃沙飄舞。

大漠一望無垠，四處都是黃澄澄的一片。

突然，自幽靈宮處馳來一條騎影，東方玉心中大喜，旋即又十分的失望，原來那急馳而來的馬匹全身雪白，顯然不是石砥中座下的汗血寶馬。

東方玉私離幽靈宮，不願讓幽靈宮的人撞見，急忙隱起身形，躲在那新堆成的沙丘後面望著來人。

雪白的馬，銀亮的鬃毛，在陽光下泛現銀芒。

漸漸馳近了，那馬上坐著一個烏髮散亂的少女，正淌著淚……。

東方玉一見這個少女，心頭劇然地一震，再也抑制不住心中那股激盪氾濫的情感，他身形疾射而出，往那馳來的白馬撲去！

他激動地大聲喊道：「婕妹！」

西門婕這時腦海中盡是石砥中和東方玉的影子，思緒慢慢轉動，陷於一片沉思之中，她正在比較著這兩個年輕人。

東方玉身形驟然暴起，使她嚇了一跳，她急勒馬韁，思緒立時停止，白馬仰首長嘶，頓時立定在地上。

而這時東方玉身形飄落，已擋在前頭。

西門婕幽幽地一嘆，道：「我心已死，你還攔住我做什麼？」

只見她臉上隨著幽幽的語聲，而顯現出一片淒涼之色，那種悽楚痛苦的樣子，不禁使東方玉心頭一酸。

東方玉心情激動，哽咽地道：「妳上哪裡去……？」

西門婕幽怨地道：「天涯永不盡，明路有幾條。我心已死，只有在滄海中尋求我的夢境，天下之大，那裡不可以去。」

東方玉沙啞地道：「海角也有涯，清樓夢還牽。婕妹，妳怎麼也這麼傻，我還是永遠的愛著妳的，請妳跟我走好嗎？」

西門婕驟然勾動心事，原來靜止的心湖，又復泛濫著不平的漣漪，她淚水如珠，接連不斷的墜落……。

她強忍自己的情感，咬牙道：「冥冥中註定的命運，人力豈能挽回？你我情愛至此而終，過去的事都過去了，你還提它做什麼！」

東方玉心中恍如受到針戳似的，通身抖顫不已。

他雙眸中隱含淚影，急步上前握住了西門婕的玉手。

他大聲道：「婕妹，妳難道不要我了？」

西門婕真摯地嘆道：「不是我不要你，而是我的心不容許我要你。」

東方玉先是一怔，立即面色蒼白，怒道：「我明白了，妳還是愛石砥中，根本不愛我。」

西門婕一聽「石砥中」三個字，腦海裡又現出修長俊逸的影子，他的英姿曾使她心醉，他那倜儻不群的性格又使她敬畏。

這過去的一切，有如海潮擊岸般，重重疊疊地敲擊著她的心坎……。

她淒涼地一笑，道：「不錯，我確實抹不掉石砥中的影子，我不否認我始終愛著他，可是，這些都將隨著時間而褪逝，你還談它做什麼！」

東方玉心中倏然一震，一時竟驚呆了，他作夢也沒想到，自己所付出去的感情換得到的只是一個零。

他失望地大喝一聲，居然吐出一口血來。

他身形搖顫，怒道：「婕妹，妳的心好毒……。」

西門婕一怔，幽怨地道：「我的心好毒……啊，玉哥哥，你……？」

她驟然受了東方玉惡毒的喝罵，心裡頓時如銳劍穿心般的絞痛，面上一陣抽搐，哽咽在喉間的話語再也說不出來了。

東方玉神智一清，驚惶地吻著西門婕的玉手，道：「啊！婕妹，我冒瀆妳了。」

西門婕急忙縮回手來，搖著頭道：「沒有，我曾試圖去接受你的感情，但我還是失敗了，雖然你愛我情深如海，但是我倆的志趣竟是格格不入，將來若勉強地撮合在一起，只有使雙方更加的痛苦。」

東方玉苦求道：「不管妳愛不愛我，我深愛妳的心永遠不變。」

西門婕輕拭淚水，道：「你不會瞭解愛的真正意境……。」

東方玉大吼道：「我只知道愛妳，體貼妳，保護妳……婕妹，讓我了解你吧，不要讓一個愛妳的人失望。」

西門婕搖頭苦笑，道：「愛的意境太高了，有的僅止於幻想，有的憧憬著未來，也有的盲目奉獻自己，你不是個俗人，當會瞭解我說的意思。」

突然西門婕臉色一變，東方玉臉色也變了，他凝耳仔細聆聽了一陣，然後道：「馬隊來了，大約有二十多騎。」

西門婕擔心地道：「那一定是我爹爹來了，我要走了。」

東方玉急跨一步，道：「我要陪伴妳。」

西門婕搖搖頭，從懷裡掏出一樣東西塞進東方玉的手裡，一掉馬首，往前緩緩行去，她悲痛地道：「這個給你，等我走後你再打開。」

她孤獨地走了，地上只留下了深陷泥沙的蹄痕。

東方玉愣住了，嘴唇翕動，連一句話也說不出來，他看見她那種堅決的神色，那是永遠無法改變的意志。

他心碎之下，淌下了淚水……。

這是一條綠色香帕，有一股清淡的異香飄進東方玉的鼻息裡，他的雙手顫抖著，一顆心卻幾乎要跳出來。

那是一綹烏黑的髮絲，代表了西門婕的決心。

東方玉眼光才瞥見這綹髮絲，他的心就已碎裂開來……。

他捧著斷髮，大聲地喊道：「婕妹，你竟真的這般絕情……蒼天啊，揮慧劍斷情絲……東方玉，東方玉，你活著還有什麼意思呢？」

他愣住了，淚水從他臉頰上滂沱地流了下來。

他眼前一片模糊，只覺得天旋地轉，好似宇宙的末日……。

一個少女就這樣地決定了她的命運，走進了空門。

這是誰的罪過，東方玉還是石砥中？

地上的孤影映著殘碎的蹄痕，他的心隨著那逝去的倩影，落進了沙土之中，永遠埋進了黃沙底……。

×　×　×

噠噠的蹄聲密驟如雨，急切地響了起來。

狂風捲起了一道黃濛濛的塵霧，那散逸於空際的風沙，從這裡捲起來，又在那頭落下來，堆聚成隆起的沙丘……。

大漠的狂風永遠令人無法捉摸，就像那風沙裡的一道紅影，也令人無法追尋出它真正的奔向……。

那道紅影愈來愈近，石砥中趴伏在汗血寶馬身上，他顯得那麼頹唐無力，恍如就要自馬上墜落下來。

那雙精湛明澈的眸子終於又睜開來，石砥中無力地伏在馬背上，任由那寶馬馱著他奔馳……。

他儘管仍然能強運體內的真力，可是卻無法忍受胸前那隱隱的痛苦，他知道這痛苦是骨折的內傷，是在摔下崑崙山玉柱峰底時所受的傷，他更清楚自己雖能暫時逃離幽靈宮，最後還是免不了死亡。

突然，他看見前頭有一隊黑影蠕動著，接著傳來馬嘶之聲，他儘量搜索前方，漸漸影子清楚地看見了……。

他低哼一聲，道：「我決不會死在你們手裡，我寧願死在那狂沙飛舞的沙漠裡，也不願落在幽靈宮手中，我不會……。」

他的腦海裡立時幻出一個人迷失於大漠的情景——駱駝死了，水也乾了，那遭受烈焰蒸烤的種種情景，使得他存了一絲絕望之念，絲絲縷縷地衝擊著他……。

他自幼以超人的稟賦、特異的體力曾克服過無數的困難。每當他瀕臨死亡之際，便有一種神靈保佑似的奇蹟出現，使他又自死亡邊緣中掙扎回來。

石砥中求生意念又復燃燒了起來，他低喟嘆道：「唉！想不到我石砥中今天為了身上的傷，只得逃命了，這對我來說，確實是件丟人的事……。」

他輕輕撫著汗血寶馬的紅色鬃毛，道：「大紅，今天又要看你的了，快轉頭吧，對面來的不是你歡迎的人，而是幽靈宮的那批混蛋。」

汗血寶馬也似聽懂主人的吩咐，身子倏然轉過來奔馳而去，地下落下斑斑的血汗，滴滴如血。

紅馬通神，在翻滾的沙浪中，有如風掣電閃般飛馳而去，漸漸地把那隊騎影拋落了，距離更遠了。

石砥中嘴角一抿，心想道：「這大漠千里，寶馬通靈來去如風，看來我石砥中真是命不該絕……唉！那可恨的內傷又發作了……。」

他禁不住急撫胸前，額上逐漸泛現汗珠，他面上一陣抽搐，急命汗血寶馬放慢了步子，蹭蹬而行。

這時風狂沙嘯，漫天的沙影有如灑落的沙幕，他抖了抖身上的積沙，益發顯得孤獨、落寞……。

蹄聲、人影，交織成一副悲涼的景色。

「大漠萬里路，壯士孤獨行……。唉！我也夠慘了。」他低聲自語著，道出了內心的孤獨與惆悵。

突然，他的目光凝結了，雙目投落在數丈外的一個人影，只見一個孤立的黑影靜靜地佇立在沙堆中。

那靜立的黑影，已被流射的黃沙掩蓋至腰際，他卻一動也不動，任那無情的黃沙吹襲、覆蓋……。

他的眼簾低垂，在七孔處覆遮一片沙土，連散落的髮絲都變成了條條的黃影，他臉朝東方，手裡緊緊地握著一綹髮絲，手裡也滲進了不少的沙礫，看上去有如露珠似的。

石砥中馳上前去，驚忖道：「東方玉……他怎會浪跡在大漠裡？看他木雕泥塑的樣子，莫不是已經死了？管他的，這種人死了也好。」

當他目光瞥向東方玉的身上時，他不禁又想起了東方萍，那柔情似水的眸子恍如又在他眼前跳動，使得倔強的石砥中都軟化了。

石砥中蜷伏在馬上，伸手探摸了一下東方玉的鼻息，發覺他僅有一絲微息，雖然十分的微弱，但還可以救得活來。

他撩起一掌，急拍東方玉的「百里穴」上，大喝道：「東方玉！」

這一聲沉重的大喝，有如警世之鐘，東方玉全身一顫，神智漸漸恢復過來，深可及腰的沙丘慢慢往外滾翻。

新堆砌成的沙丘真如一盤散沙似的，東方玉身子一動，顆顆的沙礫便向外翻落，東方玉的身子霎時露了出來，而他的雙目也緩緩地睜了開來。

東方玉大喝一聲，張口噴出一道血箭，身子搖搖欲墜，幾乎難以支持他身子的平衡，顯得孱弱無力。

要知東方玉因為感情的巨創，心裡鬱積著一股難以發洩的沉悶之氣，這股悶氣由於久淤胸中以致傷及肺腑，故此人一醒轉，便吐出一道淤血來。

他眼神茫然，緊緊握著手中那束髮絲，喃喃地道：「她走了，她終於走了！」

石砥中冷漠地道：「少裝神經了，快上馬來。」

東方玉腦中盡是西門婕的影子，自言自語道：「你走遍千山萬水，我也要追你回來。」

說完，他當真邁開步子，朝漠土之中前進。

×　×　×

大漠又稱死域，單人獨騎都把這裡視為畏途，他身無駱駝也無坐騎，這一闖去，無異是自尋死路。

石砥中自己本身曾嘗過失意的苦果，一見東方玉那種失魂落魄的樣子，立時想起在玉柱峰上，東方剛不准自己和東方萍來往時的那幕情景，當時自己不正也是這樣的落魄嗎？

他朝東方玉投以同情的一瞥，然後嘆道：「你不要自取死亡，那裡千萬去不得。」

東方玉一時神智昏迷，驟聞話聲，神智立刻恢復過來，他急煞步子，猛一回首，突然和石砥中的雙目糾結在一起，四目交射，倆人心中各有不同的感觸。

東方玉冷冷地道：「石砥中，是你？」

石砥中冷笑道：「如果不是看你身落狂沙之中，我才懶得管你呢！」

東方玉的心恍如被劍戳著一般，他原先那股恨不得殺死石砥中的怒火，這時再也發不出來了。

他苦笑道：「你救我之情，我會感激，可是我倆的事並不是這樣就算了，當我報回恩情之後，我還是要殺了你。」

他心中芥蒂極深，是故嘴上也不客氣起來。

石砥中淡淡地一笑，道：「江湖上互伸援手本是尋常之事，哪能談得上恩情二字，你要殺我，現在動手也未嘗不可，石砥中就站在你前面。」

東方玉自腰間拔出長劍，怒叱道：「你以為我不敢！」

但當他掄起寒劍之時，他的手又軟了下來，頹然地嘆了一口氣，鏘鋃聲裡，那柄長劍又歸回了鞘中。

石砥中一愣，笑道：「你怎麼不動手？」

語聲未落，他忽然覺得胸口劇烈地疼痛起來，他雙眉一蹙，緊緊按著胸前，臉上立時變得十分蒼白。

東方玉微詫道：「你受傷了？」

石砥中強忍著穿心刺骨的痛苦，勉強笑道：「是呀，你現在動手正是時候，過了這個時機，你就是想殺我，也沒有這種機會了。」

東方玉氣得在地上拍了一掌，大喝道：「你看我東方玉可是那種人？」

石砥中一拭額角的汗珠，笑道：「我漸漸開始尊重你了，你比西門錡要強得多了，看來『錡玉雙星後』這句話，要改為『雙星玉凌錡』了。這話給西門錡聽到了，他不氣死才怪。」

語聲一頓，又道：「走吧，這裡不是久留之地，我倆在這兒說話，怕不被沙土埋了，東方兄，你請上來吧！」

東方玉躊躇了一下，然後道：「你走吧，我會自己走。」

石砥中知道他拉不下臉來，遂笑道：「不要逞強了，那樣你會送了命。」

東方玉冷笑道：「反正我是從死神手中被你拉回來的，就是再死一次又有何妨。」

石砥中低低哼了一聲，道：「好吧，你要找死，誰也沒辦法。」一策汗血寶馬，往前躍了過去，眨眼之間，就已馳出數丈之外了。

東方玉急得臉色蒼白，在地上直跺腳，這時風沙極大，大漠一望無垠，他徒步獨行必死無疑。

他漲紅了臉，急喝道：「石砥中！」

說完，一掠身形往前躍了過去。

石砥中一煞去勢，哈哈笑道：「你想通了。」

東方玉神情尷尬至極，臉色變得通紅，他一語不發，晃身躍上馬後，兩人一騎，向沙漠裡穿去。

東方玉才跨上馬背，一個意念如電光石火般的掠過他的腦際，目中泛現出一絲凶煞之色。

他腦海裡思緒一轉，忖思道：「他現在身負重傷，我若在他背上擊上一掌，他定然承受不住，必會翻身落馬倒斃於地。」

這個意念一閃而逝，使他心神霎時震慄了一下，這種機會難再，是唯一能殺死石砥中的機會……。

他面上漸漸浮現出殘酷的笑意，右掌緩緩地舉了起來。

石砥中這時內傷突然發作，一面要抗拒痛入心脾的巨創，還要坐馭汗血寶馬，自然沒有心思去注意背後的東方玉，連東方玉的手掌已經舉起來都不知道。

突然，東方玉的手掌又放下了，腦中又閃現出另一念頭，使得他自動放棄了這個格殺石砥中的機會。

東方玉面色一整，疾忖道：「不行，我不能這樣做，雖然他是我的仇人，我也不能用這種卑鄙下流的手段，況且……。」

「可是這機會千載難逢，時間稍縱即逝，我若不抓住這僅有的一線希望，勢必坐失良機……。」

他的內心矛盾極了，又想猝然下手，但又不願施出這樣卑鄙的手段，一時猶豫不決。

東方玉苦思之下，廢然一嘆，暗自道：「算了，這樣做我又有什麼好處呢！」

東方玉究竟不是邪惡之人，內心的良知始終阻礙他遲遲不敢下手，此時他受到良心的譴責，臉上反而浮現一絲愧歉的神色。

「唏唏！」

汗血寶馬四蹄一蹬，身形倏地躍了起來。

突地，塵土飛揚的沙漠裡，傳來一聲大叫：

「石砥中！」

這聲尖銳的長叫，衝破漠野直傳過來。

那喊叫聲尖細溫柔，令人一聽便知道是個女人發出來的。

石砥中聞聲全身一顫，幾乎從馬上翻落下來，東方玉急忙扶正了他的身影，緊緊地摟住了他的身子。

這熟悉又悅耳的呼叫在石砥中說來，簡直是太熟悉了，他欣喜地抬起頭來，連身上的痛楚都忘了。

他的雙目霎時閃過一絲希望之色，聚神地往沙漠盡頭望去，那無盡無止的黃沙裡，根本沒有一絲人影。

石砥中嘴唇嚅動了一下，喃喃地道：「是萍萍，是她……。」

他拉長了嗓門，高聲道：「萍萍，我在這裡。」朗朗的叫聲傳了開來，絲絲縷縷的回音，穿破激射的沙霧，飄出去遠遠的地方，嬝嬝的餘音盪存於空際。

哪知石砥中話聲逝落了甚長的時間，竟也沒有聽到東方萍的回應之聲，石砥中不免失望地低頭一嘆。

他正待再叫一聲，東方玉突地一拉他的手臂，道：「慢著！」

石砥中一怔，回身詫異地道：「怎地？」

東方玉凝耳仔細聆聽了一陣，凝重地道：「那不是我妹妹的聲音，你聽，遠處有蹄聲，好像不止一匹，最少有十二、三匹馬的聲音。」

這時風沙漫天，挾著嘶烈的風嘯聲，令人根本不易睜開雙目或聽清楚遠近的馬蹄奔聲，這蹄聲驟起驟落，立時被風沙掩蓋了過去。

石砥中用衣袖阻擋激射在臉上的風沙，問道：「東方兄，你覺得有些蹊蹺？」

東方玉嗯了一聲，道：「我敢保證不是我妹妹的聲音，這蹄聲時東時西，好像不止一撥人，莫非是西門熊的誘兵之計。」

石砥中搖搖頭，道：「不管是不是萍萍，我都要回去看看。我寧願死在大漠裡，也不能錯過見萍萍的機會。」

說到後來，簡直是在自言自語，他腦中這時只有一個意念，無論如何也要看到東方萍，哪怕是他在她面前立即死去都願意。

東方玉聽蹄聲近了，急道：「石兄，快到那沙坑裡！」

石砥中一拉長韁，而汗血寶馬身形倏然豎立起來，四蹄一蹬，身形凌空掠起，落進那個寬深的沙坑裡。

倆人一馬身形方落，便見沙石如風捲殘葉般向他們的身上湧來，霎時便將他們身子通通埋了起來，幸好汗血寶馬身具異稟，竟有浮沙踏浪之能，始終不容黃沙埋至頭部。

這邊身形方始藏好，那邊已現人跡，只見那些人俱是長巾裹頭，策馬如風似的朝這方向急馳而來。

由於這時風沙極大，雙方都不容易看清楚對方的容貌，石砥中一看對方並馳六騎，俱是身手穩健，彷彿都有一身極好的功力。

這些騎士沒有發現他們倆人，他倆哪知自己僅有頭部朝向外面，臉面覆蓋一層厚沙，遠遠望去與黃沙同色，自然是不易被發現了。

那六騎並馳而行，突然煞住了身形，遊目四望。

這方身形才歇，那方又現七騎，只見西門熊領著西門錡和羅盈等，正朝這方快馳而來。

西門錡拍了拍肩上的積沙，道：「爹，剛才還聽見石砥中的聲音，怎麼尋遍了這裡也沒有發現他呢？」

西門熊遠眺一會，道：「我就不相信他能飛出大漠去。」話聲一頓，轉首對羅盈，道：「羅盈，你再叫一遍。」

羅盈極不願意地嗯了一聲，高喊道：「石砥中。」

細長的叫聲隨風飄蕩，果然有些酷似東方萍的聲音。

石砥中看得心頭一驚，暗道一聲好危險，腦中立即暗自忖思道：「若不是東方玉機警，這下我準得被擒。」

時間過了甚久，西門熊等始終未見石砥中回答，他們漸漸等得不耐煩了，西門錡居然罵出聲來。

西門熊低低哼了一聲，道：「錡兒，你不要心急，爹爹自然有辦法抓住他。」說完，便領著他們又往西行去。

東方玉長吁一口氣，道：「我們走吧！」

石砥中長嘆一聲，道：「我又逃過了一次死劫，唉！」

蹄聲又響起來，狂風依然猛烈地颳著。

天色漸漸暗了，大漠沉淪於一片黑暗之中。

第五章　石破天驚

大漠裡燃起一堆熊熊烈火。

「嗶剝！嗶剝！」燃燒聲中，不時飛射星火，起至於火堆，逸逝於空際……。

碧藍的穹空裡，沒有一絲風。

那閃耀的星星正四射著星芒，與一彎斜月相互爭輝……。

漠野裡的寒夜分外的靜謐，可是會使人覺得格外的冷清，尤其是歷經滄桑的羅盈，她總覺得絲絲縷縷的空虛泛上心頭。

她獨自坐在火堆的旁邊，美眸裡淚光瑩然，凝視著跳動的火焰，腦海裡盡是盤旋著石砥中的影子。

她孤寂地坐在這兒，極為厭惡聽西門熊父子的談話，可是那令人心驚的話聲，又使得她繼續聽了下去。

只聽西門錡問道：「爹，石砥中準會來這裡嗎？」

西門熊捋髯長笑，道：「爹爹算無遺策，石砥中若不來這裡，便要渴死於大漠之中，這周圍八百里沒有綠洲，除了這裡，再也找不到一滴水……。」

西門錡不放心地道：「他那汗血寶馬日行千里，難保他不找別條路……。」

西門熊嘿嘿一笑，道：「那汗血寶馬雖是舉世名駒，但牠已奔馳一整天，若沒有水，牠也活不下去，況且石砥中不熟大漠的路途，一步踏錯便會屍骨不存……。」

西門錡心中大奇，問道：「為什麼？」

西門熊得意地大笑道：「這裡的地形，爹爹早在數年前便已研究過，石砥中只要再深入裡面，便會進入流沙的區域裡，那兒流沙遍地，就是像我這般熟悉，也不敢輕易去冒險。」

羅盈聽到這裡，全身陡地一顫，臉色立時變得蒼白，她急得淚珠直轉，但不敢輕落下來，急忙用衣袖拭去了眸中的淚水，緩緩自地上站了起來。

她輕輕移動步子，一時不知如何去救石砥中，她望著穹空滿天的星斗，腦海裡突然湧現出一個念頭。

她望著碧空，疾忖道：「我何不去找石砥中，告訴他那流沙地區的危險，可是此去千里，我又如何能遇見他呢？」

「上蒼，上蒼，請你給我一個指示吧！」

這個意念在她腦海裡一閃而過，立刻使她生出了一股從未有過的勇氣，這股勇氣在她心中慢慢滋長開來。

她望了望那些幽靈騎士，又看了看西門熊父子，偷偷地溜到正在潭邊喝水的馬匹旁，順手牽出了一匹馬來。

但是機會並不如她想像中的好，她身形方走出來，西門錡已嚴厲地朝向她走了過來。

他冷冷地問道：「你要幹什麼？」

羅盈的心事恍如被他看穿了似的，她全身嚇得輕微的哆嗦了一下，急忙把目光移了開去。

她臉色發白，只有硬著頭皮道：「我心情太過於沉悶，想出去走走……。」

西門錡哼了一聲，道：「你若是想跑，我立刻會殺了你。」

羅盈慘然一笑，道：「你也太多心了，我這一生已毀在你手裡了，只怨我的命苦，烈婦不從二夫，難道我還會再跟別人？」說完便跨上馬去，揚鞭一揮，朝前馳去。

突然，自她溼潤的眼裡現出了一團黑影，雖然是在黑夜，她也能看清楚那是一匹馬，她的心裡頓時震顫了，震顫得連她都不知道是為了什麼。

遠遠的蹄聲使西門熊父子立時驚覺起來，西門熊身形往前一掠，仔細地凝視了一會兒，大聲道：「是石砥中——」

西門錡急忙躍上馬去，大喝道：「羅盈，快回來！」

羅盈驟聞這聲大喝，當真有如晴天霹靂似的，她身子在馬上搖晃了一下，幾乎不敢再往前馳去。

但是，一股無比的勇氣慫恿著她，使她忘卻了自身的危險，她要儘快和石砥中見面，哪怕是死在他的懷裡。

於是，她又揚起了鞭子，胯下的馬跑得更快了。

西門錡看得心頭大怒，厲叱道：「羅盈，你敢去見石砥中！」

剎那之間，西門錡已超在幽靈騎士之前，尾隨在羅盈的身後追去。

兩騎的距離愈來愈近，羅盈即將被追及。

突然，羅盈的身子在馬背上一傾，那馬倏地仰起前蹄來，羅盈一聲尖叫，整個身子往地上栽去。

「呃！」她痛苦地低叫了一聲，那烏黑的髮絲立時飄散開來。

月光下，只見她面上淚水滂沱，一種絕望的痛苦湧現於臉上，身軀動了動，緩緩地抬起頭來。

自她眼裡現出西門錡猙獰又恐怖的面孔，一支寒光飛舞的長劍已抵在她的胸前，冷寒的劍氣使她全身顫慄。

西門錡目光中凶光一閃，冷冷地道：「羅盈，你敢背叛我？」

一種先天的求生意念，使得羅盈奮起了全身的力量，身軀往前一擰，運起一掌往那柄長劍上拍去！

西門錡大吼一聲，身形移處，連行數步，一劍破空劃出，劍光點處，星芒迸現，正在羅盈心胸之處。

羅盈右臂斜到，急切西門錡左臂，身形在對方劍光之中一閃而出，暴起身形往前飛躍而去。

「嘿！」

西門錡低喝一聲，突地劍光在空際一閃，連腕一抖，一道寒芒挾著破空之聲，往羅盈身後射去！

羅盈念頭尚未轉動，遙見石砥中乘著寶馬凌空而來，她疏神之下，不禁大叫道：「石砥中，我……。」

焦急又渴望的聲浪，霎時傳進了石砥中和東方玉的耳中，他倆已瞧見一個女人的身影向他倆奔來，也看見西門錡正掄著長劍在追殺她。

東方玉臉色一變，急道：「快回頭，幽靈宮的人全來了。」

當石砥中看清楚奔來的是羅盈後，他的血液立時沸騰了，這個純情的少女，在他心裡永遠留著深刻的記憶。

這不是愛，卻是一份真摯的感情，就像是兄妹間的情誼……。

他這時已沒有抉擇的餘地，眼看羅盈就要傷在西門錡的手裡了，他霍地自馬背上躍了起來。

×　×　×

身形未至，已急喝道：「羅盈，小心背後！」

「呃！」

羅盈一個踉蹌，自口中頓時發出一聲慘嗥，響徹了整個的漠野，飄蕩於空際，這聲慘叫過後，她的身子搖搖晃晃便往前栽去。

鮮紅的血自她背上流了下來，一柄長劍沒入半截，貫穿了羅盈的背後，那露在外面的劍柄尚不停地搖顫著……。

羅盈臉上起了陣陣的抽搐，她抬頭望了望飛身而來的石砥中，兩隻手已深深地插進了黃沙裡，拚命地掙扎著。

這臨死前的情景，使得石砥中目眥欲裂。他雙目垂淚，周身接著一顫，一落身形，便把羅盈抱進懷裡。

臉色蒼白中略帶枯黃的羅盈，雖然在垂死之際，也禁不住有一絲羞怯之態，只見蒼白的臉上慢慢現出一片紅暈，那淡淡的薄雲浮現的時間極短，又逐漸地褪去。

她喘聲急促，嘴角上卻升起了一絲滿足的笑意，星眸微睜，又緩緩地閉了起來，除了痛苦外，她顯得十分地安詳……。

石砥中再也抑制不住內心情感的波動，只見他淚水沾襟，臉上罩著一片陰霾，那濃密的劍眉微微上翹，嘴角隱藏著一股冷酷的悲涼笑意。

他搖晃羅盈的雙肩，沙啞地喊道：「羅盈，羅盈，你不能死……。」

羅盈嘴唇嚅動，眸子似睜似閉地流下淚珠，顆顆的淚水有若銀珠一樣，滴滴落進石砥中的心湖裡。

過了半晌，羅盈的身軀忽然顫抖了一下，恍若無法忍受那劍刃所加於肉體上的痛苦。

她的額前汗珠和淚水早已混淆不清，身上的白色披肩濺滿了血漬，殷紅的有如一片海棠，是那麼令人心悸與怵目。

她急促地喘息了一陣，才迸出了抖顫的幾個字，道：「你能在我死前，說聲『我愛你』嗎？」

石砥中驚愕住了，嘴唇翕動了幾次，始終沒有說出任何話來，可是羅盈的性命已至奄奄一息。

她突然雙眉緊蹙，嘴裡痛苦地哼吟一聲，兩隻手臂緊緊接住石砥中，眼簾輕輕一翻，立時氣絕身亡，手臂跟著滑落了下來……。

這臨死前的一剎那，不但是石砥中淚水滾滾，連東方玉都看得悲痛異常，禁不住目中泛著淚光，面上掠過一絲憐憫又氣憤的神色。

石砥中驀然抬起頭來，瞪著西門錡喝道：「西門錡，你竟然會殺一個愛你的女孩子，不算是英雄好漢的行徑，今天我石砥中可要替羅盈索回這條命來。」

敢情他自崑崙絕頂玉柱峰便見羅盈和西門錡形影不離，而誤以為羅盈自甘墮落，投入幽靈宮了，殊不知西門錡陰險詭詐，是用最卑鄙下流的手段玷汙了羅盈，使得羅盈不得不自嘆命薄，聽任他的擺布。

西門錡嘴角上浮現出一絲冷傲的笑意，他雖然凶狠毒辣，但也不敢和石砥中目中所射泛出來的精光相接。

他心中一寒，頓時飄退了五、六步，冷冷地道：「她愛的是你不是我，石砥中，你想錯了。」

石砥中默然了，他內心恍如觸電似的，全身一陣搖晃，流露出負疚的神色，怔立了半晌，他才深深地長嘆了一口氣，把羅盈輕輕放回了地上。

西門熊領著那些幽靈騎士隨後奔馳過去，蹄聲一落，幽靈騎士自馬上翻飄而落，分別圍繞在石砥中的四周。

西門熊陰沉地低喝一聲，冷冷地道：「石砥中，放眼大漠萬里，你還能跑到哪裡去？識時務者為俊傑，你若真是個英雄，乾脆趕快自盡算了。」

「呸！」石砥中大喝一聲，道：「你是什麼東西？敢這樣大言不慚？西門熊！你們父子積惡如山，石砥中只要不死，今後必拚殘力與你周旋到底。」

西門熊雖然愈聽愈怒，但他心機極深，面上一絲形跡也不表露出來，只是微微地一笑，眼光略略瞥了東方玉一眼。

東方玉此時心頭大變，目光中顯現出一種特異的色彩，只覺他木然呆望著羅盈僵臥的屍體出神，臉上冷漠得沒有一絲表情，可是他淚光隱隱，多少帶有一種淒涼的神情，使人一見頓時覺得東方玉心懷無限的悲傷。

西門熊微感訝異地道：「你怎麼了？」

東方玉搖搖頭，慘然一笑，道：「沒什麼。」

西門熊自見東方玉和石砥中並騎而來，心中已有幾分奇怪，再瞧他這種失魂落魄的樣子，更是猜疑不已。

他濃眉一皺，沉吟道：「婕兒呢？她不是跟你在一起嗎？」

東方玉神情大變，身形不覺搖晃了起來。

他望了望蒼穹上的浮雲，及懸掛於空際的冷月，他的心頓時落寞起來，一縷孤零零的感覺立刻襲上了心頭。心裡的惆悵和孤獨，使得他不覺中英雄氣短，兒女情長，往昔的豪情在這剎那間都已通通消逝了。

他痛苦地慘然一笑，道：「婕兒……她……走了。」

西門熊悚然一驚，連西門錡都感覺到事態嚴重了，他雖然和妹妹不太和睦，那只是個性上的磨擦，這時他一聽妹妹私離幽靈宮，也掩不住焦急之色。

他急急地問道：「東方兄，我妹妹上哪裡去了？」

東方玉斜睨了他一眼，長嘆道：「她不願告訴我要上哪裡，臨行時，只留下青絲一束，珍言數百字，看來，她是不會回來了……。」

「混蛋！」

西門熊縱是城府再深，驟聞自己愛女失蹤，也難掩父女情深。

他氣得怒罵一聲，急急地道：「你怎麼不早說……唉！大漠萬里迢迢，看來是平淡無奇，處處都隱伏凶險，她一個涉世未深的少女在大漠裡飄零獨行，那豈不危險萬分？她去時留髮，走時含淚，莫非是想遁入空門，永伴青燈古佛……婕兒，你也太傻了！」

話聲一頓，又對東方玉厲聲喝道：「東方玉，婕兒待你不薄，她用情至深，倘若有個三長兩短，我要你給她抵命。」

東方玉落寞地一笑，道：「我寧願自己現在就死去，也不願意婕妹遭遇到什麼危險……。」

西門熊不愧是一派宗師，適才驟聞愛女離去，著實是急亂了神智，這時略略停歇，立刻冷靜了下來。

他腦中急轉，忙道：「錡兒，你和東方玉領著你的人去找你妹妹，我這裡只需六個幽靈騎士就夠了。切記爹爹的話，大漠雲海蒼駒，天氣變幻不定，三天之內必須趕回來。」

西門錡有些不放心地道：「爹，石砥中……。」

西門熊冷哼一聲，道：「有爹爹在，你還怕他飛上天去。」

石砥中聽得大怒，若非是由於身上負著極重的內傷，他定會氣得仰天狂笑一陣，發抒出內心的憤怒，但是，此時他卻忍耐住了，只是重重地一聲冷哼。

東方玉深深地瞥了石砥中一眼，落寞地跨上了西門錡牽過來的馬匹，神態悲涼地揮了馬鞭緩緩馳去。

石砥中回首怒視了西門錡一眼，忙喝道：「一切都是看在你妹妹的分上，把你的狗命暫且留下，等我倆再見的時候，就是你替羅盈償命的時候。」

西門熊揮手一擺，西門錡不敢久留，趕忙領著自己的手下，朝東方玉的身後追去，蹄聲噠噠漸漸消逝夜幕裡。

西門熊望著嚴陣以待的石砥中，目中凶光大盛，咬牙切齒，狠聲地道：

「我要殺了你——」

說完，一聲長嘯劃過空際，迴盪於寂寂如死的漠野裡，這聲厲嘯傳出到遙遠的地方，連東方玉等都聽得分明。

這六個羅列於四周的幽靈騎士，自嘯聲過後，猛然拔出繫於腰際銳利的巨斧，身子緩緩往前移過來。

石砥中見這些幽靈騎士繫巨斧懸長劍，頓知今夜不血染黃沙，勢必不會罷手，他強自提起一口真氣，目中倏然湧出一股殺意，直瞪著這些幽靈騎士。

這六個幽靈騎士神智全失，根本沒有一絲人性，竟然不畏石砥中的目光，可是屹立的西門熊卻只覺全身汗毛悚立，被對方那種懾人的形象所駭，驚畏地倒退了一步。

石砥中目光一轉，罩住西門熊，哈哈笑道：「西門熊，有種，你和我石砥中血拚三百合回，石砥中死而無怨，否則休怪我嘴上不留德了。」

西門熊還未來得及回言，石砥中已疾跨兩步，右掌倒拂而出，一股威猛的勁風漫然瀰起，擊向最右側的那個幽靈騎士。

那個幽靈騎士迎著來掌，掄起一片斧影，罩劈而來，石砥中發動在先，想趁這些幽靈騎士還未排出陣式之前，首先毀去一兩個，自然不容他有退避的餘地。

他駢指如刀，趕快一側身形，左掌往上迎擊，五指張開，扣向對方腕脈，去勢急速快捷如風。

只見石砥中右腕一轉，五指一合，已將那幽靈騎士的手臂抓住，他大喝一聲，欺步旋身，單臂一舉就將那個幽靈騎士舉了起來。

那幽靈騎士怪叫一聲，一道斧影劈向石砥中的面門。

石砥中怒喝一聲，張臂一搶，將那個幽靈騎士的身子在空中旋了一匝，重重地往地上摔去。

「砰！」

那個幽靈騎士頭下腳上，一個倒栽蔥。

「噗！」的一聲，挾著一片斧影，整個身子都沒入沙土之中。

石砥中在電光石火之間就毀了一個幽靈騎士，確實令西門熊驚顫失色，他大喝一聲，身影立時回轉過來。

石砥中身形未歇，一眼瞥見四面八方同時湧來幾道身影，他額角沁汗，忙一挫身形，往後退了開去。

他因身上傷勢極重，這一強運真力，立刻帶動了身上的傷勢，他只覺胸口一窒，幾乎痛暈了過去。

等他腳步才落，身軀已跟著晃顫起來。

「嘿！」

西門熊身形甫落，陡然擊去一掌，道：「小子，你納命吧！」

他這一掌陡然發出，石砥中傷重之下，猝然覺得身上有一股奇重的壓力湧來，冷哼一聲，急促間閃過了一掌，但他的身子已斜飛三丈，跌臥在沙土裡。

突然，一道紅影斜側裡飛躍了起來，石砥中緊緊咬住牙關，自地上一躍而起，身形疾翻而上，道：「大紅快走！」

這時，他的嘴角已淌下了條條的血漬，左手緊按胸口，沉重的喘息愈來愈急促，恍如一個即將死去的人似的。

汗血寶馬四蹄一翻，濺起道道沙影，可是經過長途跋涉的寶馬，雖是龍種「天生異稟」，這時的速度也快不了許多，牠才馳出數十丈外，西門熊已率騎追了過去。

石砥中大聲喝道：「大紅！再快一點，主人今夜的命全交給你了。」

那寶馬悲鳴一聲，嘴裡吐出了白色水氣，牠身形疾馳，晃眼又把身後的來騎拋遠了數丈之外，西門熊策馬掄鞭，始終緊追不捨。

驀地，前頭傳來一道電閃，接著便是那震耳欲聾的隆隆巨響，這隆隆的聲音有如天籟，使人不知來自何方。

寶馬驟聞巨響，突然前蹄立定，站在地上再也不動了，石砥中見寶馬久立不去，只好落馬準備和西門熊一拚。

「轟隆──」

沙影漫天，霧影瀰然，淡淡的月光下，自地上突然冒出一道金光，汗血寶馬驚嘶一聲，反身往黑夜裡馳去。

石砥中只覺金光耀眼，眼前流霞飛繞，他定了定神，突覺腳下流沙浮動，滾滾飛翻的沙泥向他身上湧來。

漸漸地，他從滿空的雲霞裡看見一座龐大的金城，那金城金黃耀眼，白玉為階，在城頭上有一隻金色的大鵬展著雙翅，幾欲破空飛去，自牠雙目中發出碧綠的光芒，在那金鵬的雙爪裡，有一支墨綠色古斑長劍……。

「鵬城，鵬城──」

石砥中大聲狂喊，便投足朝那金城奔去。

瀰天的沙幕，金光萬道的流霞。

石砥中的影子由深而淡，他穿過沙幕，身形疾掠而去，撲向城門之處。

只見他從懷裡拿出了金戈玉戟，立刻將金戈插入門上右邊匙孔，略一提氣，身形暴長，又將玉戟插進金鵬的嘴裡，鵬爪一鬆，墨劍突然落下來。

那金城的門緩緩開啟，石砥中接下墨劍，又拔出金鵬嘴裡的玉戟，身軀疾然躍了進去。

隆隆聲中，那雲煙一現的鵬城忽然消逝了。

消逝得一絲痕跡都沒有，遺留下緩緩而降的一蓬沙霧。

西門熊趕來此地，頓時被這種奇異的情景震懾住了，過了半晌，他方自夢裡清醒了過來。

只聽他喃喃地道：

「鵬城，鵬城，這個千古神秘終於要解開了……。」

夜裡，他低沉的語聲傳出老遠。

只有淡淡的餘音迴盪於漠野裡，憑添幾分淒涼……。

東方曙光漸露，黑夜自大地上漸漸褪色。

第六章　白龍湖主

多事的江湖又掀起了一陣新的波動。

自從鵬城初現，石砥中就神秘地失了蹤，有人說他已死，有人說他和東方萍相偕退隱江湖，於是紛紛猜測著……。

也有人說他倆都死了，否則新任武林盟主西門錡絕不敢那樣猖狂，目空四海，任意非為。

相隔僅有數載，海外突然崛起一個新的幫派，傳聞是由一個神秘女子所統御，浩浩蕩蕩進軍中原，足跡遍及大漠南北。

這女子到底是誰？沒有人能夠知道，惟有她敢和武林盟主幽靈宮相頡頏，也惟有西門錡知道她是誰。

神秘的鵬城始終迷惑著江湖，傳言鵬城在大漠裡出現過一次，並且曾有一個絕世高手進入鵬城，可是誰也沒有親眼目睹過，那只是傳言……。

紛擾江湖正醞釀著劇烈的變動，各派新人輩出，紛紛踏入江湖，逐漸形成嶄新的局面。

× × ×

春日明媚，處處鳥語花香，桃李爭豔，群芳吐豔。

初春的陽光柔軟地灑了下來，透過樹梢，映在地上，搖曳的樹影投射在斜坡上，晨風捲起幾片枯葉，飄落在那片綠色的草坪上。

翠綠的青草尖掛著晶瑩的露珠，迎向柔和的陽光，泛出金色瀲灩，春泥的氣息充塞於空際。

「唉！」一聲輕嘆自林中傳來，這傷人肺腑的輕嘆，含有多少憂？多少怨？多少恨……。

這聲嘆息方逝，斜坡上緩緩走來一個白素羅衣的少女，年齡不過二十許，論姿色算得上是風華絕代，可是她黛眉深鎖，鬢髮雪白有如銀絲，端的眉似春山難盡，鬢賽停雲更濃。

幽幽一嘆，自那黑溜溜的雙眸裡，淌下兩行潔瑩的淚珠，茫然望著穹空裡幾片浮雲，一縷空虛湧進心頭，使得她發出一聲淒涼的大笑，笑得連枝葉都震顫了。

她笑意斂逝，突然悽愴地自語道：「又是一年春天，這美好的春日雖然帶給人一種新的希望，可是我的心卻已凍結在寒冷的冬天裡。唉！砥中，你若還活著，就該給我一個音信，你若死了，也當給我一個徵兆，何必要讓我永遠活在美麗的回憶裡呢？我每日相思夢裡，沉迷於無涯的往事，而今……唉！」

冷寒的晨風拂亂了她那雪白的髮絲，飄起衣袂，她任那清風撲面，只是偶而輕輕拂理著額前兩綹銀白色髮絲。

流不完的淚，填不盡的空虛，在那皎潔如月的臉上浮現出哀怨的神色，雙眸深深凝視著天邊的浮雲。

空虛從她心裡悄悄溜走，甜蜜的回憶霎時充滿了心頭，使她臉上展露出真摯的笑容。

「萍萍！」

正沉湎於無盡的往事裡，突然被這鏗鏘有力的呼喚聲震醒，她急忙拭去眼角的淚痕，臉容變得十分的淡漠，移動蓮步緩緩往山坡上行去。

茂密而濃鬱的樹林裡，有一棟小小的竹屋，依林而建，屋前有一泓清澈的池水，池畔植滿了奇花異卉。

東方萍輕輕推門而入，只見屋裡擺設簡陋，但給人一種寧靜的感覺，使她紊亂的思緒立時舒展了不少。

四方的客廳裡坐著一個白髮矍鑠的老嫗，一根黑漆的枴杖，斜靠在這個老嫗的身上。

東方萍輕輕叫了聲：「湖主！」

那白髮老嫗一雙銳利的目光在東方萍臉上略略一掃，從鼻孔裡突地發出一聲冷哼，只聽她冷冷地道：「你又哭了！」

東方萍驚顫的全身直搖，悽然道：「沒……沒有，我只是想起他。」

趙韶琴臉上冷漠至極，說道：「你想要做白龍湖的主人，就得放棄七情六欲，我當初找你，是因為你未老先白頭，正是我主人當年所形容的那樣，韶琴三十白髮，蒙先主青睞，傳了白龍派的武功，但這種武功是要心靜如死，才能練到極限，而你……。」

東方萍遑然道：「我知道，湖主！」

趙韶琴見東方萍那種悽苦的樣子，輕嘆道：「我知道你的心情惡劣，始終揮不掉石砥中的影子，其實男女間的情愛原是人生旅程中所不可缺少的，我只是希望你以事業為重，不可為情所牽，要知白龍派的武功天下無雙，只是鮮為江湖上所知而已。」

語聲未落，身形突然疾電射起，沉聲喝道：「外面是誰？」

她身形才起，窗外已傳來一聲大笑，道：「湖主，是老夫柴倫和金羽君莊鏞拜謁。」

只見人影閃處，七絕神君和金羽君莊鏞自外面轉了進來，他倆態度甚恭，忙不迭向趙韶琴行禮。

趙韶琴又坐回原位，冷冷地道：「江湖上情形怎麼樣，有沒有石砥中的消息？」

七絕神君柴倫不知怎的，對趙韶琴特別恭謹，他恍如是個晚輩似的，狂傲盡斂，只見他微笑道：「石砥中的消息倒沒有，可是送給他的那匹汗血寶馬卻現了蹤跡，聽說是由一個姓羅的少年騎著，每天在大漠裡奔馳。」

東方萍一聽石砥中音訊杳然，不禁感到十分失望，她淚珠顆顆迸落，恍似失去靈魂似的僵立在那裡。

趙韶琴橫了她一眼，冷冷地道：「你先不要難過，他的馬既然現了蹤影，韶琴就有辦法找到他，女孩家儘知道哭有什麼用！」

東方萍搖搖頭，悽笑道：「湖主，我不要做什麼掌門，我只想要找到他……。」

趙韶琴把眼睛一瞪，叱道：「胡說，白龍派已有七十年沒現江湖，你即將是一派之主，怎可這般輕易捨去，石砥中只要不死，我自有方法逼他現身，但他若是個忘恩負義之徒，我可要先殺了他……。」

語音一頓，突然又語氣慈愛地嘆道：「萍萍，你也許累了，先進去歇歇吧！我想要和他們兩位談談。」

東方萍突然跪倒在趙韶琴的身前，泣道：「湖主，讓我去找石砥中。」

趙韶琴摸著她的髮絲，道：「我會為你做主，你去吧！」

東方萍的臉上現出一絲淒涼的笑意，她揮起羅袖拭去眸子裡盈滿的淚水，深深望了湖主一眼才緩緩離去。

趙韶琴望著她離去的背影，自那蒼老的臉上湧現一層特異的神色，雙目也禁不住被淚水所潤溼。

金羽君莊鏞趨上前去，輕聲道：「湖主，你告訴她啦？」

趙韶琴搖搖頭，道：「沒有，這種事還是不告訴她的好……。」

七絕神君柴倫急道：「湖主，你該告訴她的，這種事瞞她有什麼好處呢？你是她的外婆，總不能讓她連自己的外婆都不認啊！」

趙韶琴搖搖頭嘆道：「這孩子用情太專，這些年來我始終冰冷地待她，她還是揮不掉石砥中的影子……。我看見她便想起了她的母親，當年她母親就是這樣子，夜夜都喚著東方剛的名字。」

她忽然發覺自己把心裡多年的隱私無意間露出來，急忙收住口，臉上又變得十分冷。

趙韶琴斜睨了七絕神君和金羽君一眼，道：「我現在把她交給你倆，希望你倆好好照顧她，我知道我留不住她。石砥中的事也全交給你倆了。」

七絕神君肅然道：「湖主放心，我倆的殘命是你救活的，拚了老命也不敢讓她吃一點虧，她即將繼任白龍湖主，我倆自當效勞。」

趙韶琴臉上現出欣喜之色，笑道：「這樣就偏勞二位了。」

笑聲傳出屋外，江湖又掀起了驚濤駭浪，整個都震顫起來。

× × ×

蒼穹有幾朵白雲悠然飄過，大風自沙漠彼端吹來，揚起濛濛塵沙，這是黃沙漫天的世界。

無止盡的沙漠，無可數的沙丘。

茫茫黃沙中，一匹血紅色的健馬昂首屹立在黃沙裡，發出高亢入雲的悲鳴。

牠身上汗血淋漓，嘴裡噴吐白沫，不時揚起前蹄扒飛沙泥，使得沙影飛射，地上現出一個個深深的大坑。

馬也通靈，這匹罕世名駒正因追尋主人不著，竟欲搗翻整個沙漠，急得牠日夜奔馳，浪跡在漠野裡。

離汗血寶馬不及一丈餘處，一個劍眉飛鬢的少年，斜插長劍，頂著烈陽凝立在沙丘後面，雙目不眨地盯著這匹寶馬，似是在守護著牠。

牠也許是累極了，悲鳴數聲後，龐大的馬軀忽然倒在沙堆上，四蹄划動，急促地喘息著……。

那少年搖頭一嘆，自身邊拿起一個水袋，緩緩走至牠的身前，憐愛地撫摸牠的鬃毛，向牠的嘴裡倒些水……。

牠也怪了，那長長的馬首居然左右擺晃，好似不願接受他的施捨，連一滴水也不肯喝進去。

那少年雙眉一蹙，不由嘆道：「這是何苦，幾天來滴水不進，想不到畜牲也有這樣的忠義。石砥中，你難道真的死了？」

他的聲音極大，立時傳遍漠野，那寶馬也真通靈，恍如聽懂了他的話，悲鳴一聲，忽然豎起耳朵凝神聆聽了一陣。

漸漸那個少年也發覺情形有異，只聽漠野裡揚起一片駝鈴，那鈴聲愈來愈近，不久大漠盡頭現出三點黑影，緩緩向這裡移動。

這三點黑影雖然移動甚為緩慢，但在耀眼的陽光下，清晰可辨是三匹雙峰駱駝，背上馱著兩個蒼髮老者和一個明麗的銀髮少女。

那少年驟見這三個人出現，不禁暗吃一驚，疾忖道：「怎麼七絕神君和金羽君也來到大漠了，那個銀髮少女是誰？我好像在哪裡見過……。」

他不知東方萍已經白髮如銀，乍睹她那熟悉的臉龐，頓時思索著她的來歷，苦於一時沒有想到。

七絕神君坐在雙峰駱駝上，一見自己那匹輸給石砥中的汗血寶馬倒仰於沙堆上，心裡立時緊張起來。

他噘口一聲長嘯，高聲叫道：「大紅！」

汗血寶馬驟聞這聲熟悉的長嘯，立時知道是誰來了。此馬最是認主，牠發出一聲高亢的悲嘶，身形立時站立起來。

那少年斜攔在寶馬身前，喝道：「不准去！」

那寶馬竟自不理，整個身軀撞了過去。

他冷哼一聲，叱道：「我羅戟為了你這畜牲，整整耽誤了六天行程，現在你看見有人來了，竟敢忘記我是怎麼救你的。」

說著身形斜移，左掌電疾地切了過去。

他手法奧秘至極，只見他掌影一閃，就抓住了寶馬的韁索。

那寶馬悲鳴連聲，身形倏地往後一退，前蹄立起，照著羅戟的小腹踢去，勢快勁猛，快速異常。

羅戟怒喝一聲，身軀順勢往前一衝，突然飛掠起來，整個身子就要落坐馬背之上。

七絕神君厲叱一聲，喝道：「小子，你敢動我寶馬的主意！」

他單掌斜按雙峰駱駝上，整個身軀筆直射去。身形來至，已遙空一掌劈往羅戟躍在空中的身形。

羅戟身形尚未飄落，驟覺一股無形的氣體當胸撞來，他不敢硬接，急忙一挫身形，落在地上。

汗血寶馬趁著這個機會一蹬後腿，恍如疾電一閃，便落在七絕神君的身前，翻捲舌頭舔著七絕神君的臉頰。

這一人一馬恍如多年未見的摯友，互相撫慰對方，雙目裡湧現出閃閃的淚影。

他輕輕摸著寶馬的身上，感嘆地道：「老朋友，我們又見面了。」

羅戟冷哼一聲，嘴角揚起傲然笑意，他急跨數步，上前道：「閣下大概就是七絕神君吧！」

七絕神君揚聲一笑，道：「不錯，小子你大概活得不耐煩了！」

羅戟冷哼一聲，緩緩自背上拔出一柄寒芒四射的長劍，輕輕一抖，激起了數個劍浪橫空而過。

他橫劍而立，冷漠一笑，喝道：「閣下是不是為石砥中而來大漠？」七絕神君見羅戟斜劍直指上空，那劍式怪異，一點都不像中原各派的招式，尤其那份沉穩的架勢，真有名家風度。他看得心驚，暗暗心折，不由加倍留意起來。

他傲然捋鬚笑道：「不但是為了石砥中，也是為了汗血寶馬。」

「好，老小子你死定了！」羅戟斜跨一步，大喝道：「單憑石砥中三個字，我就該殺了你！」

「你」字一完，一道青色光芒經天而起。半空之中，那支長劍斜揮而起，「鏗！」的一聲輕響，無數劍芒傾灑而下。

七絕神君突覺當空一道寒光閃來，驟然一股重逾泰山的壓力罩滿他的身軀，使得他差點喘不過氣來。

他大喝一聲，長臂斜斜一舉，指掌所指之處，那無匹的壓力倏然向兩邊散去，羅戟急速地面劍暴退。

羅戟想不到七絕神君會有這麼高的功力，非但能把自己發出去的劍氣逼開，還能乘隙撩指點向自己身上。

他暗暗心顫，抖劍大喝道：「你再接我一劍試試！」

哪知他身形尚未移動，劍式未發之際，一眼瞥見凝坐在雙峰駱駝背上的東方萍，這時她忽然向七絕神君招手。

七絕神君身形急退，走至東方萍的身前，道：「有什麼事嗎？」

東方萍輕輕拂理飄亂的髮絲，道：「讓我先問他幾句話！」

羅戟站得遠遠的，驟聽這恍若薄啼的語聲，不禁有點呆了。

他凝目望了她一眼，但見東方萍朝他微微一笑，那淺笑中蘊藏著的一抹哀愁，使他的心弦不由一跳。

他暗忖道：「像她這樣的笑容，得是扣人心弦。我若非是年紀太小，當真會克制不住自己，被她笑容所迷。」

這時東方萍滿頭的銀絲白髮，使羅戟誤以為她年紀一定很大了，但當他的視線凝注於東方萍的臉上時，他的想法又立刻被自己否定了。

那是一張白脂如玉、豐朗透逸的臉龐，黑白分明的眸子，紅紅的薄唇微微上翹，雖然臉上薄罩愁雲，但也掩不住那麗質天生、國色天香的美豔。

羅戟腦海中思緒飛轉，由東方萍尋美麗的笑靨，想到自己失蹤的姊姊羅盈，她不也是這樣的美嗎！

東方萍落下身來，移動步子向羅戟走來，笑道：「你遇見石砥中了嗎？」

羅戟搖搖頭，嘆道：「沒有！」

東方萍失望地輕嘆一聲，雙目之中立時湧現一片失意，使羅戟看得心神一顫，不覺也有一股難以形容的遺憾。

東方萍似是迷途的羔羊，她痛苦呢喃道：「砥中，砥中，你到底在哪裡？」嬌柔如鈴的細語，深深打動羅戟的心房，他的血液隨著話聲而沸騰，他莫名嫉妒著石砥中。

羅戟暗暗為她著急，他幾乎要大叫出來，卻因自己也不知道石砥中流落何處，使得他不知該從何說起。

東方萍似是泥塑木雕的菩薩一樣，凝立在地上，任由那風沙吹襲。她仰首望向天邊的殘雲，眸子裡早已潤溼模糊一片……。

晶瑩的淚珠，一顆顆墜落下來，滾落在她的斗篷上，然後濺落在沙泥裡，使得鬆沙凝結成一顆顆沙珠。

羅戟難過無比，他可從沒見過這樣美麗的女孩子在他面前哭泣過，連他都替東方萍難過起來。

金羽君走至東方萍的面前，愛憐地道：「萍萍，你不要難過，我們還沒有到絕望的地步！」

語聲一斂，雙目突然盯在羅戟身上，冷冷地道：「你說沒有見到石砥中，那汗血寶馬你是從哪裡得來的？你若不說個清楚，老夫可要不客氣了！」

羅戟聞言一怔，旋即大怒道：「這個你管不著！」

金羽君正要發作，東方萍忽然淒涼笑道：「誰不要對他這麼凶，讓他慢慢說。」

羅戟經她輕描淡寫的兩句話，說得心頭舒服異常，使他原有的那些怒氣頓時煙消雲散，再也發作不起來。

他輕輕嘆道：「姑娘明察，在下確實沒有遇著石砥中。」

東方萍一怔，薄怒道：「你這就不該，我好意向你探聽石砥中的消息，你又何必要瞞我呢？唉！你這人也真不老實……。」

羅戟心急了，這一急卻給他急出一點眉目來，他突然發現這個少女酷似石砥中的愛人東方萍，但他卻奇怪東方萍何時竟然白了頭髮。

他急得手心沁汗，忙道：「不瞞姑娘，在下遠來大漠也是想找石砥中，數天前，我萬里孤騎獨進大漠，便發現汗血寶馬獨馳荒漠，我因為認識這匹神駒，所以才追到了這裡。」

七絕神君驚道：「這麼說，石砥中果然是在大漠失蹤了。」

金羽君嘆息了一聲，道：「看來一絲不假，他果然是在這裡出事了。」

東方萍聽得傷心透頂，粉面驟然變色，顆顆淚水紛紛自她腮頰上滑了下來，那真是梨花帶雨，惹人憐愛……。

東方萍悽然長笑道：「完了……完了，他不是被流沙吞噬了，就是乾渴而死，或是困倒大漠中，遭龍捲風颳走了……。」

羅戟這時忽然大吼道：「不會，回天劍客石砥中一身出類拔萃的武功，天下無敵，決不可能會無因而死。」

這本是一時心急自我安慰之言，東方萍卻聽得精神大振，心裡立即又升起一絲新的希望。

她蒼涼地一笑，道：「對呀，石砥中不會這樣就死去的，他還有他的英雄歲月，他還有未完的使命，一切都還等著他呢！」

「哼！」羅戟重重一聲冷哼，怒道：「英雄！他若真是個英雄，就不該躲藏著不敢出來。」

「胡說！」七絕神君滿臉怒容，叱道：「石砥中豈是那種膽小之人！」

羅戟一揚手中長劍，叱道：「七絕神君，你不要以為我怕你，我只不過尊你是個武林前輩，假使你再幫石砥中說話，我就……。」

東方萍幽怨地道：「剛才你還敬重石砥中，怎麼現在又恨起他來呢？」

羅戟冷笑道：「以前我確曾把他看成天地間的奇男子，現在他在我心目中連豬狗都不如，跟那些下三流小人無異。」

東方萍面上倏然掠過一層寒霜，她冷冷地道：「你也是一個少年英雄，怎可這般背後傷人。」

羅戟冷哼道：「你不知他如何可惡，我姊姊羅盈愛他有如金石，誰知他非但不珍惜這份感情，並且還暗下毒手殺了她，我這次遠來大漠，便是要替我姊姊報仇。」

東方萍驚得臉色蒼白，顫道：「你說什麼，他殺了羅盈？不會的！」

羅戟氣極而笑道：「不會？哈……有人親眼看見，難道還會錯了。」

七絕神君對石砥中的人品最清楚不過，深信石砥中不是那種人，聞言立時大怒。

他怒喝道：「小子，你再胡說八道，老夫立刻就殺了你。」

羅戟怒瞪他一眼，道：「我胡說八道，你看了我姊姊的屍體就知道了。」

七絕神君怒道「誰告訴你的？」

羅戟一怔，道：「西門錡。」

七絕神君怒罵道：「瞎了狗眼的東西！」

羅戟年少氣旺，一聽七絕神君叱罵自己，頓時大怒，一撩長劍急步跨了過來，怒道：「你罵誰瞎了狗眼？」

鏘然一聲龍吟，自羅戟手中長劍發了出來，他手腕略顫，陡然劃起一道大弧，朝七絕神君腹結之處刺來。

七絕神君怒笑一聲，步下已自滑過，左掌往外一兜，將劍芒擋出六尺之外，右手疾抓而下。

羅戟此時身兼海外劍派數家之長，臉色凝重地刺出一劍，突然斜翻右腕劈了過來，劍上藍色光芒吞吐間，嘶嘶之聲，電射四面八方，空氣中劍氣迴旋激盪。

七絕神君眼見面前這個少年劍法詭異，手法絕妙，使人摸不清路數，他再也不敢輕敵，趕忙聚神凝志對付羅戟。

他沉聲大喝，陡然當胸擊去一掌，澎湃的掌風氣勁旋激，絲絲縷縷湧向羅戟。

羅戟只覺這一掌沉猛有力，那揮落的一劍被一層無形的壓力阻擋在外，使得劍式發不出去。

他心裡一急，無儔的掌風已當胸推來，這時變勢已是無及，只得翻起左掌迎了上去。

「砰！」

羅戟只覺胸口一緊，那奔放四溢的全身力道倏然倒翻，流竄回全身的經脈，他心裡大駭，忙不迭回身而退。

他深吸口氣，身形一斜，弓身躍開，踉蹌幾步才穩住身勢，左掌緊緊按住自己的前胸。

他怒視七絕神君一眼，道：「這個仇我非報不可。」

七絕神君哈哈大笑，道：「好，老夫隨時給你機會！」

羅戟一語不發，大步走了過去。

當他行至東方萍的身旁，深深地盯了她一眼，冷笑而去。

東方萍茫然望著羅戟離去的身影，心裡有一種說不出來的感覺，輕輕嘆了一口氣，道：「羅戟！」

羅戟回首，冷冷地道：「你還有什麼話要說？」

東方萍道：「你不要再恨石砥中，他可能已經死了，你如果一定要替你姊姊報仇，你乾脆找我好了！」

羅戟沒有說話，凝立了很久才離去。

第七章　大會群雄

曉霧朦朧，月影更移，夜空尚有幾顆閃爍的星光。

塞外寒夜，冷如冰水，蒼涼的漠原上，黃沙無垠，遠處天地混沌一片，漠野靜謐得沒有一絲聲響。

拂曉之前，遠處的沙丘上，出現兩條孤寂的騎影，在星光下緩緩馳了過來。

只聽馬上那個青年道：「爹，你真能找著鵬城的位置？」

那白髯微拂的老者嘿嘿笑道：「錡兒，自從鵬城初現之後，爹爹不是告訴過你好幾次嗎，石砥中在這裡進入鵬城，鵬城自然就在這地底下，只是爹始終想不通，鵬城何以會浮現出來……。」

西門錡嗯了一聲，又道：「爹，石砥中當真會死在鵬城裡面嗎？」

西門熊笑道：「鵬城裡面機關密布，單單那幾個厲害的陣法就已足夠阻止他活著出來，何況他又活活被埋進地底下了呢！」

西門錡放心地道：「爹爹，你說要利用石砥中，一個死人還有什麼利用價值？我實在想不通。」

西門熊嘿嘿笑道：「死了一個石砥中，我們不能再造一個石砥中嗎？孩子，你年紀太輕，江湖閱歷實在差得太遠，以後要多學習學習……。」

「我還是不懂。」

西門熊斜睨了愛子一眼，搖頭道：「我問你，我兩個月前潛進中原是為什麼？」

西門錡睜大眼睛道：「你不是說，如果要使天下心服，必須要施給各派一點恩惠！」

西門熊詭異地笑道：「這不就結了嗎！這次爹爹潛入各派，把他們每派的武功秘笈都盜了過來，正是要給他們天大的恩惠，使他們永遠聽命於我，這樣非但利用了石砥中，而且……哈哈！」

西門錡幾乎要驚呼出聲來，道：「什麼，爹把各派的武功秘笈都盜過來了，那江湖上豈不又要鬧得天翻地覆，怎麼我從沒聽人提過此事呢？」

西門熊嘿嘿笑道：「你想想，誰願意把自家的醜事說出來，尤其這種不體面的事情，目下江湖各派都是死要面子的人，他們只有啞巴吃黃蓮，有苦往肚子裡吞。」

西門錡想了甚久，還是有許多事不明白，終究耐不住心裡的疑惑，訕訕然笑道：「爹，這事我還是弄不明白，你還是從頭說給我聽聽，好讓孩兒也增長一點見識。」

西門熊嘿嘿笑道：「這裡我暫時不說，總而言之，等會兒各門派必會通通趕來，還有許多你意想不到的事……。」

說至此處，西門熊的目光忽然凝視於前方五丈之外，只見在空曠的漠野裡閃過八、九條人影，這些人影各自躲在隆起的沙丘後面，俱都雙目觀望著前方。

他們恍似在等待著什麼人。

西門熊微微笑道：「孩子，等會兒你不要吃驚，這都是爹爹安排好的。」

說完，西門熊父子飄身而落，緩緩往那些人移去。

黑暗裡，有人問道：「前面是老前輩嗎？貧道天悟恭候多時了。」

西門熊壓低聲音道：「道長勿驚，今夜西門熊定當替各位效勞！」

這些人見西門熊父子出現，各自出來見禮，他們有來自武當，也有來自華山，一時九派除了少林和崑崙外，各派都有弟子參加。

天悟道長趨上前來，沉聲道：「老前輩，這些人夠嗎？」

西門熊拍手道：「我不是跟你們說過，你們就是不派弟子來，我也會替你們從石砥中手裡搶回東西來，我身為武林中人，江湖上居然有這等大事發生，我豈能坐視不管嗎？」

他說得義正詞嚴，博得遠來大漠的各派江湖高手同聲讚佩，使得他們心悅誠服，感激得幾乎涕零。

突然，西門熊臉色微斂，道：「各位注意了，石砥中已經來了！」

各派高手一聽，立刻緊張起來，藉著黯淡的月光，只見漠野裡空蕩蕩的，沒有半絲人跡，這些人看得一愣，俱露出迷惘的神色。

× × ×

「哈……！」

這笑聲來得突然，使得大漠裡的空氣立時凍結起來，各派高手聞聲同時猛地回頭，只見一個戴著低低黑色帽子的人影，卓立在一個沙丘上面。

這個人臉上冷漠得沒有一絲表情，但那雙冷酷的眼中卻射泛著窒人心息的寒意，使得這些人俱都驚顫不已。

這個人正是石砥中！

這些武林高手一見，頓時激動不已，有的人已緩緩拔出長劍。

這時，自沙丘後面冒出一個虬髯道人，喝道：「石砥中，你私盜敝派的無上劍譜，到底是何居心？是不是不把我們各派放在眼裡？」

石砥中冷然笑道：「閣下是誰？」

那虬髯道人冷喝道：「在下崆峒玄法，閣下也該有耳聞吧！」

石砥中冷冷地道：「久仰，久仰，等會兒第一個死的就是你。」

他說得有若冰山雪谷刮來的寒風，那崆峒玄法道人雖然天生神膽，也不覺倒退了兩步。

「嘿！」

這時從人群裡走出一個獨臂中年漢子，他陡然拔出懸於腰際的長劍，沉聲大喝道：「各位還等什麼，上呀！」

這人是華山派的俗家弟子獨臂神劍嚴和光，是出了名的火爆脾氣，他右臂一振，劍光抖顫閃爍點了過來。

石砥中望著急射而來的長劍，連眼睛都不抬一下，他等那劍尖距離自己身前不及五寸之時，忽然斜伸一指，疾快地點了過去！

「叮！」獨臂神劍嚴和光只覺全身一顫，一股真力自劍尖透了過來，逼得他身形踉蹌地連退了五、六步。

他身形未穩，張口噴出一道血箭，臉上神色立時變得蒼白，再也沒有辦法握得住長劍，斜斜仰跌在地上。

他在華山派是新一代中第一把高手，誰知僅僅一個照面，便受傷擲劍，直氣得他通體顫抖。

他一抹嘴角上的血漬，大喝道：「石砥中，從今以後，華山派和你勢不兩立。」

石砥中淡然笑道：「回去告訴你的掌門，趕快解散華山派，否則，哼！我回天劍客的手段你應該曉得……。」

他易如反掌地擊敗了華山派後起之秀獨臂神劍嚴和光的那手神技，霎時震懾住全場。各派自認身懷絕技的代表們不由暗忖自己的能耐與來人差得太遠。

石砥中眼光微揚向場中一瞥，忽然看見西門熊父子竟也混在群雄之間，他目光一冷，嘿嘿笑道：「我石砥中盜笈留箋上說得明白，各派僅能派遣年輕好手參加奪笈大會，並僅限於一人應約，現在我突然發現有與這事不相干的人來到這裡，而且來的還是一對父子……嘿！你們以為請了西門熊父子替你們出頭，便能索回各派的東西嗎，那是作夢！」

西門熊冷哼一聲，走上前道：「石砥中，你這武林敗類竟敢公然盜取各派武功秘笈，還挑起江湖上的血雨腥風，老夫身在江湖是武林的一分子，自然不能坐視你這樣無法無天。」

石砥中冷漠地一笑，仰首遙望天際的寒星，笑道：「我說得明白，這裡只要有一個不是我歡迎的人參與此事，在下便要撒手一走，讓你們空跑一趟。」

各路高手一見他要離去，霎時惶亂起來，他們這次趕赴大漠，便是想要奪回他們門派中的無上的武功劍譜，石砥中若是脫身離去，這趟奪笈之會便要化成泡影了。

崆峒派玄法道人沉聲喝道：「石砥中，你若這樣不要臉，我便要罵你十八代祖宗了。」

他和其他各人同一心思，身形一晃，便捨身往石砥中撲來，此時高手環伺，石砥中身形未動，四面八方已湧來無數人影。

石砥中目光冷漠地朝四周略略一掃，淡淡地道：「誰敢動手，我現在就把你們派中的拳經劍錄毀去！」

只見他朝懷裡一掏，但見手中抓著數本黃綢冊子，向四周各派高手示威。

各派高手見他抓著的正是各派輕易不露的拳譜劍笈，紛紛現出緊張的神色，數十道寒冷的目光全投落在石砥中的身上，立時引起了一陣輕微的騷動。

玄法道人面容緊張，額際泛現汗水，他瞪眼喝道：「石砥中，你這算哪路子英雄！你有種盜取各派的秘笈，就該有種承擔一切的後果。」

石砥中向他回瞪．冷冷地道：「我有種偷，你們就要有種奪，來呀，東西都在這裡。」

這一群年輕的武林高手被石砥中的豪氣震懾住了，他們涵養功夫到底是差了些，聞言之下暗自暴怒，但他們卻不敢輕易地出手，因為石砥中剛才露出那一手天下罕見的功夫，已在他們心裡留下深深的陰影。

玄法道人氣得虬髯一顫，大喝道：「石砥中，我跟你拚了！」

他氣得臉色鐵青，大喝一聲，身軀迅捷地往前飄來，雙掌奇快地朝石砥中劈去。

石砥中面上露出詭異凶狠的笑意，嘴角微露不屑地揚聲一陣震澈穹空的大笑，左掌輕輕一揮，便有一股浩瀚如巨濤的暗勁直撞而至。

「砰！」

玄法道人身軀一抖，登時發出狼嗥似的慘哼，整個身子斜拋而去，啪的一聲，掉落地上泥塵之中。

他面上一陣抽搐，痛苦地慘笑一聲，指著石砥中沙啞地顫道：「你——好——毒——的手段。」

石砥中冷漠地道：「我說過今夜死的，你是第一個……迢迢萬里的漠野裡又增加了一個孤魂野鬼，哈……。」

他的笑聲冰冷得沒有一絲人味，這種毒辣的手段，使各派的高手都駭得面無血色，但也激起他們敵愾同仇的怒意，各自暗暗準備猝然一擊。

玄法道人目中泛射怨毒的神色，他額前汗珠迸落，自嘴裡噴出血箭，他奮起了體內殘餘的力道，緩緩趴著沙泥，往天悟道長的身前移去。

他企求般抬起了頭，抓住天悟道長的腳踝，顫聲道：「道長，請你轉告敝派，替我報仇……。」

他聲音略略哆嗦，說至這時，通體一顫，便氣絕身亡，那臨死前的神色，使漠野染上一層哀愁……。」

天悟道人臉上掠過一層陰影，悲憤地瞪視石砥中一眼，仰天一聲淒厲的大笑，顫道：「好，好，石砥中，貧道倒要領教！」

說完一抽身上斜掛的長劍，大步往石砥中走了過去。

西門熊眼看著華山派獨臂神劍嚴和光受傷，又眼看到崆峒派玄法道人死去，也眼看著武當天悟道長揚劍走了出去。

這個武林公認的魔頭到底是存了何種心思呢？

隱藏於西門熊臉上的笑意，終於淡淡的浮現了出來，他知道時機已至，不用再乾耗下去了，當下向前移步過去。

他乾笑一聲，上前抓住天悟道長的肩頭，道：「道長，這事由老夫來吧！」

天悟道長激動地道：「老前輩，我們不能再忍受他了！」

西門熊淡淡微笑道：「還是由老夫來吧！道長暫請退下，倘若老夫接待不下，這最後的責任可要交給道長了。」

石砥中冷哼道：「西門熊，你敢與我為敵？」

西門熊冷冷地道：「你是什麼東西，竟敢對老夫說這種話？」

石砥中似是暴怒異常，斜掌一推，大喝道：「去你的！」

一股暗勁有發無形，飆然襲了過來，西門熊單掌一撩，微微上舉也是一股暗勁迎了上去。

兩人身形同時一晃，各自退了兩步，石砥中面上流露出一種至為奇特的神色，怒視著西門熊。

他厲喝道：「西門熊，石砥中非把你幽靈宮拆了不可。」

西門熊臉色驟變，叱道：「狂徒納命來！」

他身形驟然激射而起，有如一隻大鷹似的在空中旋轉一匝，兩隻手掌當空向石砥中擊了下去。

石砥中神色凝重，沉聲大喝，右掌斜舉，對著正自空中飛落的西門熊迎上去。

「砰！」

轟然一聲巨響，石砥中身形劇烈地一晃，臉上立時掠過一種痛苦的樣子，他步下踉蹌，每退一步，原已深陷於沙泥中的足踝便陷得更深了。

他硬接一掌後，那左手緊握著各派的武功秘笈紛紛飄落地上，各派高手一見，臉上俱露出激動的神情，各自收回本門的拳經劍譜。

石砥中一抹嘴角流下的鮮血，厲喝道：「西門熊，這筆血仇惟你是問。」

西門熊哈哈狂笑道：「好說，好說！閣下若有興趣，不妨把所有的仇加諸在老夫身上，老夫一切都願承擔下來。」

西門錡這時臉上露出惶急的神色，他上前急道：「爹，你……？」

西門熊嘿嘿笑道：「孩子，你是他們的盟主，應該把他們的事當作你自己的事，爹爹此舉完全是本著江湖道義……。」

語音未落，穹空裡突然傳來細碎的銀鈴聲，這鈴聲「叮噹！叮噹」陣陣地輕響著，黑夜裡非常悅耳動聽。

各派高手這時目光聚落在石砥中的身上，誰也沒空理會這一連串的鈴音，但是西門熊卻注意到了，他的臉上漸漸露出不自然的神情。

華山派獨臂神劍嚴和光負傷甚重，此刻雖見本門的劍譜已經追回來了，但心中仍惱恨著石砥中。

他身形歪斜，腳步蹣跚，道：「老前輩，好事做到底，你千萬不能放過石砥中。」

西門熊略略掃視石砥中，道：「我輩武人講究的是義氣二字，石砥中雖然罪無可赦，但我等也不該趕盡殺絕，看在老夫的薄面上，再給他一次自新的機會。」

石砥中怒喝道：「西門熊，我可沒有要你替我留命！」

西門熊回首冷冷地道：「閣下自信今夜能活著離開這裡嗎？」

石砥中臉上神情極其難看，他好似知道自己受傷極重，牽強地一笑，冷冷地道：「回天劍客出道至今，從未栽在人家手裡過，不過這次栽在你手上也不會丟人，我們後會有期……。」

各派高手見石砥中忽然軟化，全都怔住了，傳聞回天劍客石砥中是天地間奇男子，有名的年輕英雄，哪知他這時竟如此軟弱，與傳言中的那種萬夫莫敵的氣概完全是兩回事。

天悟道長有些猶疑之色，道：「老前輩，你真要放了他？」

西門熊只是微笑不語，各派高手知道事已至此，紛紛向西門熊道謝離去，霎時這些人走得一乾二淨。

×　×　×

西門熊望著各派高手逝去的身影，臉上流露出神秘的笑意，他哈哈大笑一陣，只見石砥中從沙堆後走了過來。

石砥中上前躬身道：「宮主，我扮得如何？」

西門熊笑道：「一切都像極了，只是聲音太粗，還好來的俱是些晚輩，若是他們師父輩來此，準得出亂子……。」

「鈴！鈴！」

一連串如雨的駝鈴聲，愈來愈近，這陣鈴聲來得瞬快無比，只見夜光望出現一道騎影，在那匹駿馬後尾隨著兩頭雙峰駱駝。

夜暗星稀，使人極難辨認來的是些什麼人。西門錡雙眉緊蹙，神色凝重。他極目遠眺長久，沉思道：「那是誰，怎麼騎的好像是……。」

正在沉思之間，東方萍已急馳而來，但誰也沒有聯想到那匹曠世神駒會突然出現在他們的眼前，尤其背上紅色的鬃毛確實使西門熊父子和石砥中嚇了一跳。

石砥中神情大變，欲避業已不及，西門錡連連向他施眼色，他只得尷尬地站在那裡。

東方萍驟見石砥中站在星空下，幾乎以為自己的眼睛產生了幻覺，她揉了揉眼睛，登時一種難以形容的喜悅自她心底升了起來。

她激動得顆顆淚珠有如泉湧，凝視良久，她輕輕的啜泣著……。

這是久別重逢的淚水，她狂喜的從馬背翻落到地上，嘴唇嚅動卻說不出一句話，一時千言萬語情難盡，才終於振開了雙臂，歡呼道：「砥中，砥中……。」

她如小鹿般扭動身軀，星眸噙著熱淚，如雲的銀髮從肩後流瀉下去，她無法克制住激動奔放的情感，飛奔著往石砥中身上撲去。

這一剎那，她驟然覺得自己的生命又復甦了，她彷佛自寒冷的冬天又回到了溫馨的春天裡，那鳥鳴……那花香……使東方萍輕柔地闔上了眼睛……。

她需要那沉猛有力的雙臂摟住她，她更需要愛情的融合，這剎那的希望使她跌進幸福的幻夢裡……。

突然，冰冷的喝聲自她耳邊響起，只見石砥中輕輕一閃，東方萍頓時撲了一個空，神智也清醒了過來。

石砥中冷哼道：「你是誰？」

東方萍的心情劇烈震撼著，有似一柄穿心利箭無情地刺傷了她，她覺得整個心都碎裂了，她臉上露出難以形容的痛苦樣子，雙頰泛起陣陣輕微的抽搐，哭泣聲隨著滾滾淚水絲絲縷縷鑽進了所有人的心裡。

她悲笑一聲，顫抖地道：「砥中，你連我都不認得了！」

石砥中冷哼道：「天下的女子何其多，我哪能一一認識……。」

語聲粗獷顯得極為蒼老，東方萍和石砥中深愛相處，他的音容舉止都熟悉得可以背出來，她聞聲一怔，急忙拭去淚水，仰首望去。

她臉色大變，喝道：「你不是石砥中，你到底是誰？」

傍立的西門錡這時和東方萍的目光交錯，頓時全身一顫，當那美麗嬌柔的面靨又顯現在他的眼前，東方萍的一顰一笑早已深烙在他腦海裡。當他看清楚這女子竟是東方萍時，那隱藏於心底的情焰不覺又迸發了出來。

他雙目平直，喃喃自語：「萍萍，萍萍，是她！」

他走上前去，目中一片溫柔的愛意，輕聲道：「萍妹！」

東方萍回眸冷道：「閣下鴻運當頭，是武林的新任盟主，還會認得我們這些凡夫俗子嗎？」

西門錡一時心急，竟不知如何答話。

西門熊見東方萍、七絕神君和金羽君竟然同時出現。他臉色微變，暗地裡早已急出一把冷汗，腦中閃電似的急轉，頓時計上心來。

七絕神君和金羽君緩馳而來，看見石砥中面露驚惶之色，心裡頓時一愣，竟猜不透他何以對他倆人竟如同陌路。

七絕神君急飄而下，哈哈笑道：「砥中，你連本君都不認識了嗎？」

東方萍回首悽笑道：「他根本不是石砥中……。」

石砥中厲喝道：「胡說，誰說我不是石砥中。」

說也奇怪，神勇不可一世的回天劍客，在東方萍面前居然急冒冷汗，身上的衣衫都溼了一大片。幸好他剛才久經苦戰，除了自己之外，沒有別人會想到這汗竟是嚇出來的，但還是瞞不過東方萍的眼睛。

西門熊嘿的一笑，上前道：「萍萍，你怎麼知道他是假的？」說著，暗暗又向石砥中施個眼色，自己卻一閃身形擋住了七絕神君和金羽君，暗蓄功力於雙掌。

石砥中目光一冷，趁東方萍回眸流轉之際，驟然大喝一聲，雙掌電疾地往東方萍身上劈來。

七絕神君一見大寒，急喝道：「萍萍小心！」

東方萍一怔之間，寒冷的掌風追面劈至，她急挫身形，揚掌斜推而上，兩股渾厚的掌風在空際相交，頓時發出一聲巨響，激盪於漠野裡。

石砥中卻趁兩掌相交的反震之力，身軀倏然射了出去，整個身子在空中一翻，往黑夜裡遁去。

東方萍身形急晃，追了過去。

七絕神君一掠身形，喝道：「鼠輩哪裡走！」

哪知他身形才動，靜待於一側的西門熊突然掄起一掌朝他身前劈來，嘴裡大聲喝道：「柴倫，有種接我一掌！」

七絕神君急煞身形閃了過去，他氣得臉色鐵青，凝目一望，只見東方萍和金羽君已連袂追了上去，眼見兩人的身形就要消逝於黑夜裡了。

七絕神君心裡大急，喝道：「西門熊，本君改天再同你算賬……。」

他惟恐西門熊有意拖住他，喝聲甫落斜掌擊拍而出，身子卻拔高數丈往東方萍的背後追蹤而去。

夜，漸漸褪色，東方露出魚肚白的曙光。

第八章 海神幫主

雖然已是仲春，大漠的草原上仍是枯黃一片，那強烈的陽焰仍然殘酷地蒸曬著大地，狂風依然颳著……。

僕僕征塵中，自那沙影漫天的光幕裡，一個髮髭蓬亂的漢子，沿著烈日在大漠裡踽踽獨行。

他望了望高掛穹空的烈陽，金霞萬道，使雙目幾乎難以睜開；他的嘴唇乾澀的嚅動了數次，才伸出舌頭舔了舔乾燥欲裂的雙唇，接著手掌阻擋激射在臉上的沙礫，孤獨地行進……。

他的思緒隨著空際旋激的風沙而轉動，使他想起若干往事，那逝去的影子又重新顯現在他的腦海裡。

茫然移動著身子，他自言自語道：「我終於又重見天日了，自從進入鵬城後，恍若隔世之人，連自己如何回到這個世界上都差點忘了……。」

他並非慨嘆旅途艱苦，而是感慨歲月易逝、彷彿才恍然一夢間，便由青年踏入了中年。

有如一個孤獨的旅人，抬首遙望遠處黃沙盡頭，不禁搖頭喟嘆自己的遭遇。

他低聲嘆道：「唉，又是春天來了，江湖上不知變成什麼樣子，我石砥中早被他們遺忘了，或許人家以為我已經死了……其實活著與死了也差不了多少，因為我的心早已不再熱衷名利，淡薄的像個苦行僧，我再也不留戀過去，只想遠離江湖……。」

思緒有如車輪般迴轉，幕幕往事電快地閃過腦海，但卻無法激發他往昔的豪情。

僅有東方萍是他永遠不能忘懷的，雖然豪情斂逝，但是他對她的愛卻與日俱增，埋藏在他心底的情焰反而愈來愈濃烈……。

是什麼事情使得豪勇不可一世的回天劍客變成這個樣子，連往昔那股爭強鬥狠的豪氣都消逝殆盡，無疑的這必是與鵬城之秘有關。

他苦澀的一笑，摸了摸斜掛於腰際那個長長的布包，苦笑道：「我雖然不想再在江湖上爭雄揚名，但這墨劍是天下第一柄凶劍，我不會讓這種凶器再現江湖，我要它永遠伴隨著孤獨的我，況且劍客與寶劍永遠是分不開的，我現在雖想遠離江湖，可是我愛劍之心卻絲毫未減。」

突然，他視線裡出現一排枯黃的樹影，那些枯樹早已不剩一片枯葉，零落的幾株枯樹之間，有一窪混沌沌的淺水。

石砥中雙目泛射神光，他欣喜地道：「啊！綠洲，沙漠裡生命的泉源，我終於找著了……。」

他三步併作兩步，電快地撲向水潭的旁邊，伸出兩隻乾穢的手，捧起混濁的水猛喝了數口，霎時一股清涼沁心的快意使得他精神一振，旅途勞頓此刻都消失了。

那淺淺的水裡，一個蓬髮長髭的倒影立時使石砥中怔住了，只見水裡顯現出一個兩鬢飛髯、斜眉濃捲、臉現淡紋的影像，在他臉上再也看不出一絲俊俏的痕跡了。

他低頭看了看身上襤褸的衣衫，失笑道：「江湖上再也沒人認得出我來了，就憑我這種樣子，恐怕連萍萍都不會想到是我。」

石砥中抹了抹臉上的水漬，再望了望萬里無垠的大漠，他憂鬱地低聲一嘆，身子斜倚在一株樹幹上，輕輕閉上了眼睛。

朦朧中，他恍如覺得有極輕微的細碎步聲向他行來，他輕輕啟開雙目，只見此時夕陽西下，強風捲起陣陣沙塵撲打在他的身上。他瞥見他身前凝立了兩個魁梧的漢子。

那兩個彪悍的漢子俱露出詫異的神情，以一種極令人厭惡的目光緊緊盯著他，不斷朝他身上打量……。

石砥中只是淡淡一笑，沒有理會這兩個漢子。

右方的漢子輕輕推了他一下，道：「喂，朋友，你是打哪裡來的？」

石砥中腦裡疾快地忖思道：「看他們兩人身配兵刃，定是武林中人，我現在厭倦江湖之心愈來愈熾，還是不要理會他們……。」

他一念及此，淡淡笑道：「我只是個過路人，來這裡避避風……。」

在他想像中這樣回話，必會盡釋這兩個漢子的疑心，哪知他的話音甫逝，那兩個漢子便都冷冷地一哼。

剛才發話的漢子冷笑道：「朋友，你是裝孫子還是瞎了眼睛，這裡已是海神幫的地盤，難道你沒看見樹上的標記？」

石砥中可從未聽過「海神幫」這個陌生的名字，他這時不願再招惹是非，斜睨了他倚靠的樹幹上一眼，果然樹上刻有一個猙獰可怖的怪獸，牠左手握錘，右手執劍，真像一個惡神似的。

石砥中淡淡地道：「二位兄臺請了，區區一時沒有看見，不知這是貴幫的地盤，得罪之處尚請二位多多包涵……。」

那兩個大漢非但未領這個天大的情面，反而有些不豫之色，兩人互施眼色，便朝石砥中攏來。

左邊的漢子嘴角微哂，道：「古軍，這小子莫非是來臥底的，先幹掉他再回報主人……。」

右方叫古軍的漢子，冷冷地道：「不行，主人有命，還是抓住這小子，讓主人親自發落。」

說著，右腕輕抖，電快地往石砥中臂上抓來。

石砥中見這漢子的手法怪異，和中原的擒拿手法殊歸二途，頓時迷惑不已，他不願在他們面前顯示自己會武，只覺手臂一緊，有如一道鋼箍般五指扣住了他手臂上。

他微微慍怒，道：「兩位這是什麼意思？」

古軍抓著他冷冷地道：「少囉嗦，見主人去。」

石砥中暗暗忖道：「我以為真能脫離江湖，哪知會半途遇上這種事，這兩人已不可理喻，只有見到他們主人再說吧！」

他這時塵念已息，當真不願沾惹上江湖是非，可是哪知他既然踏入江湖，江湖決不會容他回頭的。

× × ×

石砥中任由兩人挾持朝前走去，轉到這混濁的湖水後面，便見一個高高的土丘橫斜而立，上面青黃一片，只有稀疏的枯草。

他越過了土丘，只見一行二十餘騎俱倒在地上躲避狂吹而來的風沙，在那些騎士中間，搭起了一個高高的篷帳，布簾低垂，不知裡面住著是什麼人？

篷幕外面站著兩個黑衣漢子，斜配彎刀有如木偶，顯得甚是猛威，見他們三人走來，理都不理。

古軍趨上前去，在兩人耳邊嘰哩咕嚕說了一陣，便見守衛的漢子進去通報，不多時就出來了。

古軍朝裡面一指，沉聲道：「進去！」

石砥中冷冷一笑，掀簾走了進去，才進去他便一愣，只見一個面罩黑色紗巾的女子獨坐在裡面。

她有一雙明麗又冷酷的眸子，那雙星眸含著一層憂鬱之色，石砥中雖然不知道這女子是誰，但那雙眸子卻勾起他腦海中的一絲回憶……。

他可清晰地看到那女子的眼眶裡含有一抹未乾的淚水，恍如剛才哭過一般，他無法思索出這女子的來歷，因為除了一雙憂鬱的眼睛外，他僅能看到那垂肩的滿頭烏髮。

那女子驟見一個蓬髮襤褸的漢子進來，似是極感意外，那雙冰冷無情的眼睛往石砥中的身上一掃，冷澀地道：「你是誰？」

石砥中輕聲道：「我只是個過路人……。」

那女子不容他有說下去的機會，突然冷喝道：「你不要想瞞我，我看得出你的武功不錯，告訴我你是誰，否則當心要你的命。」

石砥中急得出了冷汗，他不是畏懼對方的威脅，而是驚嘆這女子敏銳的目光，他覺得這女子絕非尋常之輩，讓人有一種莫測高深的感覺。

他訕訕笑道：「姑娘請息怒，在下路過此處絕無他意。」

突然，那少女的目光凝聚在石砥中的臉上，連眨都沒眨一下，她突然發現那熟悉的輪廓，那彎彎的濃眉、薄薄的嘴唇、炯炯有神的眼睛，極酷似深藏在她心底的那個人影，她突然揚聲大笑……。

石砥中不敢和她目光相接，急忙低下頭去！

那女子倏地扯下了蒙面黑巾，道：「你看看我是誰？」

石砥中全身驚震，訝道：「何小媛，是你！」

當他由於吃驚而呼叫出何小媛的名字時，他內心後悔極了，他發現自己仍然脫離不了江湖，他的形藏終於又暴露了。

何小媛驟然證實了自己的猜疑，身上一陣顫抖，突然跌坐在靠椅上，兩眼惶惑地望著他，一串晶瑩的淚珠滾落下來。

石砥中心裡突然激動起來，何小媛昔日對他的情意霎時泛上了心頭，他想緩和一下雙方的情緒，道：「何姑娘，我很後悔，我們似乎是不該再遇到的……。」

何小媛顫慄地道：「命運的安排，誰又能違抗？」

那種絕望的語氣，悽愴的聲音，繚繞在石砥中的腦際歷久不散，使他覺得自己心靈上的負擔無比沉重……。

他暗自慨嘆，一時間竟不知如何開口。

何小媛自第一眼遇見石砥中的時候，她的心便屬於這個年輕人了，她早把全部的感情通通投注在他身上，但換回來的卻是無窮的失望，在那些早已消逝的歲月裡，有愛，有恨，有醇厚的戀情，有冷酷的分手……。

她想得太多太遠，紛雜的思緒，像浪潮拍岸，激起澎湃的浪花，一次……又一次……她陷入極端的痛苦裡。

她忽然有一股莫名的衝動，難以抑止自己的情感，使她又想要佔有他，她突然撲進石砥中的懷裡，雙臂緊緊摟住他的脖子，惟恐她又將失去了那追尋已久的夢。

她星眸輕闔，喃喃自語：「砥中，我的愛，告訴我這不是夢……。」

石砥中的心弦震顫，他的心裡只容得下一個東方萍，他的愛早已完全獻給了東方萍，哪怕是一絲一毫都不容別人破壞，這才是真正的愛。

他冷漠地推開她的嬌軀，道：「何姑娘，請你冷靜一點，這是不可能的……。」

何小媛滿腔的愛火驟然被澆上冷水，她想不到石砥中當真是鐵石心腸，竟這般淡漠對待自己，她霍然被推開、燃燒著的愛意全都化為妒恨。

她淒厲冷笑，陡然撩起衣襟，在那白脂如玉的大腿上赫然露出片片的疤痕。

她恨恨地道：「石砥中，這些傷痕代表我的決心，只要一日得不到你，我一日不會罷休……我寧願你即刻死去，縱然只能得到一個屍體，也不讓你落在東方萍的手裡。」

最狠毒莫如婦人心，何況是因愛生恨，何小媛眸中流露出一層煞然寒意，嘴角泛現一道冷酷的弧線。

石砥中黯然嘆道：「愛是不能勉強的，何姑娘，你這樣做只會毀了你自己，你冷靜地想一下，我們何不……。」

「住嘴！」何小媛淚珠迸濺，冷喝道：「你以為我現在才毀了嗎？石砥中，我告訴你，何小媛早已毀在你的手裡了，我為了報復你帶給我的打擊。我已經……唉！」

她哽咽的說不下去，一聲長嘆，竟然輕泣了起來，那失身換技的事，又復盤繞在她的腦海裡。

石砥中不知道她所指為何，他忽然覺得何小媛痴情得有些可憐，他知道自己並沒有任何方法可以使這個芳心寂寞的女子改變心意，只好輕嘆道：「何姑娘，你歇著吧！我要走了。」

何小媛目光閃過狠毒之色，她冷哼道：「我知道留不住你的，我雖然留不住你的心，但總可留下你的人，從今天起，你不准離開我一步。」

石砥中一怔，臉上閃過一絲不豫之色，道：「這是不可能的……。」

何小媛揚起粉拳，咬牙切齒地道：「可能！這就是力量。」

石砥中搖頭道：「我知道你現在是海神幫的幫主，有足夠的力量對付我，可是我有兩條腿，誰也留不住我。」

何小媛哈哈大笑，厲聲道：「只要你肯伴隨我，我隨時可以解散海神幫。」

「何姑娘！」石砥中堅決地道：「你不需要這樣犧牲。」

何小媛目中凶光陡熾，怒喝道：「你還是想走？」

石砥中神光回逼，悽然頷首一笑，笑意含有幾分苦澀，使何小媛看得一愕。

她的心驟然抽痛，叱道：「好，石砥中，算我認識你了！」語聲甫落，她的手掌忽然揮起，掌影微閃，迅捷如電地襲向石砥中的胸前。

來掌飄忽，毒辣無比地指向他「鎖心」大穴。

石砥中臉色驟然大變，在指掌剛剛觸及衣衫之際，飄身躍起，似一片飛絮，輕靈地退了開去。

他痛苦地笑道：「何姑娘，請不要逼我動手，我已不願再涉身江湖是非了。」

何小媛臉色大變，吐氣開聲，片片掌影灑出，凌厲詭奇地逼向石砥中。

石砥中長衫飄起，身形回空旋了一個大弧，落在篷幕裡的另一端，雙目神光湛然，目注何小媛撲來的身形。

他急急喝道：「何姑娘！」

何小媛厲聲笑道：「你動手呀，你怎麼不敢殺了我呢？」

她身形如急矢般躍來，帶起片片掌影，沉猛急勁射了過來，一股陰寒的掌風直襲而至。

石砥中傷心慨嘆，忖道：「我該怎麼辦呢？難道我真的離不開江湖……。」

這時，那股陰寒的掌風氣勁旋激侵體而來，時間已不容許他再遐思，一種求生的本能，使得他急翻右掌迎了過去！

「砰！」

何小媛身子一震，倏然倒翻了出去，轟然聲中，那個篷幕嘩啦地撕扯下一大片來，強風急襲而至。

何小媛臉色蒼白，目中凶光陡然大熾，她輕理額前紊亂的髮絲，強忍住泫然欲滴的淚水。

石砥中長吁一口氣，懊悔泛過腦海。

他臉上有一種悲戚的神情，凝視著自己的雙手，在這一剎那，他驟然悟解「江湖子弟江湖老！」這句話的真義，他要想脫離江湖的苦海，殊非是件容易的事情。

他頓足一聲長噓，道：「你為什麼要這樣呢?你不能放過我嗎?」

何小媛臉上浮現出落寞悲傷的笑容，但是那絲笑意突然像片落葉般的褪落，變得寒冷，好似一塊冰石。

她冷哼一聲，怒道：「不能，我不管付出多少代價，施出什麼樣的手段，我都不能放過你，因為我的心早已給了你。」

何小媛輕拭眼角的淚水，又道：「自從你在大漠失蹤的消息傳出後，我就決心要到大漠來。我曾發過誓，不管在任何困難之下，也要找到你的屍骨，哪怕翻遍了整個大漠，我都不會放棄你！」

石砥中感動的道：「你太痴情了！」

「痴情女子負心漢，你給我的是什麼？」

石砥中一愕，吶吶說不出話來。

突然，自幕外傳來一陣密密的蹄聲，這些蹄聲來時迅速，到了這裡戛然而止，接著幕外傳來吵雜的人聲，恍似帳外的騎士正告訴來人篷幕裡剛才發生的事情……。

何小媛凝神聆聽了一陣，冷冷地道：「我的人都回來了，石砥中，我雖然恨你，但更愛你，可是卻有人日夜咒咀你……你以為能逍遙地脫離江湖嗎？告訴你，現在你的仇家就在這裡！」

他在江湖上得罪過的人不少，一時想不出來有哪一個仇家放不過他，他腦裡疾快地轉動著，但還是想不出是誰。

何小媛低笑道：「你再想想，有誰會這樣的恨你？」

語聲未逝，篷外的細碎足聲已清晰可聞，何小媛臉色微變，神情突然變得十分奇特，使人捉摸不出她到底在想什麼？

但聞篷幕外的步聲逝止，話音已自響起，道：「幫主！」

何小媛輕聲道：「是羅戟回來了嗎？請進來！」

那布簾啟開，只見鑽進一個神俊異常的秀逸青年，他雙目神光有如朗星，斜瞥了石砥中一眼，臉上絲毫沒有訝異之色，恍如早已知悉裡面發生的事情。

石砥中驟然見到這樣一個俊美青年進來，心裡劇烈一震，他腦海念轉，頓時苦思起來……。

那少年道：「幫主，這人是誰？」

何小媛沉思片刻，道：「你一定要問嗎？」

那少年猶豫了一陣，囁嚅道：「幫主不說，在下自然不敢再問。」

這少年嘴裡說得十分淡漠，但目光卻有些不放心似的直盯石砥中，冷寒的目光使得石砥中心頭驚顫，在那目光裡，他突然發覺另一個女人的影子……。

何小媛突然揚聲一陣大笑。

笑聲淒厲，使得石砥中和那個少年都覺得十分奇怪，四道目光通通落在她的身上。

何小媛笑聲忽斂，道：「羅戟，你來大漠為的是誰？」

羅戟目中閃過一絲仇恨，恨聲道：「找石砥中！」

何小媛伸手一指石砥中，道：「那麼我告訴你，眼前就是你要找的人！」

羅戟目光乍寒，冷喝道：「你就是回天劍客石砥中！」

石砥中搖首苦笑道：「過去的隨著時光而逝，往事不堪回想，羅兄，有什麼事使你這般憤怒？」

羅戟心裡突起一陣衝動，他只覺全身血液沸騰，恍似眼前映出他姊姊慘死劍下的情景，他雙目仇恨如火，愈燃愈烈……。

他驟然大笑道：「石砥中，我終於找到你了……。」

悲憤高亢的笑聲，扣得石砥中心弦陡然一緊，他看見羅戟的臉上布滿肅殺之色，那仇恨的烈焰熊熊燃燒在他的心裡。

「鏘！」一道寒光如冰的劍幕自羅戟手裡灑了出來。

第九章　彎月摘星

鏘然一聲，羅戟電快地拔出斜插於背上的長劍，一領劍訣，鋒刃泛起淡青色的流霞，劍尖射出一股熠熠的劍芒，伸吐間，分外冷寒，凜人心神。

他臉上煞氣畢露，恨恨地道：「石砥中，拔出你的劍來！」

當他的目光聚落在石砥中身上那個長長的布包之後，他已猜測出那裡面必定藏著兵刃，羅戟這時盛怒填胸，只覺得自己應該痛痛快快地和石砥中拚個死活，方能傾瀉出胸中那股積鬱已久的恨意。

石砥中驟見羅戟那種憤怒的神色，暗中不禁一嘆，他感傷歲月催人老，連羅戟這樣公然叫陣，都無法激起自己當年那股豪邁雄心，他覺得英雄歲月早已逐波而去，他心裡剩下的只是永遠填不滿的空虛……。

他搖頭道：「羅戟，事情總有水落石出的一天，你又何必急於一時？只要證明羅盈確實是我殺的，我這顆項上人頭，你隨時都可以來取……。」

石砥中婉轉解釋這個誤會，羅戟非但未能釋去心裡的疑團，更增加了胸中燃燒的怒火。

他臉上流露出不屑的笑意，道：「想不到昔年回天劍客豪氣干雲，而現在卻這樣的龜孫，呸，真替你師門丟人……。」

石砥中臉色大變，冷冷地道：「你若自命英雄，也不會這般盛氣凌人，你心氣太浮，天生英雄的氣魄不夠，永遠不能成大器。」

羅戟激怒地大吼一聲，身形一長，便待躍身過來。

陡地，篷幕裡的何小媛乾笑幾聲，冰冷地道：「羅戟，回天劍客既然不和你鬥，那就等以後再說好了。」

羅戟好似甚是畏懼何小媛，聞聲沒有立時反駁，默然退後一步，雙目深深投落在石砥中的身上。

他臉上痛苦地一陣抽搐，突然大吼道：「幫主，不行，我不能不替我姊姊報仇，請你不要阻攔我，我今天和他不死不休。」

說到這裡，羅戟突然放聲哭泣，目中淚水泉湧而出，他聲音哽咽，再也說不下去了。

要知羅戟自小和羅盈相依為命，姊弟間感情渾厚，深情超越手足，而且羅戟從小是被姊姊撫養長大的，視羅盈有若母親的化身，當真比自己的生命還要重要。

他本性流露，令石砥中都覺得心酸，他了解羅戟此時情緒極劣，他低聲嘆息，心情沉重地走到羅戟身旁。

羅戟以手掩面，不停低泣……。

石砥中輕輕拍著他的肩頭，道：「你不要悲傷了，令姊之死我比你還要難過，她死時我正在場，還親手把她……。」

他本想說「親手把她的屍體埋藏起來……。」哪知羅戟聞言誤會更深，突然狂吼一聲，仰首一陣淒厲的大笑。

羅戟身形搖晃，指著石砥中厲聲喝道：「你不但在場，還親手把他殺了是不是?石砥中，石砥中!你不要假仁假義了，今天我若不殺你，天下那有公道!」

他一抹腮上淚痕，手中那柄精芒四射的長劍緩緩伸展斜舉入空。

羅戟雖然在憤怒悲傷之時，還能強壓住傷痛，擺出劍式，顯然他已得到劍道的精髓。

羅戟知道石砥中功力修為已達天人交合之境，當真他要和名傾天下的回天劍客動起手來，趕忙凝神聚志，目注對方，覷定對方那移動的身形。

石砥中乍睹羅戟那劍式的起手式，心中陡然一震，腦中疾快忖思道：「這是羅公島的羅公劍法，那柄劍是白冷劍，想不到羅戟已得到白冷劍，那海外三島的劍法必然都傳給他了……。」

這個意念未了，他的腦海裡陡地又掠過另一個念頭，忖道：「這下誤會愈來愈深，我該如何洗脫這件事呢！羅戟口口聲聲指稱自己殺了羅盈，顯然是有人想誣陷自己，我雖然決心脫離江湖，可也不能背上不仁不義的罪名。」

石砥中自離開鵬城之後，又經歷過許多變亂，不同於往日那種剛正不阿的個性，對於任何人任何事物都會產生懷疑，總是想思量出背後的真正原因！

這些紛雜的意念一閃而逝，使他對於人生的看法又有一層新的認識，他不願再莽撞地去做一件將來會讓自己後悔的事情，就如羅戟此時想要和他動手一般，他可不想輕易出手。

石砥中緩緩後退了兩步，痛苦地道：「羅戟，你且先冷靜一下，我要和你好好談談……。」

羅戟冷哼一聲，一抖長劍劃過一道銀虹，喝道：「有什麼好談，你殺下我姊姊，現在我要殺你，這是天經地義的事情。」

淡青色的劍光一閃而過，劍芒森寒刺骨，逼得他只好飛身躍了開去，劍氣凜人，當空劃向石砥中的身上。

石砥中驟見劍氣瀰空，一股冷寒的劍氣直削而來，肩頭微晃，避過這一劍。

羅戟一劍發出，石砥中身形乍閃，就輕易避了開去，看得他心頭大驚，劍眉一揚，疾快地忖道：「我這一劍乃是羅公劍法中的『彎月摘星』，本是極具威力的一招，哪知他竟然輕易就避了開去……。」

這個意念有如電光石火般掠過，羅戟大喝一聲，又一劍劃出，光華燦爛，有如驟雷奔放，劍氣四散開來。

石砥中見羅戟劍法凌厲，節節逼近，他此時心情大變，再也不願意施出武功，但這時劍氣直罩而落，他又不能不閃避。

他略顯激動地喝道：「羅戟，你再不停手，休怪我不客氣了！」

語聲甫逝，弓身一躍，有似箭矢脫弦。

羅戟變換了兩個劍式都未能傷到對方分毫，氣得他全身一顫，厲聲喝道：「還手呀，你是個英雄，就應該還手！」

石砥中黯然輕嘆，淡淡地道：「我不能和你動手，我想要脫離江湖的漩渦。」

雖然他這時早已升起了怒氣，可是由於心境悲涼，落寞的情緒早把他當年的豪情壯志都剝蝕殆盡。

詭譎多變的江湖有如泥沼，當你一腳踏進裡面，想要拔出來就非容易的事了。

何小媛目睹石砥中憂鬱頹喪，那種盡力抑制自己情緒波動的神色，她驟然覺得歲月改變了石砥中，到底他遇上了什麼事情？會使整個人生觀都隨之轉變。

她幽幽地一嘆，道：「石砥中，你認為自己真能掙脫欲念，脫離江湖嗎？」

石砥中怔道：「江湖是非害人，我只要打定主意，誰也沒有辦法把我再拖下去。」

何小媛冷哼道：「你若真是厭倦江湖，何以又盜取各派的武功秘笈，在江湖上掀起腥風血雨呢？整個江湖都在談論著你……。」

石砥中聞言一愣，腦中思緒流轉，思索這到底是怎麼一回事，他感到迷惑又震驚。

他驚道：「我什麼時候做過這些事？」

羅戟斜舉白冷劍，滿臉不屑地笑道：「回天劍客果然是個無膽的鼠輩，自己做的事都不敢承認，你邀請九派弟子於大漠，卻敗於西門熊手裡，懷恨之下，又暗地裡追殺各派弟子，這些事難道都是假的？」

他說得歷歷如繪，恍如這些事情就發生在眼前似的，石砥中愈聽愈驚，怎也料不到江湖上接連發生這麼多駭人聽聞的大事，且都與他有關連，看來想要跳出這些是非恩怨的糾纏似乎不太可能了。

石砥中情緒激動，天地雖大卻無容身之處，都是那些奸邪小人在作祟。他臉上泛起怒色，道：「我心與天地共鑑，羅戟，你可不能胡說！」

羅戟飛身躍了過來，叱道：「江湖敗類，今天容不得你！」

他長劍微斜，一式「白雲出岫」，一道虹光宛如一面扇子樣的布網，罩滿石砥中身軀的四周。

石砥中屈伸一指彈了出去，「嗡嗡！」劍刃被他指力所震，響起龍吟虎嘯般的巨響，羅戟手腕一顫，白冷劍突然跳動起來。

石砥中冷漠地笑道：「你劍術雖已大進，但還不是我的對手，不過你放心好了，我不會殺你，因為我若想要殺你，就不必等到現在！」

羅戟氣得默默無聲，兩隻眼睛緊盯著石砥中，心頭燃起一股憤怒的火焰，隨著腳步緩緩移動，劍尖已繞著石砥中轉了一匝。

石砥中嘴角浮現淡淡的笑意，恍如未覺地凝立在地上，只有雙目望著對方的劍尖而轉動。

羅戟映在地上的身影漸漸縮短，隨著身形的移動，他知道此刻已近正午，也就是日光最強的時候。

他正待出手之際，一聲大喝傳來，人影橫空飛至。

他的神情一怔，隨即冷哼一聲，退了開去。

原已緊繃有如箭在弦的情勢，因為這聲嬌喝而暫歇，使一觸即發的衝突立時緩和了不少。

羅戟看到奔過來的是何小媛，問道：「幫主，做什麼？」

何小媛目中憤怨之色陡盛，她冷冷地道：「你還不是他的對手，他說得一點都不錯……。」

這話立時激怒了羅戟，他恍如受到極大羞辱似的，仰天一聲厲笑，殺意愈來愈濃。

羅戟一斂笑聲，躬身道：「幫主請恕屬下之罪，但是殺親之仇不共戴天，他與屬下仇深似海，此仇不報，耿耿於心，請鑑諒。」

何小媛雙眉一豎，道：「殺孽已及於天下，難道你還怕他不受天下武林的合擊而亡，又何必爭在這一時呢！」

她深情瞥視石砥中一眼，但見他臉上冷漠異常，恍如正在沉思，那斜飛的濃眉，嘴角倔強的笑意，陡然使她鬱藏心底多年的愛意又燃燒起來。

何小媛心裡矛盾至極，得失之間的選擇難以言喻，她不願石砥中和羅戟一決生死，又想讓石砥中死在自己眼前，一時愛恨交加困惑著她……。

羅戟雙目怔怔移向何小媛臉上，他看到她眸裡閃動著晶瑩的淚光，心中有如刀割，痛苦異常。

他左掌一攤，恨聲道：「屬下非手刃仇人不可！」

羅戟絕決的口吻，使何小媛心神劇震，她臉色突然一冷，罩滿怒意。

她怒哼道：「我們海神幫是要在武林中爭一席之地，難道你自量是回天劍客的敵手，連我的話都不聽了！」

羅戟目中凶光畢露，狠聲道：「這是我個人的恩怨，屬下絕不用海神幫任何一個人幫忙，就算屬下因此而死，心中也無怨言，大丈夫要轟轟烈烈的死，不能窩窩囊囊的活著，受天下人的恥笑。」

何小媛怒叱道：「胡說，你身為海神幫的一員，你的事情就是海神幫的事情，怎能說與我沒關係呢！」

羅戟躬身受教，抱劍一揖，激動地道：「幫主教言甚是，屬下報仇心切，這次屬下只要不死，願再接受幫主的責罰。」

他心念已定，環劍一揮，指著石砥中道：「石砥中，羅戟要出手了！」

他見石砥中雙手負於背後，兩隻眼睛直愣愣望著篷幕的頂尖，一絲防備的樣子都沒有，雖然他可一劍刺中石砥中，但是他身受海外三島劍術之薰陶，無形中養成名家氣度，是故先招呼了一聲。

石砥中一時想不透是何人冒用自己的名字，掀起江湖殺伐，故意加罪於他，不覺憂鬱凝聚於心底，使他覺得血液沸騰，有一道無形的壓力深深籠罩著他的心田。

他無法抒發出內心積壓的鬱悶，一時氣血上衝，突然仰天發出一聲高亢入雲的大笑，單臂一抬，自掌心發出一股勁猛無儔的力道，朝篷幕上撞去。

「砰！」一聲震耳大響，那篷幕驟然受到這股大力的衝撞，猛然脫空飛出了數丈之外。

× × ×

濛濛沙塵裡，四處發出陣陣驚懼的呼叫，沙石飛濺裡，那些凝立在篷幕旁的海神幫高手通通瞪大了眼睛，望著當中三個人的身上。

何小媛和羅戟絕沒有想到回天劍客石砥中會有這種亙古未見的至高功力，輕輕一揮臂便有這麼大的威力。

倆人一時也驚愕住了，四隻眼睛齊都投落在石砥中的身上，他們臉上表情各異，深深落在這個不可思議的男子身上。

石砥中在篷幕外被冷風一吹，心中立覺舒暢了不少，深深一嘆，突然覺得孤獨的寒意又襲上心頭。

他落寞地喟嘆，喃喃道：「難道生是江湖人，死就非是江湖鬼，無盡無窮的是非恩怨時時纏繞著我，看來我非終老江湖不行了！」

漫天黃塵逐漸飄散，他的雄心又起，他的視線緩緩從天際移了回來，冷漠地望了斜伸長劍的羅戟一眼，視線又緩緩移落在何小媛的臉上。

何小媛驟然和他那冷漠的目光相接，心頭莫名驚顫，急忙低下臉去，黑色紗罩又蒙回臉上。

石砥中輕輕一嘆，朝羅戟笑道：「你還要動手嗎？」

羅戟目中閃過一絲怨毒的神色，冷冷地道：「我一定要殺死你！」

石砥中望見這個青年臉上流露出堅毅的神情，心裡回想起自己去年力戰幽靈大帝時的情景，他不禁暗暗被羅戟的豪氣所折，深深喜愛著這個青年。

他漠然道：「你動手吧！」

羅戟適才被石砥中那手功夫所震服，心裡著實有一絲懼意，所以遲遲未敢動手，目下勢不容緩，他先默默祝禱一番，然後才大喝一聲，「唰！」地一劍擊出，身隨劍走，劍尖勾起三朵銀花，朝石砥中身上刺去。

羅戟腳下步形一轉，曲肘弓背，手腕抖動之際，已施出海外三島絕學羅公劍法中的「行空展雲」絕技。

劍風呼呼，劍式閃動之際，朵朵劍花飛起。

石砥中低哼道：「較以前可真進步多了！」

他嘴裡雖然說著話，但手可沒閒住，只見他右手屈伸於背後，左臂駢指如戟，時而點穴，時而擒拿，僅憑單臂對敵，攻勢凌厲，奇招百出，神妙無比，端是厲害。

羅戟見石砥中只憑單臂空手與自己對敵，而自己竟然還不能勝得對方，心中羞憤無比，怒喝一聲，收回劍式，伺機再動。

他深吸口氣，急急跨出兩步，劍身周圍幻起一蓬細微的光華，然後向中宮攻出一招，劍式沉重，隱隱含有風雷迸發的聲勢，自劍圈中波動響起。

石砥中雙眉軒起，詫異地咦了一聲，疾快忖道：「怎麼他竟能把海外三島的劍術交錯施用，變成一套威力絕大的劍術……。」

一念有如電光閃過腦際，他這時豪情大發，雄心頓起。

他輕嘯一聲，左掌一揚，上臂筆直如劍，斜掌拍出，旋激的氣勁聲勢驚人無比，威猛異常。

羅戟此刻見對方面露驚詫之色，他精神大振，凌厲狠猛的劍招使將出來，左臂自對方掌影裡伸縮閃騰，轉眼間便又施出兩記絕招湧將出去。

羅戟自和羅盈分手返回羅公島後，苦練劍法，後來復遇崎石和海南二島島主的垂青，得到三派劍術的傳授，使他一身兼俱三家之長，躋身為一流高手。

雖然他這三套海外劍術神妙絕倫，但是石砥中功力深厚，劍法通神，幾可算是武林第一奇人，所以依然無法奈何了他。

況且石砥中以臂當劍，掌式凌厲，威力不減。

羅戟只聽石砥中朗吟一聲，便覺眼前一花，眼前幻化出數十個人影將他團團圍住，渾厚的勁道從四面八方往他身上逼到。

晃動的掌影，此刻都有如一支支長劍劃了過來。

羅戟心裡一慌，一個不留神，白冷劍已脫手飛出，隨著劍柄上傳來沉重如山的力道，使得他悶哼一聲，倒跌出六丈開外，一跤坐在地上，臉上立時變得蒼白無色。

他痛苦地低吼一聲，顫道：「啊！白冷劍。」

那柄羅公島的鎮島寶劍——白冷劍飛散在空中，變成六截落在地上，斷刃灑落在細沙上，映著天空閃起片片光羽。

石砥中將全身渾厚的勁力蓄運於左掌，剎那間拍在對方劍身之上，力道重逾萬鈞，竟硬生生地將長劍震斷。

這一手出神入化，尤其那斷碎的劍刃落地之後，還深深嵌入地下三寸之深，這種威力足可奪人心魄。

驚呼之聲隨著長劍迸裂之聲傳了過來，周遭人影晃動，海神幫的高手紛紛朝石砥中撲來。

何小媛也奔了過來，眸裡閃過一絲驚訝的神色，她急忙扶起羅戟，在他身上掃視一眼，道：「你沒怎樣吧？」

羅戟悲痛地一聲狂笑，歪歪斜斜勉強站了起來，他斜睨了一眼四周海神幫的高手，突然揮手道：「你們退下去！」

海神幫的群雄只好紛紛退散開來，但他們並沒有離開很遠，都虎視眈眈伏伺在石砥中的身前身後。

羅戟語音剛落，突然感覺氣血翻騰，張口吐出一蓬血雨，落在黃澄澄的沙上。

他一抹嘴角上的血漬，痛苦地道：「石砥中，我敗了，由你擺布吧！」

石砥中愕了一下，道：「你也不用傷心，若非你功力較淺，也不會這麼快便敗於我的手裡。」

語聲一頓，臉上浮現一抹輕愁，嘆道：「你我並無不解的深仇大恨，我怎會擺布你？今日相鬥原非出於我的本意，羅兄是個聰明人，該知道我現在遠非昔日……。」

他這話說來沉重至極，幾乎每個人都感受到他語氣悲涼，場中立時默然無聲。

羅戟臉上映過黯然的神色，一種難以形容的悲傷頓時湧上心頭，他只覺得自己功力淺薄，較回天劍客差得太多，原先闖蕩大漠的勇氣頓時全洩了下來。最令他感到痛心的是羅公島的鎮島寶物，那支白冷劍竟已折毀，它徵著海外三島的神聖傳統，哪知傳至自己手裡竟然數月不到便被毀了。

他傷心之下，恨意更濃，怒氣衝衝的道：「石砥中，你不殺我，我並不會感激，日後海外三島的人都會找你報仇。」

石砥中道：「這個我倒不放在心上，只是我奇怪，你怎會一口咬定羅盈是我殺的，這到底是誰告訴你的？」

何小媛移步過來，道：「是當今武林盟主西門錡。」

石砥中沒想到在短短數年間，西門錡竟已躍登為武林的盟主，他一聽「西門錡」三字，心裡頓時泛起怒意，雙眉倏地罩滿殺氣。

他冷笑道：「西門錡，他滿嘴胡說八道……這個可惡的東西，他殺了羅盈反而移禍到我頭上來……。」

羅戟這時雙目睜得很大，道：「你說什麼，我姊姊是死在西門錡手裡……。」

他斜步往前一跨，冷冷地道：「你的話有誰能夠相信？」

石砥中冷笑道：「我只要問心無愧，何需要別人相信。」

語聲甫落，他落寞地低頭輕嘆，腦中又掠過一個念頭，飛快忖道：「人生無常，私欲不息，天下豈有真正講道理之人？我一生奔波江湖，處處都有是非恩怨纏著我，使我結仇遍天下，鵬城幽禁雖使我修成絕藝，卻依然未成大道……剛才我瞑目沉思，突地覺得己身已與天地相通，神遊太虛，往事全然了悟，因而覺得不該和羅戟動手，誰知那一點道心還是難克私欲，又使我涉身於恩怨之中，西門錡害我非淺，我得上幽靈宮去找他理論，澄清天下人對我的誤會。」

他一念至此，那英雄豪情驟然激湧而出，他只覺胸中沸騰著躍動的熱血，使他無法克制那股衝動……。

石砥中掃視了羅戟一眼，返身往外行去。

何小媛眸眶淚水泉湧，悽然道：「你真的這麼無情？」

石砥中一怔，回身冷冷道：「我不懂你的意思。」說完大步朝前跨去。

靜立於四周的海神幫高手見他走來，紛紛拔出兵刃，擋住石砥中的去路。

石砥中眼睛一瞪，雙目射出一股冰寒刺骨的神光，海神幫的高手和他目光交錯，嚇得紛紛退避，閃出一條路來。

何小媛望著他離去的背影，消逝於重重的沙影裡，忍不住發出一聲悲嘆，眸眶驟然淌下了淚珠。

第十章 江湖浩劫

穹空閃現銀色的月輝，夜色深濃籠罩大漠，冷風呼呼地颳著。

寂涼的月夜，孤獨的人影……。

雲飄過。

石砥中孤獨地踏著步子緩緩移動身軀，朝幽靈宮的方向走去。

他清晰記得臨去時，何小媛無語問天，他看到她眼眶裡滾動的淚水，這使他心裡感到無比的惆悵，那股突來的傷感襲過心頭，使他茫然將視線投向穹蒼。

浮雲正緩緩飄過，心頭的惆悵也像那片雲朵飄了過去，心靈更加空虛了……。

「咚咚咚！」

「噹噹噹！」

一陣梵唄之聲與低沉的木魚聲響從夜空傳了過來，使得石砥中心裡突然掠過一縷幽思，不禁發愣，忖思道：「奇怪，大漠裡何以會有這種聲音！」

黑暗的漠野遠遠透出一片燈火，搖曳的風燈與燃燒的火堆，逐漸清晰可見，愈來愈明亮……。

熊熊火光騰躍著跳動的火焰，地上倒映著十餘個人修長的身影，全都默然無聲凝立在那裡，一動也不動。

喃喃的木魚聲深深扣緊每個人的心弦，連悄然走去的石砥中，都覺得面對這個情景倍感淒涼。

跳動的光影，映射在每個人的臉上，只見這些服色各異的人臉上，都掛著悲傷怨憤的神情，甚至於有的人眼角還掛著幾滴晶瑩的淚珠。

石砥中斜睨了場中一眼，只見地上排列著六、七具屍體，屍身蒙上一層白布，有三個光頭的和尚，正在超度那些死者的靈魂。

石砥中不知這些人因何死去，輕聲向身旁的那個青面漢子問道：「這些人是怎麼死的？」

那青面漢子臉上泛現悲憤的神情，低聲道：「這些人都是中原各派高手，他們葬身大漠，現在正要把他們移靈送回各派去……。」

石砥中心神一顫，又問道：「是誰敢同時招惹各派，連殺這麼多人？」

那青面漢子嘴角微動，迸出一句話來：「回天劍客石砥中！」

石砥中驚得臉色大變，心神突然劇動，自他雙眸裡泛射出一股懾人的神光，炯炯地有如兩柄銳劍瞪視場中，使得那青面漢子看得惶悚寒慄。

他知道這時沒有解釋的機會，但那種怨極的憤怒使他握緊了雙拳，重重地遙空虛擊了三下，使得地面飛沙流濺，激射起數道沙幕。

他在心底暗暗怒吼著：「我沒有殺死這些人，你們都誤會了，回天劍客從沒有做過趕盡殺絕的事情，這必是另有其人……。」

拳風竟然擊得地面上陷出一個深深的大坑，四周的人都驚詫地注視著這個蓬髮怪人奇怪的舉動，同時也都被他高深的功力震懾住了。

那青面漢子臉色一冷，推了石砥中一把，怒道：「你做什麼？」

石砥中也發覺自己失態，訕訕地道：「對不起，我驚擾了各位。」

那青面漢子冷哼道：「你要知道死人超生乃是最神聖的事情……。」

石砥中見那些人怒沖沖的望向自己，不由一急，腦中疾快地掠過一絲靈光，急忙道：「在下因感回天劍客出手狠毒，一時氣憤填膺才驚動了各位，尚請原諒。」

好在他應變夠快，那些勁裝漢子雖然滿臉不豫的神色，但既然人家原非故意，他們的臉色漸緩，也就不再追究了。

和尚依然在唸金剛經，梵唄的聲浪層層疊疊盪逝於空際，迴繞在寂寂深夜裡，石砥中不願再在這裡逗留，緩緩退了出來。

他深深吸了一口涼氣，發抒心中的煩悶，邁開了步伐繼續往黑夜裡行去。

他的身軀才移出不及五尺，只聽一個宏亮的聲音道：「朋友回來！」

這個聲音雖然並不很大，但卻迴盪在夜空裡，恍如有形之物，重重撞擊著正欲離去的石砥中的耳鼓。

石砥中煞住了勢子，回身冷漠地道：「是哪位高人召喚在下？」

此時那三個和尚法事已經做畢，俱都昂首凝視石砥中，其餘的人也都回身注目這個形狀怪異的漢子。

人影晃動，從人群裡緩步走出一個高大的身形，將那熾烈的火光擋得一暗，他那彪武的身形逼上前來。

那人冷哼道：「閣下是誰？怎會趕得這麼巧……。」

石砥中星目瞥去，見到是個身高七尺，面白無鬚，有些駝背的中年人，他穿了一襲狐裘製就的銀灰色罩袍，頭上戴著一頂高冠，冠上鑲著一顆鵝卵大的明珠，光華瀲然，晶瑩奪目。

石砥中雖覺這個人神威異常，有一種雍容高貴的氣度，但這時他不願再招惹江湖是非，只是淡然笑道：「萍水相逢，又何必一定要通名報姓呢！」

那中年人又冷哼一聲，怒道：「閣下要在我上官夢面前耍花招，那還差得太遠。」說完疾掠身形衝了過來，喝道：「小子，給我滾吧！」只見他面容一整，冷笑連聲，左手輕轉，往前推了兩寸，霎時只見白色的氣勁從他掌心湧了出來。

石砥中一見他手掌碩大無比，然而五根手指卻是又細又長，晶瑩潔白，在他中指之處，有一點紅色的斑印，顯得特別鮮豔。

他一見這隻手，臉色大變，腳下一滑，急快地退出十步之外，腦中如電光火石般的急轉，忖道：「這是『血手印』，傳聞這種掌法中人即死，霸道異常，自己若非進了鵬城，還真無法認出這人的來歷……。」

他念頭尚未轉完，上官夢已如影附形，原式不動地又往他胸前印了過去！

石砥中輕叱一聲，奇快無比出掌攻招，他掌影過處，已將上官夢右脅「期門」、「章門」、「乳根」、「梁門」、「氣舍」等要穴罩住。

上官夢一覺右脅受襲，他右手一橫，虛抖一圈，竟然奇妙無比地已將石砥中雙掌封在門外，他斜掌一切，掌風如刀，竟已攻至石砥中的胸前，電快地印了過來。

就在這電光火石的剎那，那上官夢突然一收掌勢，身軀往外一擰，閃身退出，滿臉都是驚詫之色。

這種不戰而退的怪異舉動，非但使石砥中大愕，連四周各派觀望的高手也都暗覺奇怪，各自猜測原因……。

上官夢雙目炯炯放光，深深盯著石砥中問道：「你剛才施的『般若真氣』是從哪裡學來的？」

石砥中聽得暗暗吃驚，想不到上官夢眼光如此銳利，自己無意中揮出「般若真氣」，他便立刻覺察，可見此人功力當真不可輕視，算得上是一代高手。

上官夢見石砥中沉思不語，絲毫不理會自己，心中登時大怒，冷哼一聲，揉身斜舉又攻了過來。

石砥中料不到上官夢如此不講理，適才他不願輕易施展自己無敵神功，僅用了五成真力，這時上官夢欺身而上，驟然劈掌擊來，急迫間石砥中只得運足七成勁力迎去。

「砰！」兩股氣勁在空中一碰，發出一聲巨響，風聲颯颯裡，四周圍觀的各派高手紛紛驚叫翻身疾退。

上官夢悶哼一聲，身子踉蹌地連退五、六步方始站穩身勢，每退一步地上便深深陷出一個足印，深及足踝。

而他頭上那頂鑲著明珠的高冠，突然被渾厚的掌風逼飛出去，露出一個光禿禿的頭頂，上面還留著幾個戒印。

石砥中一愣，再也沒有料到上官夢竟會是一個出家還俗的和尚，他驟然揭開了人家的隱私，心裡十分過意不去，腦海裡立時映過一件往事。

上官夢臉色蒼白，嘴唇嚅動，迸出數字道：「你……你該殺！」語音甫落，漠空突然出現數盞搖曳的燈影，燈影閃爍愈來愈近，只見一隻駱駝背上馱著一頂轎子，如飛地奔馳過來。

石砥中目注這個鑲著金邊的黑色駝轎，四角上掛著四盞玲瓏的小燈，不覺一愣，腦中電快地忖道：「這人好大的氣派，在這荒涼的大漠裡也用這種擋風轎，還裝飾得這般講究，倒是真的少見……。」

他忖念未逝，驀地心頭一驚，思緒立時中斷，朝那使他暗嘆不已的駝轎上望去！

只見簾幔啟處，立刻露出一個如花笑靨……。

他的眼光才移轉過去，心頭又是一震，只覺那兩道如夢幻似的眸光裡，令人撩起遐思……。

他心底發出一聲嘆息，那是讚美自然造物之神奇，竟把所有的美都加諸於這個女子身上了。

她斜斜依靠在駝轎的窗檻上，僅露出一個美麗的臉龐來，在紫色長幔的襯托下，映著月光，她的臉上泛出一層雪白晶瑩的光輝，那足可撼動任何人的心靈……。

在那烏黑細長微微上翹的柳眉下，有一對瑩澈如水的眸子，裡面射放出無數變幻的雲彩，而在那彎彎菱角嘴上浮現出來的燦然笑靨，更能使人意亂情迷了。

他想不到會在大漠裡遇上這樣美貌的女子，這斜倚在轎裡的女孩子，非但擁有世間所有的美，更有另一種特別氣質，使得她顯得無比高貴……。

當她的目光凝注在他的臉上，從她的眼睛裡，石砥中可以看到自己的影子。

僅僅一剎那間，那女孩的目光又移轉過去，她似乎感到嫌惡而收斂了笑容，再也不望他一眼。

也就在這同一剎那間，突然有一種自卑的感覺湧入石砥中的心裡，他自慚形穢地側過頭去，當他目光落在自己那身襤褸衣衫時，他心裡反而坦然了。

他暗中冷哼一聲，疾快地忖道：「原來你也這樣俗氣，一個僅憑外貌鑑人的女孩子，她的心必然是善變的，永遠也不配得到真正的感情……。」

從迷惘中清醒過來的石砥中，他想到自己目前的處境，悚然大驚，又轉念忖道：「我的感情早已隨著時間交付給了萍萍，毫不保留地完全給了她，不知道若是萍萍看到我目前這種襤褸的樣子，會不會也像這個女孩子似的輕視我呢……唉！」

空虛似一道電光又閃進他的心裡，他感覺自己始終被孤獨纏繞，世事多變化，幾年後的自己與幾年前的自己完全判若兩人……。

突然，一聲如鈴的嬌笑響徹空際，在冷颯的夜裡，那些站在地上的人們，彷彿感到溫暖的日頭又升了起來……。

石砥中的視線又投射過去，卻正好承受到那慧黠的目光，他驟然覺得這聲輕笑是對自己的羞辱。

於是，他淡漠地冷哼了一聲，側轉身子望向他處。

上官夢急忙拾起那頂高冠戴回頭上，上前道：「師妹！」

那少女笑意盎然，嬌聲道：「師兄，你有嫂夫人的消息嗎？」

上官夢黯然道：「沒有！」

那少女輕輕嘆道：「看來不找到回天劍客石砥中，是永遠解不開這個謎了！」

上官夢淒涼地道：「石砥中在大漠裡連殺這麼多人，我必然會找到他……若真找不著他，我只有厚著臉皮去向柴倫打聽了……。」

石砥中心裡愈聽愈驚，他想不到上官夢會和這少女也正在尋找自己，他和這兩人根本不認識，哪裡會想到上官夢竟會是上官夫人的丈夫，是上官婉兒的父親，他們深入大漠原是來尋找上官夫人和上官婉兒的。

石砥中正在思索這到底是怎麼一回事，立時又被傳來的話聲打斷了思緒，使他急忙凝神聆聽。

只聽那少女笑道：「據我片面探聽到的消息，嫂夫人確實曾和石砥中進入布達拉宮，盜取進入大漠鵬城的秘法，只是布達拉宮的喇嘛對外一概否認這件事，使我們無從知道到底真相如何。」

上官夢聽得激動異常，喃喃自語：「但願婉兒的娘能得到鵬城的秘密！我太不爭氣了，沒有在武林中爭得榮銜，替她丟盡顏面……。唉！往事不堪回首，當年我若勝過柴倫，她也不會和我分手了。」

這個面露淒愴的中年人，真情畢露，將當年自己不知上進的荒唐歲月，毫不隱瞞地述說出來，可見此時他是如何的痛苦傷心……。

石砥中漸漸聽出一點眉目，但他見到這個中年人如此的傷心，又怎麼忍心告訴上官夢布達拉宮的情形？

他思緒紊亂，忖道：「倘若上官夢真是上官婉兒的爹爹，我怎可告訴他上官夫人與婉兒的死訊，那樣他豈能承受得了！」

忖念紛至沓來，一時使他思緒起伏，等到那少女再次開口，才使石砥中定下心來，完全排除心中的雜思。

那少女突然臉現詫異之色，美眸轉動，望了石砥中一眼，道：「師兄，你在和誰動手？」

上官夢如夢初醒，儘量克制心裡的悲慟，怒視著石砥中，道：「這小子倒也有兩下子，我竟不是他的對手。」

那少女斜睨了石砥中一眼，臉上露出不信的神色，又道：「他會有那麼好的身手嗎？……看他落魄寒酸的樣子，倒真想不到會是一位高人呢！」

她的聲音極微，恍如是在自言自語，周遭的人們都沒有聽清楚她在說些什麼，但是，石砥中卻聽得分明，一言一語都刺進他的心裡，使他升起一股怒氣……。

他沈眉緊蹙，冷哼道：「住嘴！」

那少女一愣，立時展顏歡笑，道：「自我跨進江湖以來，還沒有人敢這樣大聲跟我說話，誰不見著我恭維幾句，想不到你這樣落魄寒酸，竟還敢這樣沒禮貌地對我羅蝶羽叱喝……。」

她語聲清脆悅耳，恍如銀盤走珠清潤圓潤，令人聽來不像是對待即將動手的敵人語氣。

石砥中雖然不若昔日那般年輕氣盛，但自尊心始終優人一等，他自視是頂天立地之人，自然不願無故遭受這個少女的輕侮。

他臉色一變，泛現出神聖不可侵犯的光輝，霎時英氣逼人，威風凜凜，他冷喝道：「你不要以為能憑著你美麗的外貌折服天下所有的男子，你只是美麗中顯得俗氣……。」

他說這話豪氣干雲，餘音嬝嬝不息。

語音甫逝，他驟然覺得寒夜裡有兩道冷寒似冰的視線凝聚在自己臉上，石砥中看得心頭劇震，斜望左側一眼，只見不知何時有一個銀髯蒼蒼的老人正凝立在那裡。

這個老人面容熟悉無比，使得石砥中心頭震盪有如海潮拍岸，幾乎喊出聲來，他絕沒有想到這個武林泰斗會在短短幾年間，變得如此老邁。

羅蝶羽自小生長在嬌生慣養的環境裡，無形中養成嬌橫之氣，她從未遇見一個敢說她不是的男人，石砥中尖損的言辭，著實令她傷心欲絕，自尊心大損……。

她氣得花容失色，眸裡閃動著晶瑩的淚水，一時嬌容淒涼，使站在周圍的人們都替她難過起來，紛紛怒視石砥中。

她身軀搖了搖，叱道：「你……你該死！」

語聲稍頓，才又迸出了數字，恨恨地道：「師兄，給我打死他！」

上官夢立時飛身撲來，煞氣盈眉，悶聲不吭的一掌閃電劈去！

他恍如非常懼怕這個小師妹，一絲也不敢違拗她的命令，當真是拚命地向石砥中襲來。

喝聲未落，那個蒼邁的銀髮老人電疾地拍出一掌，硬生生地把上官夢撲來的身勢逼了回去。

上官夢被那無形的掌勁一逼，立時倒退回去，他雙目睜得奇大，驚得無比驚異，啊了一聲道：「天龍大帝！」

凝立於附近的各派高手乍見天龍大帝東方剛飛身掠過來，俱把目光投落在他身上，驚駭地連大氣都不敢喘一口。

石砥中急惱，忙目光瞥向另一方，深恐天龍大帝東方剛認出自己，他的心漸漸有些忐忑不寧了。

羅蝶羽眸子流轉，顧盼間流波橫過天龍大帝東方剛的身上，她臉上浮現一抹淡淡的怒意，清脆地道：「師兄，你怎麼不打啦！」

上官夢沒有理會她，上前道：「東方兄有何見教？」

東方剛臉上浮現勉強的笑意，道：「這人和老夫有舊，懇請上官兄高抬貴手。」說完緩步逼至石砥中身前，道：「快跟我走！」

石砥中心裡一顫，立時知道東方剛已認出自己，他極欲早些脫離此地，冷冷一笑，和東方剛並肩離去。

羅蝶羽目注石砥中逝去的身影，臉上流泛出一股難以形容的怒氣，她氣得面色蒼白，薄嗔道：「師兄，你怕那個老傢伙，我可不怕，我被人欺負你都不管，我要告訴師父去。」

說著，愁雲乍現，臉頰上已滾著兩顆脫眶的淚水，她賭氣之下，乘著駝車走了。

上官夢露出一絲苦笑，牽過一匹馬，尾隨而去。

× × ×

冷峭的寒夜裡，兩條人影如幽靈似的踏著細碎的沙石，在茫茫漠野裡奔馳著……。

東方剛突然一煞身形，冷冷地道：「石砥中，你知道我為什麼叫你走嗎？」

石砥中苦笑道：「不知道。」

東方剛冷哼一聲，臉上滿布霜寒，道：「我不想讓我們之間的事給第三人知道。」

他斜跨一步，雙目逼視石砥中，冷道：「告訴我，你把萍萍藏到哪裡去了？」

天龍大帝東方剛雖是一代宗師，但當他問及自己的女兒時，也不由神情緊張，滿臉都是焦慮的神色。

石砥中全身驟地一顫，驚詫地道：「萍萍不在天龍谷嗎？」

這個回答倒使東方剛怔住了，他千里迢迢來至大漠尋找萍萍已經兩年多了，滿以為是石砥中將萍萍隱藏於大漠裡，何曾料到石砥中竟也不知道東方萍流落何處。

東方剛這一急當真非同小可，額前立時泛出了汗跡，雙目冷電如霜，剎那間掠過一絲陰影。

他惶驚地嘆了一口氣，道：「她會到哪裡去呢？」

霎時，腦海裡出現無數的念頭，他思尋著東方萍可能去的地方，念頭百轉，又覺東方萍恐怕不敢去自己所熟悉的地方……。

這時，東方剛突然想到一件可怕的事情，他驚悚地顫抖起來，惟恐惡夢成真。

他望著夜空中的繁星，喃喃自語：「是她！萍萍一定是被她帶走了！」

石砥中奇怪地望著東方剛，道：「她是誰？」

東方剛目光落在石砥中的身上，看見他紊亂的髮鬢、襤褸的衫袍，陡地一股怒意泛上心頭。

幾年來，先是東方萍的神秘失蹤，加上東方玉的離奇出走，使這個晚景坎坷的老人連番遭受心靈的煎熬，在無情歲月的摧殘下，他變得非常孤獨……。

他日日夜夜念著東方萍的名字，咒咀石砥中，若非石砥中愛戀著東方萍，萍萍也不會離他而去。

東方剛此時性情大變，他恨透了石砥中，心中立時燃起了憤恨的怒火……。

他冷酷地放聲大笑，怒道：「萍萍怎會看上你這小子！」

這本是一句憤怒氣語，但聽在石砥中的心裡，卻有如兩柄銳利長劍絞刺著他的心，深深傷害了他的自尊。

「呃！」石砥中恍如受到極大侮辱一般，絲絲縷縷的往事片斷地從他腦海裡逐一閃過，有愛也有恨……。

想著想著，石砥中但覺心中氣悶異常，不禁懷恨起東方剛來，當初若不是他一意孤行，自己又何以會和東方萍分離至今……。

石砥中臉色非常難看，怒氣上衝，叱道：「這一切罪過都是你自己造成的。」

東方剛一愣，自語道：「我造成的……。」

他一曳袍角飛身躍了過來，神情非常激動，苦苦思索過去所做的一切，總覺得自己並沒有不是之處。

他突然大喝一聲，怒道：「石砥中，還我萍萍來！」

這一著石砥中極感意外，尚未會過意來，天龍大帝東方剛已經發掌而至，斜朝他胸前劈了過來。

他提起右掌泛現瑩白的霞光，劈出之時，一道悽迷的弧形閃過天際。這一掌去勢逾電，石砥中還沒來得及避開，那隻瑩潔的手掌已經來到胸前，光影流激。

石砥中一愕，疾快地揮掌一擊，一股剛勁旋激的掌風呼嘯撞去。

東方剛眼光陡然一亮，有似爍爍寒星，兩道灰眉斜飛而起，他右手一揚，露出左掌，輕柔地拍向石砥中。

他的手掌緩緩拍出，一點風聲都沒有，與石砥中那股急嘯旋激的勁道，簡直不能相比。

但是，那掌上的瑩潔之光愈來愈熾……。

勁風飛旋，發出輕微的「嗤嗤」聲響，東方剛悶哼一聲，整個身軀騰空飛返了三尺多。

東方剛驚忖道：「他何時竟有這麼渾厚的功力，看來我已不是他的敵手……。」

他深吸一口氣，沉聲道：「石砥中，老夫本來不相信你能在一夜之間接連追殺數派弟子，但現在老夫深信是你幹的無訛。」

石砥中濃眉舒捲，道：「那些事絕不是我幹的。」

「住口！」東方剛滿臉怒容喝道：「你三番兩次掀起江湖上的大凶案，使整個江湖因你而震動，天下除了你這個狂夫有此膽魄外，還真不容易再找出第二個人來。」

石砥中蒙上不白之冤，氣道：「不久江湖上自會澄清這件事情，我現在不需多加辯白……。」

東方剛不容他說下去，突然仰首一陣奪魂攝魄的狂笑，笑聲裡，傳來他那悲痛悽愴的話聲道：「我真不明白，萍萍為何會愛上你這個滿手血腥的惡魔……只要有我東方剛一天，你就休想得到她。」

語聲一斂，他望著長夜大吼道：「可惜啊！萍萍純真無邪，被你騙去了感情……萍萍……你愛錯人啦……喔！可憐的萍萍。」

他自言自語地嘶吼了一陣，欺身指著石砥中，厲聲道：「在沒有找到萍萍之前，我還不想殺你，等萍萍回到我身邊，便是你還我公道的時候。」

他如瘋如痴地又是一陣狂笑，兩袖拂動，踏著泥沙奔馳而去。

冷颯的寒夜裡，只有一個修長的身影凝立不動。

第十一章 怒闖魔宮

許多日子過去了。

在沙影紛飛下，石砥中踽踽獨行，邁著沉重的步子朝幽靈宮的方向行去。

他抬起頭來，翻滾激揚的沙塵逼得他無法看清楚遠方的景象，長嘆了口氣，滿是風塵的臉上憂慮之色更濃了。

他雙眉微皺，不由忖道：「這些日子，發生的事盡都與我有關，唉，我到底還是不能遠離江湖是非恩怨，前途茫茫一片，不知怎樣才好？」

他想起西門錡移禍於他的卑劣手段，以及近日那作威作福冒充自己名字，連殺各派高手的凶徒，他的血液便沸騰起來，嘴角立時掀起一絲冷酷的笑意。

「噠噠！」急促的蹄聲瞬時自他身後響了起來，只見一列六騎在大漠裡並排而馳，眨眼掠了過來。

石砥中斜睨這六個騎士一眼，自己依然孤獨地向前走去……。

突然，傳來一聲大喝：「喂，站住。」

這六個黑衣騎士一閃急躍而來，雄偉的駿馬驕轡而立，排成一個弧形，阻擋在石砥中的身前。

石砥中深皺雙眉，冷冷地道：「你們要幹什麼？」

當中那個白淨面皮的漢子，冷哼道：「你從哪裡來的？竟敢在這裡亂闖。」

石砥中愕道：「這又不是你們的什麼地方，連走路……。」

「混蛋！」

那漢子憤怒異常，揚起手中的長鞭，刷地往石砥中臉頰上抽了過來，勢快勁猛，一閃而落。

石砥中沒想到這些人如此不講理，氣得他怒喝一聲，疾伸右掌，斜舒二指倏地抓住了鞭梢，他抖臂一甩，那漢子身形立時飛落下馬，跌在沙泥裡。

他冷漠地道：「這是教訓你沒有禮貌。」

其餘五個馬上的漢子俱都臉色一變，紛紛拔出兵器，馭著胯下坐騎，掄起手裡兵器搶攻過來。

石砥中朗笑一聲，怒道：「滾吧！」

笑聲甫落，那些漢子通通身形倒栽，自馬上滾落下來，而手中的兵器卻不知何時已落在人家手裡，這些漢子俱都楞住了，駭異地望向石砥中。

「算你有種，敢與我們幽靈宮的人為敵，你既然闖進幽靈宮五十里的禁區，就別想活著離去，待會兒再見！」說完便欲離去！

石砥中一聽這些是幽靈宮的巡邏騎士，登時大怒，憤怒的烈焰立刻燃燒起來，雙目煞氣直冒，直嚇得那些騎士連退數步。

他強按捺住自己的怒火，道：「幽靈宮的人都該殺……看在你的馬份上，就暫且饒了你們。」說著回首一笑，使那些漢子一呆。

他一移身形，飛快地跨上那白面漢子的馬背，風馳電閃朝著幽靈宮急奔而去。

×　×　×

青綠的山脈，彎彎的小湖，幽靈宮斜浮半山腰，雄偉依舊，景色如畫，與當年的情景沒有絲毫改變。

石砥中馳至幽靈宮的山腳下，心裡頓時激動起來，他想到西門婕，也想到東方玉，還想到自己今天來此的目的。

往事歷歷在目猶如昨日，這時他舊地重遊，卻沒有上次那分輕鬆的心情……。

幽靈宮雄踞邊陲，接近大漠的邊緣，雖能貪圖到大漠的風情，但也四季分明，終年喬木常綠。

石砥中望著半浮於山腰的幽靈宮，不禁喃喃道：「我終於又到了這裡。」

正在這時，那左側的一排木影裡，突地傳來一聲大喝：「什麼人？」喝聲甫落，自深林樹叢間健步馳來兩個身著銀色長衫的漢子，這兩個大漢身懸長劍，威武異常，身形才止，便探手往石砥中身上抓來。

石砥中閃身一移，翻身落下馬來，冷冷地道：「快叫西門錡來！」

那兩個銀衣大漢一愣，左邊那個嘴上蓄著短鬚的漢子冷哼一聲，怒道：「閣下定是活得不耐煩了，竟敢來這裡撒野！」說完，一掌往石砥中的臉上摑了過去。

石砥中雙目神光一湧，怒喝道：「你找死！」

他此時不再留情，深埋在心中的那股怒氣，似江河決堤湧翻而來，左掌斜揚，那個漢子登時慘哼一聲，整個身軀斜飛而去，頓時七竅流血而死。

剩下那個漢子一見苗頭不對，急忙翻身而逃，嘴裡卻狂喊道：「有人闖山啦！」

「噹！」自幽靈宮裡傳來一聲悠揚的鐘聲清越地響了起來，嬝嬝的餘音迴盪在空際歷久不散。

石砥中望著那漢子進去的身影，嘴角一掀，不由冷笑道：「借你的口告訴西門錡，叫他趕快來見我！」

語音鏗鏘有若金石，那個漢子只覺耳際嗡嗡直鳴，他方待回宮稟報，只見幽靈宮裡突然現出一隊人影。

那隊人影行動甚速，剎那間已到了山腳下，當先一個黑髯黃袍的老人，正領著這隊人急掠而來。

那黃袍黑髯老人雙眉緊蹙，喝道：「許七，發生了什麼事！」

那銀衣漢子臉色蒼白，上前道：「吳總管，那個漢子想要見盟主，並打死了我兄弟……。」

吳雄冷哼一聲，怒視石砥中一眼，道：「閣下是誰？」

石砥中見下山來的竟是吳雄，不禁想起數年前上海心山時的那幕往事，若不是吳雄欲擒住自己，西門熊也不會把自己逼進大漠，幾乎葬身在漠野裡。

他冷漠地道：「吳雄，假若你不健忘的話，我們以前已見過面了！」

吳雄聽得一愣，雙目寒光一閃，目光立時投射在石砥中的身上，他上下打量了一番，不禁暗忖道：「這人是誰？我怎麼記不起來了。」

忖念在腦海裡一閃而逝，他臉色如冰，沉聲道：「恕老夫眼拙，不知閣下到底是何方高人？」

石砥中冷哼道：「在下石砥中，你總該記得了吧？」

「啊！」吳雄臉色大變，驚駭地道：「你是回天劍客石砥中？」

他幾乎不相信自己的眼睛，眼前這個蓬髮長髯的怪漢竟會是數年前大鬧海心山的石砥中，他原來深信石砥中必死無疑，陷入鵬城死域，怎會又出現了呢？

吳雄嚇得連退兩步，雙目深深地聚落在石砥中的身上，他不相信地看了又看，始終未能找尋出石砥中當年那種秀逸俊朗的玉容。

石砥中濃眉一舒，道：「快去請西門大盟主來，就說我石砥中有事請教！」

吳雄這時把眼一瞪，喝道：「胡說，石砥中早就死了，你這個不長眼睛的東西竟敢來幽靈宮撒野，顯然是不把海心山放在眼裡。」

語聲一頓，回首朝身後那些漢子道：「給我擒下這狂徒！」

吳雄是幽靈宮的總領頭，海心山上下一切事情大多由他執掌，那些漢子本是海心山的侍衛，吳雄命令一出，立刻有五、六個人向石砥中撲來，抓向他的身上。

石砥中煞氣隱於眉間，冷喝道：「誰敢亂動！」

他身形疾射而起，快若電光石火，未等那些漢子撲來，他已先迎了上去，掌指兼施，登時傳來數聲悶哼。

「呃！」石砥中此時功力大進，輕輕一揮，雙掌便發出渾厚的勁力，那些漢子連聲慘嗥，立時倒斃於地。

吳雄眥目欲裂，大喝道：「小子，你真是回天劍客！」

敢情他見石砥中功力高得出乎意料，心裡雖然還有幾分懷疑，但是此時已容不得他多想。

他急急撲上前來，身形如風，來到石砥中的面前，揚掌便往石砥中的臉上拍去。

石砥中深吸口氣，道：「你差得太遠，還是叫西門熊來吧！」

他一掌豎起，如刀削出，以迅電不及掩耳之勢擊將出去！

吳雄雄悶哼一聲，左手斜送一式「敗柳飛絮」，右手伸直，如劍劃出一道「七星同落」，掌風颯颯，勁力沉猛。

「砰！砰！」兩聲，石砥中冷笑道：「嘿！不錯！」

他掌緣一牽一引，右肘揚出，直撞吳雄胸前「血阻」大穴。

他這一式去得神妙莫測，有如羚羊掛角，不留絲毫痕跡，沒有一絲波動卻已欺入對方中宮之內，此刻不容吳雄有喘氣的功夫，那如錘的一肘便已擊到。

吳雄大驚失色，「嘿！」的一聲朗氣吐聲，身子平飛而起，雙臂運力一抖，凌空拔起八尺以上，他的雙足一縮一彈，五指如勾，疾伸而出，左掌一拂，自掌心吐出一股勁風，翻捲而去。

勁道如潮，宏闊無比逼將過去。

吳雄身形一窒，全身如受錘擊，雙掌反拍出去，全身的勁力都使了去！

「砰！」一聲巨響，吳雄踉蹌地自空中彈落下來。

他臉色蒼白，張口噴出一道血箭，身影歪歪斜斜連退了七、八步，方才穩住身勢沒有摔倒。

石砥中冷哼道：「像你這種功力還想與我抗衡？」說完神目一瞪，道：「你趕快通知西門熊父子，他們再不來，我就要殺進幽靈宮裡去了！」

「什麼人要見我西門熊！」

石砥中抬頭，只見西門熊恍如天馬行空御風而來，他神采依舊，一絲未見蒼老，只是那眉宇間多了一絲淡淡的輕愁，好像藏有其大的心事似的……。

西門熊雙目如炬，環顧場中那些死去的漢子一眼，冷哼一聲，又略略瞥視石砥中，掉頭問道：「吳雄，這人是從哪裡來的？」

吳雄喘了一會兒氣，吶吶道：「奴才該死，竟看不出他是哪門派的，他口口聲聲說是回天劍客石砥中，真難令人相信，石砥中還會活著……。」

西門熊悚然一驚，這才覺得事情有點棘手，冷峻的目光重又投落在石砥中的身上，無奈石砥中這些年來變化極大，再也不復當年俊美少年了，那蓬亂的長髮，襤褸的衫袍，使西門熊都看得一愣，一時也沒看出他是誰。

石砥中驟然見到西門熊，心頭頓時激動起來，數年前如不是西門熊欲置自己於那條死路，把他逼進大漠死域，他也無法進入那千古絕秘——鵬城。

「石砥中，是你？」

石砥中冷漠地道：「閣下還能記著石砥中，那是再好不過了……。」

西門熊沉思片刻，道：「你敢重上幽靈宮，確實頗出老夫意料之外，我實在不懂，閣下這般年輕，竟會落魄至此地步。」

這個老江湖不愧是幽靈大帝，他裝做不知大漠鵬城之事，首先拿話扣住石砥中，心機頗深，話音甫逝，冷寒的目光又已掃視石砥中的臉上。

石砥中雙眉一軒，道：「你少來這一套，我今天來幽靈宮是想見見令郎，聽說西門錡已躍登武林盟主，這倒是可喜可賀的事情。」

西門熊眼珠一轉，捋髯道：「我聽說你曾進入鵬城裡去，這事是真的嗎？」

他避重就輕，不直接回答，反想探出石砥中進入鵬城的事情，他斜睨石砥中，注意觀察石砥中的表情。

石砥中冷哼道：「這是在下的事情，閣下為何這般關心？」

西門熊臉色微變，嘿嘿笑道：「不錯，不錯，老夫的確是多操心了。」

語聲一頓，冷漠地問道：「你找錡兒有什麼事，可否先告訴老夫？」

石砥中想起羅盈的慘死，渾身的血脈頓時賁張、他對於西門錡卑劣的手段極為痛恨，胸頭立時燃起一股怒火，雙目寒芒逼射，怒沖沖地道：「快叫他出來，我要當面問問他！」

西門熊冷哼道：「你是什麼東西！敢對當今武林盟主這般無禮，幽靈宮來時容易去時難，你雖有回天之能也難逃出老夫的手掌。」

石砥中哈哈大笑，怒道：「幾年前我石砥中承你連番追擊，幸保殘命，此時我也要你嚐嚐逃命的滋味是如何難受。」

他腦海裡記憶猶新，每當想起西門熊父子逼他逃入大漠，幾乎將他逼死的種種情形，那平靜如水的心湖裡，便捲起萬丈波濤，邁得他難以平復自己的情緒。

「爹爹！」

石砥中正想立時發作，忽聞身後傳來一聲細微的聲響，他緩緩轉過頭去，正好瞧見表情愕然的西門錡，幾年來西門錡並沒有多大的改變，除了那原本魁梧的身軀又高大些許外，看來仍是那種陰狠奸猾的樣子。

西門錡驟見這個蓬髮長髯的漢子怒視著自己，先是微微愣了一下，旋即又恢復了原來的神色，輕哂道：「爹爹，這是哪派的弟子，是不是又來求我什麼事？」

他自從登上武林盟主寶座之後，幾乎天天都有各派弟子拜見他，他一見石砥中那種憤怒的樣子，以為江湖中又有事情發生，是故問了出來。

西門熊臉上神色極不自然，乾咳了一聲，道：「錡兒，江湖上確實又有大事要騰一時了，因為回天劍客獨闖幽靈宮，這件事一傳出去，勢必又要驚動天下了！」

西門錡暗中大駭，不覺倒退兩步，石砥中死而復生，驟然出現在幽靈宮，確實使他大大地吃了一驚。

他臉色微變，道：「你是石砥中？」

石砥中冷哼道：「我想回天劍客在你心裡該不會太陌生吧！」

西門錡怒氣湧現眉梢，道：「本盟主正愁找不著你，想不到你倒自己送上門來了，你在中原偷盜各派秘笈，又擊殺各派弟子，這些事情我早已風聞不少，石砥中，你不得不承認自己的罪行吧！」

石砥中怒喝道：「這些事情非我石砥中所為，顯而易見有人想陷害我……西門錡，你少在我面前狐假虎威，我問你，羅盈是如何死的？」

西門錡臉色大變，道：「這……。」

他不敢當面誣指是石砥中所殺，「這」了半天也沒說出來，但他陰狠異常，腦中電光火石的一轉，立刻避開話題道：「你如何能證明各派弟子不是你殺的，又如何能證明你是真的回天劍客？」

石砥中冷嘆道：「我不需要證明，我現在要殺了你。」

「小子少狂！」

自石砥中背後突然掠起一條黑影，大喝聲中挾著一片寒光，當空飛撲過來，劍光一閃疾射而至！

石砥中冷哼一聲，拋肩沉身，斜掌輕輕一揮，登時傳來一聲哀鳴，只見那條撲來的人影倒捲甩了出去！

「呃！」

那個漢子身形一落，同時發出一聲淒厲的慘嚎，只見手中的那柄長劍不知怎地插中了自己的前胸，一股鮮血流下來，他臉上一陣抽搐，冷汗簌簌滴落，雙手緊緊反抓住劍刃緩緩拔了出來，身子一抖，翻身而死。

西門熊一見，暗中大驚，他想不到石砥中功力進境如此神速，輕輕一掌便把幽靈宮一等高手當場斃命。

他怒不可遏，大喝道：「石砥中，納命來！」

幽靈大帝西門熊隨著沉重的怒喝聲，身形電快地急掠而來。

他單臂曲繞，右掌兜起一個扇形大弧，自掌心中泛射出一道紫色的光華，霎時光影流激，瑩紫呈紅，淡紅色的光影跟著一股陰寒冰冷的掌風徐徐向石砥中逼了過去！

石砥中乍見這股陰柔的掌勁裡含有絲絲陰寒之氣，淡淡拂過自己身上，他大吃一驚，通體已布起一層厚厚的真氣。

腦中思緒電轉，忖道：「這是幽靈功，天下最毒的功夫。」

他可不敢大意，真氣瀰空布滿，身軀急晃，斜伸右掌，霎時有一股灼熱的氣勁湧了出來。

雙方足下都是一晃，各自穩住身勢，石砥中想不到對方那股看來輕淡的掌風能把自己氣血撞得一翻，驟覺自心底升起一股冰冷的寒意，絲絲傳入他的丹田。

他那薄薄的嘴唇上出現一絲冷酷的笑意，左手輕輕一揮，只見一輪金黃色的光影瀰空泛射出來。

他緊握著古色斑斕的劍鞘，高高地向天空中一揚，只見一隻通體發光的金鵬，昂首展著雙翅幾欲破空飛去，而牠的雙爪緊緊握著劍柄，成了寶劍的護手。

西門熊臉色慘變，顫聲道：「墨劍，金鵬墨劍……。」

第十二章　血影幽靈

金鵬射現條條金芒，有如萬道金霞騰空升起，使四處羅列的高手都張口結舌，凝視著石砥中手中這柄千古神器——金鵬墨劍，自他們臉上閃出現無比驚恐之色。

石砥中握著這柄亙古天下最凶的神器——金鵬墨劍，心裡突然湧出一股難以遏止的激動，往昔的英雄歲月在這一剎那，有如影像似的，一一浮現在他的腦海裡，如海潮般衝激著他。

西門熊望著石砥中手中的金鵬墨劍，全身上下突然顫慄了一下，陰沉的面容立時泛出一層陰霾。

他只覺有一股說不出的難過泛上心頭，嘴唇輕輕地翕動著道：「這是金鵬墨劍，天下最凶的神器……。」說完往前疾跨兩步，又道：「你果然得到了大漠鵬城的祕密了……。」

石砥中臉上沒有一絲表情，連那僅有冷酷的微笑都消失了，他只覺得有一股莫名的怒火正在胸口熊熊燃燒著，使得他那原已冰固的心，又復躍動了起來。

他緊緊握住了劍鞘，在空中輕輕晃動了一下，自那倔強的臉上浮現出一絲威武的氣勢，萬丈豪情再一次在他心底澎湃，嘴角上又恢復了那不羈的笑意。

他冷漠地道：「西門錡，我再問你一次，羅盈是你殺的，還是我殺的？」

西門錡被他那雙冷寒的目光所逼，不自覺的打了個寒噤，心底陡然升起一股涼意，他雙眉緊鎖，怒道：「是我殺的又怎麼樣？」

石砥中朗聲大笑，道：「是你殺的，就該償命！」

他神色凝重地緩緩拔出墨劍，一道冷凝的劍光沖天而起，自那薄薄的劍刃上湧起一層層淡淡的青霧，冷颯的劍氣瀰漫開來，周遭立時罩滿一層寒霧……。

西門錡目中閃過一絲畏懼之色，雙目不瞬地投落在墨劍之上，他急忙運起全身功力蓄集於雙掌上，暗中卻朝西門熊投以求助的眼色。

西門熊臉色愈來愈凝重，冷冷地道：「石砥中，你自信能活著走出幽靈宮嗎？」

石砥中一怔，道：「我相信幽靈宮還難不倒我。」

語音未落，他突然一眼瞥見從幽靈宮裡飛出六道人影。這些人身法快捷，有若飆風急馳則至，只見他們身背銀斧、斜插長劍，正是那久負盛名的幽靈騎士。

幽靈騎士出現之後，西門熊的臉色頓時緩和了不少，他斜睨凝立在身旁兩側的幽靈騎士一眼，道：「石砥中，幽靈騎士你該不會太陌生吧！」

石砥中斜舉神劍，冷冷地道：「單憑這些死幽靈就想難倒我回天劍客，你簡直是做夢！」

西門熊冷哼道：「你只要能闖過幽靈騎士這一關，老夫就從此把幽靈宮讓給你，如果你闖不過，閣下就得聽我的擺布了。」

他曉得幽靈騎士重新訓練後已大非昔比，連東方剛都無法破去幽靈騎士的聯手攻擊，他想：「石砥中雖然功力大進，至多也不過和天龍大帝在伯仲之間。」

西門熊因此信心倍增，此時已沒有先前那樣驚慌了。

石砥中見西門熊說得如此有把握，心裡也不免暗自警惕，他深深吸了口氣，剎那間功力已布滿全身，只見他衣袍隆隆鼓起，劍刃上光華倏地暴閃，射出一蓬劍芒。

他大喝道：「好，我就再鬥鬥你的幽靈騎士！」

西門熊輕輕連擊三掌，幽靈騎士霍地躍了過來。

這些幽靈騎士臉上冷漠得沒有一絲表情，俱露出一種毫無知覺的樣子，但他們身形快捷，絕不下於一流武林高手。

西門熊陰沉的一笑，朝這些幽靈騎士望了一眼道：「錡兒，把我的金針拿來！」

西門錡急忙從衣衫裡掏出一根長長的金針交給他的父親，西門熊手持金針，在這些幽靈騎士每人的身上連戳七處重穴，然後又給他們每人服下一顆藥丸。

石砥中看得一楞，不知西門熊何以臨陣施出金針過穴功夫，他腦海裡思索著這到底是怎麼回事，雖然他此時已躋身為武林宗師級的人物，也沒有辦法想出其中的道理，只知道西門熊所戳的七大重穴都足以置人於死地。

他腦海疑念重生，不禁問道：「西門熊，你這金針過穴有什麼道理？」

幽靈大帝西門熊是何等人物，他知道這動作已引起石砥中的好奇心，不禁得意地大笑一陣，然後冷冷地道：「幽靈騎士雖然都是死物，但他們身上的力量能夠再增加一倍。」

要知西門熊陰沉多智，他惟恐幽靈騎士不是石砥中的敵手，利用搜經倒脈的手法，無疑是使個個力大無比威猛無匹的幽靈騎士原有的功力能再增強一倍以上，他想即使石砥中的功力再深厚，也難抗拒幽靈騎士的聯手攻擊。

石砥中聽得心頭劇震，暗忖道：「西門熊用這種陰毒的方法操縱這些死人，顯然是要傾幽靈騎士的全力對付自己，現在我的功力雖敢說天下鮮有敵手，但這些幽靈騎士若真如西門熊所說，我回天劍客恐怕也難抵抗這六人的連環攻擊。」

這個意念有如電光火石掠過腦際，使得他更俱戒心，暗中調勻真氣，雙目不瞬地望著這些幽靈騎士。

西門熊見石砥中臉上並沒有流露出驚惶之色，暗中驚懼不已，他原本自信幽靈騎士天下無敵，但當他看見石砥中那種若無其事的神情後，他的信心不禁動搖起來。

他雖然自認是天下第一高手，連天龍大帝東方剛他都不放在眼裡，但當回天劍客石砥中活生生地出現後，他驟然覺得這個年輕人對自己造成的威脅實在太大了。

於是，他將不惜任何代價都要把石砥中毀了，決不讓他活著離開幽靈宮，否則，將來江湖就甭想是自己的天下了。

× × ×

西門熊目中凶光大盛，嘿嘿笑道：「石砥中，你可敢硬接幽靈騎士……。」

石砥中曉得西門熊是想激起自己的怒火，他眸光移動，緩緩投落在這些幽靈騎士的身上，冷冷一哼，嘴角上的笑意愈來愈濃。

突地他雙眉一軒，冷喝道：「少囉嗦！」

西門熊冷煞地放聲大笑，斜睨著那些幽靈騎士遙空連擊三掌，清脆的掌聲傳了過去，那些幽靈騎士突然發出了一陣淒厲的長嘯，各自拔出背上的巨斧，同時移動身驅朝回天劍客石砥中逼了過來。

石砥中斜指神劍，全身勁氣通通集於劍尖之上，只見劍尖顫動，空際響起縷縷細細的劍風，青瑩的劍芒，流激激射，耀眼的劍身倏地掠空而起。

「嘿！」只聽當先的那個幽靈騎士發出一聲大喝，身形電快急撲過來，他目中寒光如劍，單臂一抖，一縷斧影挾著破空之聲，朝石砥中的天靈頂門斜劈而至。

石砥中不知這些幽靈騎士到底有多高的功力，他暗聚功力於右臂上，冷哼一聲，陡然舉劍迎了上去。

「叮噹！」

輕脆的金鐵交擊聲瀰然而起，四射飛濺的火星瞬息即逝，那個幽靈騎士全身似是一顫，整個身軀倏地往外翻滾開去，淒厲的一聲大喊，手中的巨斧只剩下半截長柄尚留在手中。

石砥中覺得這個幽靈騎士力氣大得異於常人，自己竟無法以深厚的內力當場把他震死。

石砥中深吸一口氣，目中的神光突然往外湧射，恍如兩盞不滅明燈般死命盯在這些幽靈的身上。

「咻咻咻！」

就在這電光乍閃的剎那裡，這些幽靈騎士已悶聲不響地自左右急躍而來，數縷冰寒的斧影，乍閃即飛，接著風雷驟發之聲，漫天光影倒灑而下。

石砥中清吟一聲，肩膀抖動，身若遊龍翔空而起，「颼！」的輕響，劍勢陡變，寒冷的劍芒顫起一縷細碎的輕音，似是龍吟鳳鳴，清澈至極。

一道悽迷的劍光，迎空劃出一蓬劍幕，擋住這些幽靈騎士疾快劈來的斧影。

「鏘！鏘！鏘！」

耀眼的劍芒似是電光連閃，森森的劍氣寒澈逾冰，往四外迸散開去，劍圈立時擴大至丈外。

劍斧相磨，發出一連串清脆的聲響，石砥中身子在空中微微一頓，藉著長劍一觸之勁，又飄身騰空。

石砥中張開巨目，鬚髮俱立，大喝一聲，劍圈周圍湧起一層寒芒，劍尖上聚起一團菌狀的白氣，流灩飛射。

「劍罡！」

西門熊發出驚呼，臉上立時變了色，他晃身往前急躍而來，嘴裡發出一陣呢喃，那些幽靈騎士恍如聽懂他的意思，各自往外閃去。

石砥中冷哼道：「劍罡之下，還沒有人能夠全身而退。」

回天劍客石砥中長嘯一聲，劍光凝聚著劍罡，寒芒突漲，劍氣迴繞，騰空掠起，「嗤嗤！」劍氣聲中，瀰空星芒朝這些幽靈疾射而去。

這些幽靈騎士見到回天劍客施出劍道中的無上絕技，「劍罡」正朝他們撞來，只聽到他們悲吼一聲，手中的銳利巨斧也脫手擲出。

一陣截鐵斷金之聲，那五柄銳利的巨斧被石砥中手上的墨劍絞得粉碎，石砥中勢子不緩，只見他左手拇指扣著長劍劍尖，立時使劍身彎曲起來。

他身在空中，弓身一躍，左手用勁彈出，「嗤嗤！」數聲，自劍身上突然射出六點寒星，脫空飛去。

六點寒星接著急嘯向那六個力大無比的幽靈騎士的胸前疾射而至。

「呃！」這六個幽靈騎士低嗥了一聲，身上已各嵌著一塊破碎的斧刃，他們雖然身軀一抖，但瞬息間又變得若無其事，各自緩緩拔出身上的斧刃。

石砥中料不到自己以無比深厚的內力，將被神劍絞碎的斧刃，彈擊在這些幽靈的身上，他們竟然沒有被射死，他心中大驚，不覺朝前急躍而去。

他身形一動，西門熊已迎面撲來，石砥中抖腕一轉劍勢，自空中劃過一個大弧，電閃似的揮劍斜劈！

西門熊身形暴閃，喝道：「布幽靈大陣！」

六個幽靈騎士此刻一轉一合，揮劍朝石砥中擊出，連綿攻出十劍，層疊的劍影恍如一道光幕似的罩了過來。

石砥中冷哼一聲，身隨劍起，一式「將軍揮戈」，六個劍式變化開來，三十六劍如風而落。

「鏘！鏘！鏘！鏘！」斷劍和著殘肢齊飛，鮮血四濺飛灑。

石砥中已在一個不及眨眼的刹那裡，破了幽靈劍陣，劍尖點過每一個幽靈騎士眉心的「眉衝穴」，他們齊都仰天躺倒。

這種快捷劍法，立時使全場的高手震懾住了，大家幾乎都忘了自身所在，通通睜大了雙目望著石砥中，連驚呼都忘了發出來。

西門熊見自己幾乎耗去半生心血訓練成的幽靈騎士，竟在一瞬間俱都倒地而死，他不禁氣得髮鬚根根直豎，雙目怒火如織，瞪著石砥中，一語不發地走了過來。

石砥中環抱神劍，平胸而伸，臉上沒有一絲表情，但他的心底正在激烈的震盪著。

他茫然嘆了口氣，身軀凝立在那裡，腦海裡卻極快的尋思著……尋思自己在江湖上的作為，回想著自己感情上的遭遇……。

他永遠有那麼多的懷思，有那麼多的幻想，大概這就是他所以經常陷於痛苦、憂煩、悲傷……中的原因了。

他曾幻想過脫離江湖後的逍遙生活，他曾經幻想過笑傲山林，做過無憂無慮的隱士心境，終日流連於山水之間，與鳥獸為伍，與大自然為伴……。

儘管他想脫離紅塵的牽絆，但是，現在環境無情地剝蝕了他的夢想，永遠有那麼多是非恩怨跟隨著他……。

當他從幻夢中醒轉過來時，當他才從幻想的領域回到現實世界時，他覺察到生命是那樣的冷酷，生活是那樣的痛苦……。

於是，他自嘆命運的坎坷……一幕幕前塵往事從他腦海裡掠過。

西門熊早已逼近石砥中身前不及七尺之處，雙目緊緊逼視石砥中的臉龐，以一種仇深似海的目光凝注在這個處處表現神秘的年輕人身上。

半晌，西門熊才大喝道：「石砥中，我要殺了你！」

石砥中凝神回視西門熊，道：「你想要殺了我……你能嗎？」

西門熊雖然此時內心已怒至極點，但表面上仍然保持平靜，他曉得自己目前的功力還不能硬拚石砥中的「劍罡」神技，他暗中運轉全身的功力蓄於雙掌上。

他斜斜一揚雙掌，道：「石砥中，你可敢和老夫硬拚三掌？」

他自認幽靈神功天下難敵，只有施出幽靈神功尚有幾分把握，是故他一語先扣住石砥中，逼他徒手和自己一決勝負。

石砥中冷冷地道：「隨你吧！反正你不是我的對手。」說完，便把神劍歸回劍鞘，斜插腰上。

「爹！」

西門錡急忙往前躍了過來，和西門熊並肩站在一起，他惶恐地望著西門熊，滿臉都是焦急不安的神色。

西門熊緩緩回過頭來，道：「孩子，你難道認為爹不是他的對手嗎？」

西門錡驚悸地昂起頭來，道：「不是，不是的……。」

當他目光和西門熊雙眸交接時，驟然覺得父親眼裡有股堅決之色，他急忙把話吞了回去。

西門熊拍拍他兒子的肩頭，道：「錡兒，假使不幸爹爹今天戰死，你要解散幽靈宮，先去找回你妹妹，然後再替我報仇。」

這個邪道第一高手敢情也知道今天凶多吉少，在動手前先交代一番後事，幽靈大帝從前是何等高傲，當他說出這幾句話時，臉上也不禁泛現黯然之色。

西門錡突然雙目圓睜，道：「爹爹，你何不把師祖請下山來？」

西門熊驟聞此言，臉上立時顯得非常難堪，他回頭望了靜立山腰上的幽靈宮一眼，不禁冷哼一聲，怒道：「胡說，快退下去！」

西門錡目含淚光，嚇得急忙黯然退了下去。

西門熊緩緩轉過身來，長吸口氣，臉上的殺機驟然變濃，全身骨骼頓時咯咯一連串密響，他徐徐抬起手臂，自掌心泛出一道刺眼的光華。

他大喝一聲，身形輕飄飄地往前一躍，右掌高舉空中斜劈下來，一股勁風狂捲而出。

石砥中目注這股沉猛渾厚的掌風來勢，身形疾然一挫，慎重地低喝一聲，左掌急忙往外一翻，一股掌風挾著排山倒海之勢揮擊而去。

「砰！」

翻捲飄舞的沙影裡，兩人身形一分，各自又站住一個方位，四目交互注視著對方，但見西門熊胸前起伏，額上微現汗珠。

而石砥中則是衣袍隆隆鼓起，斜掌橫胸，沉凝地移動著身軀，繞著西門熊一步一步的踏出，每踏出一步，地上便出現一個深深的足印，恍似非常吃力。

「嘿！」

西門熊突然低喝一聲，左足陡然跨前一步，當空一掌擊出，一股陰聚的氣勁隨著他的手掌射出。

石砥中臉色大變，道：「好！」

他可不敢怠慢，身形一轉，全身勁力通通聚於右掌之上，目光落在西門熊擊來的右掌，緩緩迎了上去，力道竟是十分緩慢。

兩掌的掌緣相接，發出一聲極小的震波，只見兩人神色同時一變，兩隻手掌便在空中互相較勁，這時他們都施出無比渾厚的掌力相較，誰也不敢輕易把掌勢收回。

石砥中只覺對方的手掌上湧來一股浩瀚的暗勁，直往自己身上逼來，他急忙一提勁力，反震了回去。

霎時，兩人都拚上了全力。

漸漸，兩人額上泛現出豆大的汗珠，滾滾滴落下來，但這時誰也不敢鬆懈，以免落得當場身死。

西門熊自認數十年的無上修為早已達天人合一的境界，哪知道對方翻湧不絕的渾厚掌力始終源源不斷地朝自己身上逼來。

他張口大喝一聲，雙眉緊皺在一起，奮起全身勁道推了出去。

但見他臉上汗珠迸落，條條青筋根根暴起，身軀沉重地往前踏出，腳才落地，土石便已深及足踝。

他強提全身所有的力量朝石砥中推去，不禁使石砥中倒退一步，但僅僅只能推動一步而已，石砥中已如山嶽般巍立，穩若磐石，再也無法動得他分毫。

西門熊心中一震，電快地忖思道：「這小子只守不攻，莫非存心想消耗我的真力，看來我一時無法傷及他肺腑，自己可不能大意……。」

忖念一了，他急忙收回力道，哪知他的力道才鬆，對方剛猛勁道忽然轉強起來，猝不及防之下，他不禁連連退了六步，方始阻遏了對方的攻勢。

兩人一進一退，暫時無法分出勝負。

這時全場都屏住呼吸，緊張地盯著兩人的拚鬥，尤其是西門錡，他神色極端緊張地注視著場中。

突然，有人在他脅下撞了一下，西門錡不悅地斜睨一眼，只見吳雄正向他連施眼色。

他不解地緊皺雙眉，回首道：「有什麼事？」

吳雄先朝石砥中瞪了一眼，壓低聲音道：「盟主，老宮主現在正和石砥中硬拚真力，石砥中定然無法顧及到外面的事，你何不趁機給他一掌……。」

西門錡眼球一轉，腦海裡頓時掠過凶念，他沉思一會，目中凶光陡然大盛，拍了拍吳雄的肩膀道：「還是你行！」

說完，他恍如沒有事似的朝場中走了過去，他緩緩繞至石砥中身後，不敢驚動石砥中，每一步都悄無聲息。

西門錡在離石砥中身後不及五尺處突然煞住身形，嘴角立刻浮現一絲猙獰的冷笑，但他並未立刻舉掌劈去，卻先用眼色向他父親示意。

西門熊正有些不支的時候，一眼瞥見兒子站在石砥中身後，正向他眨著眼睛，西門熊凶狠絕倫，立刻作出一個會心的微笑，暗中把殘餘真力集聚於掌心裡，準備適時發出去。

石砥中這時正全神貫注在對方身上，根本不知西門錡已暗伏於身後，不曉得目前殺機已盈眉睫，危髮逼於一線，突然只聽西門熊大喝一聲，一股渾厚的勁力恍如山崩地裂似的迸激而出。

石砥中只覺這股勁力來得浩大異常，他欲挽回頹勢已經無及，只得先退後一步穩住勢子。

「石砥中，看掌！」

西門錡覷準石砥中退勢，大喝一聲，單掌疾快地舉起，以迅雷不及掩耳之速，疾快地一掌劈去。

「砰！」

這一掌結結實實擊在石砥中的身上，只聽砰的一聲巨響，三條人影同時一分，只見石砥中身形往前一栽，張口噴出一道血箭，臉色霎時變得蒼白。

而西門錡雖然偷襲得手，但一掌拍下有如擊在敗革上，自對方身體突然產生一股反震之力，只震得西門錡倒摔出丈外之處。

西門熊見石砥中挨掌之後，雖然朝前面栽來卻未倒下，他暗中大喜，正待聚起全身之力再補上一掌，無奈此時自己全身真力鬆懈，竟連反擊的力量都沒有。

石砥中吐出一口鮮血後，強自壓住胸間翻騰洶湧的血氣，他朝前走了幾步，身形搖搖晃晃地幾乎無法站穩，只聽他冷哼一聲緩緩轉過身來。

他目光如炬，怒視著驚立於他身後的西門錡，使得西門錡全身驚怯地退後了幾步。

石砥中嘴角滴血，悲憤地道：「你這一掌打得正是時候，否則你老子就要血濺黃沙，當場殞命。」

他說得平緩溫和，好似毫不生氣的樣子，可是話聲裡卻含有無比威嚴。

西門錡被他目光所逼，不覺心底產生一股涼意，他面上一紅，神情非常尷尬，吶吶地不知該說什麼。

石砥中仍然非常溫和地道：「你不知道這一掌會使你日後失去爭雄武林的

機會嗎？可惜，你登上武林盟主寶座只不過這麼短的時間……。」

西門錡全身顫抖地道：「你……。」

石砥中臉色一寒，冰冷地道：「我要廢了你全身武功，讓你永遠只能是個平凡人。」

這一著倒真厲害，直嚇得西門錡臉色慘變，不自覺倒退了數步。

他驟覺全身有一股寒意自心底升起，目中凶光盡失，恍如待宰之囚，驚悸得連一句話也說不出來。

「嘿嘿！」西門熊突然發出一連串冷笑聲，道：「石砥中，你少唬人了，適才你和我交手已用盡了全身之力，此時不要說是動手，就是一個普通人都能要了你的命。」

石砥中冷冷地道：「這麼說，閣下還能再動手了！」

西門熊臉色一動，陰沉地道：「石砥中，你不要再說大話了。」

西門錡這時雖覺石砥中有著一股使人寒顫的威嚴，但當他想到石砥中身上受著極重的內傷時，他不由凶念又生，悶聲不吭猛撲了過來。

他把功力全部運集於單掌之上，身形未至，掌勢已發，激盪的掌勁瀰漫空際，當空往石砥中頭上罩了下來。

石砥中悲憤怒笑，身軀斜轉，左掌疾快地揮出，那體內最後的一股真力迸發激湧而出，只聽「砰！」的一聲巨響，西門錡整個身子恍如紙鳶似的飛捲而去。

西門熊臉色大變，如電光石火般，迎著石砥中斜掌劈去，石砥中冷哼一聲，墨劍恍似銀虹般飛捲而起，森森劍光逼得西門熊閃電似的退了開去。

石砥中朗聲大喝道：「西門熊，納命來！」

石砥中的身形隨著話聲如電射起，化作一條劍光，疾射而去！

西門熊神情慘變，急忙抱起西門錡閃身暴退，朝幽靈宮外面逃去。

石砥中緊緊尾隨追去，剎那間便消逝於重重沙幕裡。

第十三章　江畔斷腸

天空橫過一條彩虹，雨過天晴，長江浪花如雪，波濤輕湧，輕輕拍擊在江岸，發出「嘩啦！嘩啦！」的聲音。

浪花輕吻著江石，掀起陣陣細柔絮語，微風吹動樹梢，拂動垂落江邊的細柳，搖曳著低垂的柳枝……。

泥濘的地面上有深陷的足跡，順著足跡尋去，只見在一棵彎曲的柳樹下，斜立著一個修長的人影，他雙目凝視著翻滾的江水，斜靠在柳樹幹上，不時撫弄著低垂的柳枝，摘採青青的條葉，拋落於江水裡。

片片細長的綠葉，飄落在江水中，隨著翻湧的浪濤往江心蕩去，而他的心也隨著浮沉不定……。

思緒有如江水似的在他腦海裡翻滾，他的嘴唇輕輕翕動著，茫然望著江心，低首自語道：「我的心恍如長江水，永無休止的滾滾東流，不知盡頭，而我的人卻如浮萍似的在人海飄泊，不是嗎？數天前我還身在狂沙漫天的大漠裡，而今日卻又站在長江岸頭，人生當真如夢，身世如謎……。」

石砥中不覺地又想起西門熊父子，他想起西門熊的惡毒，不覺低低怒哼了一聲，他一路追來，想不到追到這裡，竟然尋不著西門熊父子的蹤跡。

他不知道西門熊何以會帶著西門錡進入中原，也不知那一天之後，西門熊為什麼不返回幽靈宮，而故意把他引來這裡，當然，這一切的答案非要見到西門熊才能知道了。

「唉！」

石砥中禁不住心中的鬱悒，發出一聲低嘆，他凝視天邊塊塊的雲堆，偶而望著江心的舟子，他的心又開始掀起不平的漣漪……。

思潮恍如澎湃的浪花，在他腦海裡疾速流轉，那幕幕往事都活生生地在他眼前閃過，快如流水……。

突然，自他的身後傳來一陣沉重的腳步聲，石砥中聞聲一怔，腦筋疾快地一轉，斜睨了身後一眼。

只見一個漁夫頭戴草笠，赤著雙足，肩上扛著一根魚竿，自江岸邊上低頭走著，一路上哼著小曲，搖搖擺擺地走了過來。

只聽這漁夫唱道：

「人說長江好淒涼，我說長江最斷腸。」

「淒涼江水斷腸人，我恨他爹也恨娘。」

石砥中等那漁夫走過，心裡頓時暗吃一驚，他凝視地上的足印，臉色霍然凝重起來，立知這個漁夫不太簡單，僅僅深陷的足印就非常人所能辨得到的。

漁夫似是有意和石砥中為難，走沒多遠又轉回來了，就在石砥中站立的柳樹前坐了下來，拿起魚竿放下魚線，拋入水中，連魚餌都沒鉤上，竟然釣起魚來。

石砥中看得一愣，暗想天下哪有如此釣魚的人。

正在這時，那漁夫驀然回頭，冷冷地凝視了他一眼，石砥中只覺這雙眼睛裡泛射著仇恨的烈火，怨毒異常。

他訕訕笑道：「借問大哥，這是怎麼個釣魚法？」

漁夫怒道：「我這是釣死魚，又不是釣活魚，你這個小子賊頭鼠腦，佔了我的地方不說，還要問東扯西。」

石砥中驟然被這漁夫搶白一頓，不覺一愣，他見這漁夫異於常人，早就暗中留意起來，他正要答話，那橫在地下的魚竿突地向前移動起來，竿頭的小鈴也叮叮作響，分明是有魚上鉤了。

漁夫急忙回過頭去，伸手握住魚竿，用力往後拖，那上鉤的魚一定很大，因為那根徑寸粗細的魚竿都被拗彎了，可是魚兒仍在水中未曾露面。

漁夫神色緊張地向後直拖魚竿，一面慢慢地收短魚線，石砥中想不到長江裡的魚竟會如此的大，以漁夫這麼大的力氣都無法輕易拖上岸來。

他一時好奇心動，不覺地伸手幫助那漁夫動手往外拖拉魚竿，誰知漁夫瞪了他一眼，竟沒說話。

漸漸水裡有東西露出來了，石砥中定睛一瞧，心中頓時大驚，想不到這漁夫釣的不是什麼魚，而是一口紅漆油棺。

石砥中正要放手將之鬆回水中，漁夫卻先他一步，上前大喝一聲，鐵腕往上一翻，魚竿朝空一顫，那個紅漆棺木如飛似的被拖上江岸。

漁夫神情輕鬆，聳肩道：「好了，你可上來了！」說完突然一翻巨掌，朝石砥中推來，口中還喝道：「滾開，誰要你幫忙！」

石砥中猝不及防，更沒想到那漁夫力量奇大，被他推得兩、三步遠才給站穩了身子，石砥中見這漁夫蠻不講理，心裡十分震怒，氣得冷冷發呆。

他冷哼道：「我好心幫忙，你反倒神氣了。」

漁夫暴跳如雷，在江邊上怒道：「混蛋，誰要你幫忙！」

語聲一止，便又朝著身後大喊道：「喂，你們怎麼還不滾出來，等這小子再跑了，要找可就沒有這麼容易了。」

「嘿嘿！他跑不了。」

隨著這陣話聲，自江岸旁兩排柳樹蔭下，突然湧出了七、八條人影，這些人僧俗皆有，浩浩蕩蕩走了過來。

石砥中正感到情形有些異乎尋常，身後驀地傳來一聲巨響，他急晃身形，回頭一瞧，只見西門熊緩緩地從那口棺材裡走了出來，臉上掛著淡淡的笑意。

他冷哼道：「又是你！」

西門熊身上滴落著水珠，冷冷地道：「你不是要找我嗎？幾天來我在這裡等你，石砥中，眼前各派都有高手來了，我先替你引見引見。」

石砥中掃視了凝立在他身前的各派高手一眼，只見在這八個高手的臉上，俱流露出悲憤懷恨之色，他長吸口氣，冷冷地道：「不用了，我並不想認識他們。」

西門熊一怔，暗暗冷笑著，他知道今天石砥中定然逃不出各派高手的夾擊，是故他樂得大方一笑，目光朝向一個白鬚及胸的道人輕輕一掠。

這個白鬚及胸的道人滿臉都是怨毒怒恨之色，他雙目寒光如電，有一股威光射出，只見他冷冷一哼，大步走了出來。

他瞪著石砥中半晌，方道：「你就是石砥中嗎？」

石砥中見這個年老的道人口氣冰冷，沒有一絲緩和的語氣，他知道這裡面誤會太深，一時間解釋不清，聞言雙眉一蹙，冷漠地道：「道長有何見教，石砥中這裡有禮了。」

「嘿！」西門熊有意要挑起戰火，嘿嘿笑道：「這位是武當白雲道長，為武當三老之一，閣下盜笈殺人，其中便有武當弟子死於大漠……。」

石砥中想不到西門熊如此惡劣，在這些高手之前故意使誤會無法冰釋，他回頭怒視西門熊一眼，怒火陡然上湧，狠毒地朝幽靈大帝西門熊逼視過去。

西門熊看得心頭大震，急忙把全身功力蓄集於雙掌之上，他目光聚落在石砥中的身上，暗中卻深具戒心，知道這個年輕人有著使人無法抗拒的功力，雙方動起手來實在很難論斷勝負。

他裝得甚為鎮定，哈哈大笑道：「你想幹什麼？」

石砥中只覺幽靈大帝西門熊陰險詭詐，處處都給自己威脅，他曉得西門熊極欲殺死自己，而自己也正想和這個老狐狸作一次總清結，所以他毫不客氣地欺身過去。

他儘量壓抑胸中的怒火，道：「我要看看你幽靈大帝的心到底有多黑！」

武當白雲道長這次帶領各派高手欲替各派死去者報仇，本是一次有計劃的尋仇行動，這個三清道人在武當的地位甚高，一見石砥中傲然的神貌，他心中的怒火陡然蔓延開來。

他一曳袍角，朝前飛跨而來，大喝道：「石砥中，我們的事還沒有弄清楚呢！」

石砥中只覺背後風聲颯颯，五縷指風如電凌空彈射過來，他急忙一晃肩頭，身軀霍地移開，白雲道長疾抓而至的五指頓時落空。

白雲道長一煞身形，臉上立時露出錯愕的神情。

石砥中此時不願招惹各派，尤其是武當，他深知武當素執武林的牛耳，派中人才輩出，所以白雲道人一招落空，石砥中只是一笑置之。

他望著白雲道人問道：「道長不相信在下的為人嗎？」

白雲道長聞言一愣，料不到此時此地石砥中居然會提出這個問題，他見石砥中態度甚是恭謹，不覺產生一絲好意，但當他想到有派中弟子慘死，那絲好感頓時就消散無蹤了。

這個聲名甚隆的白雲道人一捋白鬚，道：「這個我不管，貧道是要要替本派弟子報仇，當初貧道下武當山時，曾在祖師面前發過誓，若不把你擒回武當誓不回山，石砥中，你不會讓貧道失望吧！」

石砥中聽得心頭劇震，全身泛起了輕微的抖顫，他自忖沒有一件事是自己做的，而武當派竟要生擒自己押回武當，這種盛氣凌人之勢，確實使石砥中難以再忍受下去。

他氣得仰天一聲大笑，高亢雲霄的笑聲，霎時把江濤翻捲拍岸之聲掩蓋下去，江岸旁的細柳也被震得捲舞紛飛，這種摧金裂石的笑聲立時震懾住全場。

他一斂長笑，氣憤地道：「連道長都相信是在下所為嗎？」

他因見白雲道長輩高望重，在江湖上享譽甚隆，認為必是個通情達理之人，哪知白雲道人不但不相信自己，反而露出鄙視的神情，不屑地望著自己。

但當憤怒的發洩出心中的鬱悶之後，他不覺有一絲悔意，腦中電快地泛起一個念頭，忖思道：「我自認闖進大漠鵬城後所學得的東西不少，磨去不少火氣，哪知每當有重大的事情降臨到我的身上時，我還是無法克制心頭的火氣，其實面對這種事根本不需要發怒，我只要問心無愧，何須多作解釋。」

一旁的西門熊知道各派對石砥中的誤會已深，決非三言兩語就能解釋清楚，他恨不得石砥中立即死去，機會稍縱即逝，思緒一轉，毒念叢生。

他冷冷笑道：「發瘋的人永遠不會說自己是個瘋子，正如閣下所幹的事一樣，永遠不會說是自己幹的，除非你是傻子。」

這時石砥中心中那股澎湃翻捲的怒氣已逐漸平息下去，他回頭朝西門熊瞪了一眼，又緩緩地收回目光，因為他驟然覺得自己根本不需要和一個詭譎機詐的老狐狸多費口舌，因為那樣會顯得自己太沒有修養了。

幽靈大帝西門熊以為自己這一著必會激起回天劍客石砥中的怒火，而使得他大開殺戒，然後江湖各派紛紛傾巢而出，日夜追蹤石砥中，使回天劍客從此在江湖上沒有立足之地，哪知石砥中恍若未聞似的，僅僅望一望，他便回過頭去。

這一著雖然沒有觸怒石砥中，卻激起各派聯袂而來的高手們躍躍欲試，他們深覺西門熊言之有理，大戰一觸即發之勢已燃於眉睫。

這時，人群中一個清臞的老者走上前，道：「道長，我們還等什麼？」

白雲道人一見走出來的是峨嵋派的公孫牛，雙眉不由一皺。

他素知公孫牛是江湖上有名的火爆脾氣，脾氣一旦發起來當真如牛似的難纏，這個修為甚高的道人嘆道：「公孫大俠，我們還是慎重些的好。」

公孫牛面上悲憤之色愈來愈濃，他冷哼一聲，怒道：「我們涉山越水，不辭千里趕來這裡，所為的就是替死難的弟子報仇，現在石砥中就在我們的面前，道長怎麼反而猶豫了……江湖敗類人人可誅，道長若不再施令，我公孫牛可等不及了。」

他滿腔悲憤，聲音高昂激越，這無異給各派高手無比的鼓舞，紛紛吶喊附和。

石砥中怒視公孫牛，冷冷地道：「你說誰是江湖敗類？」

公孫牛暴跳如雷，大喝道：「我說的是你又怎麼樣！石砥中，你不要以為得到天下無敵的武功便可目空四海，我公孫牛雖然技不如你，但也敢憑著丹心一寸正氣，和你鬥到底。」

石砥中見公孫牛雖然火氣旺了一點，倒也不失為一個正直的漢子，他知道對付這種人最好的辦法，就是不去理會他，石砥中瞧著他淡淡一笑，沒有再說話。

公孫牛發了一陣牛脾氣，始終未見石砥中有何動靜，他自覺甚是無趣，氣得他瞪著眼直向石砥中走了過去。

他恍如瘋了似的，神情難堪地道：「你為什麼不說話？」

石砥中淡淡地道：「你認為我該說什麼呢？」

公孫牛一怔道：「說你該說的。」

石砥中知道公孫牛除了較憨直外，一點也沒有心機，這種人本是最容易對付的，但若是一旦發起牛脾氣來也是難纏得很，他落寞地一嘆，搖搖頭道：「我說了你們也不相信。」

他深知今日之事絕不是他現在就能解釋清楚的，縱是費盡口舌他們也不會相信自己，現在惟有西門熊能證明自己是無辜的，可是西門熊會證明嗎？顯然這是不可能的事情。

公孫牛雖然年歲不小，但胸中沒有一絲城府，他深覺石砥中所言甚是，不禁把腦袋一拍，道：「對！你還是不說的好。」

說完便轉身往人叢裡行去。

哪知他才行了幾步，突然回過身來，怒瞪著石砥中道：「我差點被你騙了，石砥中，你殺了我峨嵋派的弟子，這個仇我不能不報，來！我公孫牛先來領教一番。」

這個渾老頭子，想到就做，他人雖渾，功力卻是不弱，只見他肩頭一晃，電疾地飛身躍了過來。

他不多考慮，悶聲不吭雙臂一抖，左掌急劈而出，「嗤嗤」之聲響了起來，一股渾厚的掌勁斜拍而出。

石砥中大聲喝道：「你這條老牛，我石砥中沒騙你，貴派弟子確非我殺，不信我可指天為證……。」

他雙肩微動，身子向前欺進兩步，左掌輕輕往外一拂，右掌輕旋，在一翻一覆之間，一股迴旋不已的勁道激射而出。

「砰！」公孫牛只覺雙臂疼痛異常，全身勁道竟然一絲也發不出來，他的身體接連地退後五、六步，驚悸地望著若無其事的石砥中，他臉上神情慘白，抽動不已。

他喘息數聲才道：「大丈夫敢做敢當，我公孫牛佩服的是鐵膽英雄，而你這小子只算無膽，做了的事都不敢承認，算那門子狗熊！」

他口不擇言亂罵一通，石砥中聽得雙眉緊皺，他這時不願給公孫牛難看，僅是不悅地冷哼一聲。

公孫牛見石砥中冷哼一聲後便不再答腔，認為回天劍客石砥中是在藐視他，頓時一股怒火又湧了上來。

他強忍雙臂上的痛楚，大喝道：「你怎麼不說話，是不是看不起我老牛？」

西門熊冷冷地道：「公孫大俠，峨嵋派算是什麼東西，人家回天劍客有回天之能，才沒有把貴派放在眼裡呢！」

公孫牛如何能忍受得了，他氣得臉色鐵青，只覺全身血液沸騰，幾乎要漲裂血脈，他深吸一口氣，厲聲道：「怪不得我跟你說話你也不理，原來你是瞧不起峨嵋。」

話聲中，他的身軀忽然一長，有如鬼影似的，指掌交施、接連擊出三式，有似滾滾江潮，波濤洶湧翻捲而來，擊向石砥中的身上。

石砥中這時無暇和西門熊計較，只得腳跟一移，匆忙中一沉腕，斜掌將這三式凌厲的攻勢接住。

他不願和公孫牛糾纏，手腕一用力便把公孫牛甩了出去。

公孫牛陡覺一股推力湧了過來，身子便如飛的往江水之中落去，他這時借力已是無法，在空中狂吼一聲，只得任由身子往排浪濤天的江裡飛去。

「颼！」

倏地，那江邊的漁夫把魚竿抖手一甩，一縷銀線電射而出，對準公孫牛墜落的身形飛去。

那漁夫絲毫不怠慢，長竿在空中一抽一送，公孫牛的身子恍如綿絮似的落回了江岸，四周的人都不由驚呼一聲。

公孫牛驚魂甫定，額上急得汗水簌簌滴落，他撩起衣袖擦拭了一下汗水，氣得滿頭髮絲根根直立起來，他緊咬雙唇，晃身又朝石砥中撲了過來。

這時人群中突然掠出一個虯髯青面的漢子，他身懸一柄長劍，腰繫英雄絲，條條的細綠絲穗隨風搖曳。

他急步上前一把拉住公孫牛，道：「公孫兄，你先歇歇，這事交給我辦。」

公孫牛一時氣憤填膺，跳起來罵道：「誰要管我，我就罵他祖宗三代。」

那中年虯髯青面漢子面上一冷，道：「這麼說，是我華山多事了！」

西門熊惟恐自己人先起鬨，趕忙高聲道：「我們的目標一致對外，你們倆吵什麼？」

公孫牛和那虯髯青面大漢似是非常畏懼幽靈大帝西門熊，兩人對望一眼，各自默默地退了下去，要知西門熊在武林中是被列為天下二大高手之一，各派長久以來都受幽靈宮控制，故誰也不敢不聽他的。

白雲道人這時見各派都欲置石砥中於死地，他雖然也恨透石砥中，但也不願各派聯手對付回天劍客，尤其聯手攻擊一個人，這在江湖上總是件可恥的事情。

他領下白髯拂動，低嘆道：「石砥中，中原各派與你無怨無仇，你何必要追殺各派弟子，貧道雖然有意想保護你，但是……。」

回天劍客石砥中看見各派高手蠻不講理的向自己挑戰不休，心裡突然激起一股怒火，腦海裡如電光火石般閃過一個意念，忖道：

「我回天劍客自闖蕩江湖以來，何曾要人家原諒我、幫助我？若不是我澈悟人生的真理，哪會忍這麼多的閒氣，今日白雲道人語中多是憐憫之意……哼！我石砥中當真是這麼軟弱無能嗎？江湖既然不讓我走，我就繼續留在江湖裡翻滾吧！哼！他們若是再逼我，我就不客氣了。」

這個意念有如江潮似的沖擊他的心靈，使他原已消沉的雄心又復活了，他的臉上浮現一絲傲然笑意，是那麼自信又驕傲……。

他凝視著天邊變幻無窮的雲層，冷漠地道：「道長不要多說，你的好意我心領了！」

白雲道人臉色大變，勃然怒道：「想不到你這麼不識抬舉，貧道今日旨在拿下你的人頭，告祭那些死去的各派弟子，貧道首先向你討教……。」

說罷，從背後緩緩拔出一柄薄薄鋒刃的長劍，一個「白鶴亮翅」，武當絕學已經施展開來。

石砥中朝他的劍式斜睨一眼，冷冷地道：「你不是我的敵手，你們還是一起上吧！」

這話卻使白雲道人傷透了心，他在武林中地位甚尊，四十年前就已轟動武林，這次若非是石砥中連搶各派劍譜秘笈，又慘殺各派弟子於大漠，他是不會輕易再入江湖的，他自認自己劍法神通，哪知眼前這個年輕人，不但輕視他，還當眾挖苦他，確實使這個年過半百的武當高手下不了臺。

他氣得手腕一震長劍，道：「石砥中，你太目中無人了！」

西門熊見各派高手面上俱露出憤憤不平之色，他知道時機已至，眼前的人皆恨石砥中，正是發動攻擊的好時機。

他先朝那個漁夫一施眼色，才嘿嘿笑道：「對付這種人也沒有什麼道理可講，他居然不把天下人放在眼裡，自恃有兩下子功夫，我們就一起動手吧！」

那漁夫一抖長竿，喝道：「西門老前輩說得對，對付這種毒辣的狂徒是不能講仁義的，你不殺他，他就會殺你，我們惟有群起而攻之，才能保住自己的生命。」

這個漁夫語音未落，手中魚竿已飛動而起，只見一縷竿影急嘯甩出。就在電光火石間，一竿朝向石砥中胸前「乳泉」大穴上點了過去，勢快勁急，端是有幾分威力。

石砥中不知這漁夫是何來歷，只覺得他功力超絕一般手法，這一竿點來，部位非常準確，他急晃身形，身子一掠而起，冷哼一聲斜掌劈出。

那漁夫未曾料到回天劍客石砥中身形如此快捷，他只覺眼前一花，胸前便有一股奇厚的勁道斜壓而來，他變招換式已經無及，胸前一窒，哇地吐出一口鮮血，身軀倒翻而去，雙目瞪得有如巨鈴，臉上一陣抽搐，氣絕而死，滿地流淌著鮮血。

石砥中看得一怔，心頭突然震盪起來，他深知漁夫功力奇厚，斷無一掌便死的道理，腦中疾快忖道：「自己適才不過用了五成功力，這漁夫功力再差怎也不會驟然死去，這裡面顯然有人想陷害我……。」

他一念想至此處，抬頭正好和西門熊對望一眼，只見西門熊臉上浮現一層淡淡的笑意，恍如沒有看見這一幕似的。

漁夫倒地一死，立時使場中所有高手悲憤起來，這時大家有目共睹石砥中毒辣的手段，一股同仇敵愾的心理，使他們再也無法保持平靜，紛紛掣出長劍，朝石砥中的身前圍攏了過來。

那虬髯青面漢子大喝道：「石砥中，他與你有什麼不解深恨，你要一掌打死他，我華山弟子金康柏拚了性命也要殺死你。」

公孫牛這時也恨恨地道：「石砥中，我公孫牛雖然恨你，但也不願以多凌寡，但是現在見你如此凶殘好殺，我老牛也只得一拚了！」

石砥中驟見這麼多的高手同時向自己逼來，心頭也是大驚，他曉得誤會愈來愈深，不是幾句話就能說明白的，他斜睨了場外幾個人一眼，說道：「那兩位是否也要過來一會？」

靜靜凝立於場外的兩個少林高手，見石砥中此種豪情俱是搖頭，他倆本是適逢其會的被武當白雲道人拉來，這時乍見這麼多高手，兩僧互望一眼，朝石砥中搖搖頭，表示不願參與這件事。

石砥中掃視這些握著兵刃的高手一眼，共有八人之多，一股深藏於心底的雄心慢慢地滋長開來。

他仰天長笑，緩緩拔出墨劍，橫劍而立道：「我石砥中能連鬥八派高手雖死也榮，只是今日之錯，過不在我，只要石砥中僥倖不死，日後必將一一討還。」

華山金康柏顫顫揮著劍刃道：「石砥中，你認為還能活著離開這裡嗎？」

石砥中朗聲大笑道：「但願我能即刻死去，免得你們日後惶惶不安！」

白雲道人本來極不願意和這麼多高手聯手對付石砥中，但是石砥中狂人狂語以及那股驍勇善戰的精神，卻使他暗自驚悸不已，他知道這個年輕人必有異於常人的稟賦，說得出也做得到，與其留待將來，不如現在一併解決。

白雲道人暗暗一咬銀牙，臉色微紅道：「石砥中，貧道要發動了！」

他大喝一聲，劍尖倏然顫抖，泛起一道悽迷的光弧，恍如銀虹似的急射而來，森寒的劍氣，泛肌刺骨。

白雲道人劍勢啟動，劍氣瀰然，其他的各派弟子俱是一流高手，這一發動當真是石破天驚，龐大的劍光自然組合成一個劍陣，急攻而來。

石砥中料不到這些高手聯手攻擊而來的劍勢威力竟遠高於他的想像，他暗中大吃一驚，臉色逐漸凝重起來，他左手向前劈出一輩、右手墨劍電疾地刺了出去！

勁氣旋激的掌力雖然逼得那些高手退後半步，但那些無形的劍氣卻有如萬斤巨石壓了下來，以一敵八，他的功力縱是神奇，這時也無法承受得住。

石砥中沉穩的收神劍，雙手一握劍柄，長劍緩緩撤到頭頂，劍尖朝前微微斜上，兩眼注視著劍光所指之處，一道悽迷的劍弧隨著劍刃一顫而出，幻化出一蓬光雨倒灑下來。

白雲道人驚呼道：「劍罡！」

驚呼之聲才落，空中翻捲的劍光已如殞落的星石飛濺而來，群雄驟然眼前一花，一股森寒陰冷的劍芒，如雨點似的敲打在每個人的劍刃上，叮咚叮咚地一片脆響。

劍光一斂，這八大高手通通全身一顫，臉上驟然布起一層陰影，各自驚惶地躍了開來。

只見每人手中的長劍此刻俱被削為二截，八截爍亮的斷劍，深深嵌入地下，僅露出三寸多在地面，恍如八顆寒星似的閃出奪目的寒芒。

石砥中強運真力發動劍罡功夫，雖然斷去了八派高手的長劍，但也觸發了他從前在幽靈宮所受到的掌傷，他臉色蒼白，嘴角上掛著一條血絲，雙目無神地望著八大高手。

他慘然一聲大笑，腦中疾快忖思：「我以為我的舊傷不會再發作了，哪知這可恨的傷勢竟會在這緊要的關頭突然發作，看來我命該絕於此地了！」

他淒涼的一聲大笑，笑聲未歇，急忙伸手按住胸口，立刻又噴出一口鮮血，他痛得低哼一聲，幾乎要彎身蹲了下去，他額頭上立時滾落無數的汗珠。

西門熊臉上的笑意愈來愈濃，他知道要毀滅石砥中僅有這個機會，他急忙走了過來，嘿嘿笑道：「各位機會難再，這小子已經不行了！」

這八大高手雖然目無表情瞪著石砥中，卻沒有人肯出手攻擊一個身負重傷的人，因為他們八派聯手已經是件很丟人的事，若再趁勢殺了石砥中，誰也不願背這個惡名。

石砥中回身怒視西門熊一眼，道：「你！該殺。」

西門熊恍如沒有聽見似的，晃身繞到公孫牛的身旁，眼珠一轉，計上心來，附在公孫牛的耳邊道：「你還不動手，要等什麼時候？」

公孫牛尚未會過意來，驟覺臂上傳來一股大力，他不自覺的手掌朝前一推，一股浩強的剛猛掌勁洶湧而出，氣勁旋激，迸濺向石砥中。

石砥中此時無能再硬接這股大力的撞擊，他胸前一窒，一道血光翻湧而出，整個身軀倒飛掠起往江心落去。

「啊！」女人的尖叫，只聽一聲驚呼道：「砥中！」

只見石砥中的身子在水裡一翻，激起無數的水花，波濤洶湧的江浪，霎時把他吞噬了，沒入水裡。

×　×　×

群雄正在錯愕之間，一眼瞥見一個滿頭銀絲的少女，含著晶瑩的淚光，疾快地撲倒在岸邊上。

她望著混濁的水流，淒厲地喊著石砥中的名字，叫聲縷縷如絲飄蕩在空中，逐漸消逝於江面上。

西門熊突然看到東方萍趕來，心中頓時一驚，他深知東方萍和石砥中之間深厚的感情，暗中冷笑一聲，悄悄離開了現場，繞著林樹疾飛而逝。

白雲道人長嘆一聲，道：「我們可能錯了！」

公孫牛把石砥中打落江裡之後，臉上立刻湧現痛苦的神情，他望著自己的手掌，悲聲道：「我沒有殺他，我沒有殺他……。」

他這時心境惡劣異常，總覺得自己不該以這種低劣的手段殺死一個不能反抗的人，他愈想愈自覺可恥，目中竟然泛出隱隱的淚光，恨得在地上直跺腳。

東方萍淚眼迷濛搜尋著失落江心的石砥中，江中除了翻捲的濁浪外，便是飄浮在水面上的穢物木屑，突然有一種莫名的恐懼深深籠罩心頭，使她那憔悴的臉上顯得更蒼白了。

滿頭雪白髮絲隨著江風如雲般的倒灑下來，披散在她的肩頭上，如泣如訴的哽咽聲，斷斷續續飄進每一個人的耳中，連這些心硬如鐵的高手們也都暗自悲傷。

她輕拭臉上滾落下來的淚水，緩緩回過身來，在她茫然視線裡，閃現一汪淚水，她的心有如受萬針穿戳似的，痛苦地深深嘆了口氣，鬱悒悲嘆聲裡，無限辛酸，如玉的臉上泛現出無比痛苦的表情……。

一滴滴的熱淚，沿著她的臉頰滑落到手背上，一種鹹澀的感覺，停留在舌尖上，她覺得自己的心正片片碎裂著……。

她的視線逐一停留在每一個人的臉上，她恍如看見八張猙獰可怖的鬼面露出勝利的微笑，她隨著他們的笑意而顫悚，她的心靈也隨之往下沉去……沉去……。

東方萍強自鎮定心神，痛苦地道：「是誰把他打落江裡去的？」

這八大高手覺得她口氣比那冰山還要冰冷十倍，他們俱是心頭一顫，下意識覺得這個少女給他們的威脅並不下於回天劍客石砥中，因為在她眼裡的仇恨之色足以吞噬他們每一個人的意志，那是堅強有力的目光。

公孫牛天生憨直，他這時非常難過，後悔自己為何會如此魯莽，他道：「姑娘，是我公孫牛。」

東方萍冷冷地道：「你是哪一派的？」

公孫牛聞言一顫，立時想到峨嵋派的清譽全毀在他一個人的手裡，想起師門的厚恩，當真是沒有臉再活下去……。

他的嘴唇啟動良久才迸出道：「我是峨嵋派……。」

東方萍目中閃過一絲幽怨之色，她強自壓抑心裡的悲傷，輕嘆一聲，朝前走了兩步，非常沉痛地道：「半個月後，我會上峨嵋去找你，那時，我會讓峨嵋還我一個公道來，還有你們這些人，我不會放過你們的……。」

當她冰冷的目光落在這些人身上時，那八派高手紛紛打起寒噤，從這女子口中迸出的字句，恍如一柄巨錘似的敲進每一個人的心裡。

公孫牛顫抖地道：「你……。」

東方萍冷冷地道：「不要囉嗦，我現在不殺你已經是很客氣了，快滾吧！下次當心落在我的手裡。」

白雲道人低頭默默無語，黯然一聲長嘆，領著這些高手沿著江邊走了。

東方萍禁不住心裡的悲傷，哇地輕泣起來，一時思緒轉動，在她腦海中又浮現石砥中的影子。

她低聲飲泣，喃喃道：「兩情若能長久，又豈貪戀朝朝暮暮相依相偎，雖然你死了，至少我還有美麗的回憶，在我一生中，這是最豐富的歲月……當我一無所覺時，我的確是最快樂的人，可是過了今天以後，我再也不會快樂了……。」

哽咽的暗泣聲混入江濤聲中，她茫然凝立於岸旁，一動也不動，任憑淚水滾落下來。

第十四章　穿雲破霧

峨嵋風景天下秀，那青青的山脈，碧綠的蒼松，搖曳的松濤樹影，高聳入雲的起伏山巒，顯得莊嚴靜謐。

蒼穹一片蔚藍，朵朵白雲輕輕移動，像棉絮似的徐徐飄蕩在空中……。

遠方繚繞的白雲似帶，飄過挺拔的山峰，眼前嶙峋的怪石在深幽的山谷裡，靜靜躺在叢立的幽林間。

峨嵋上清宮，一排蒼松拱立在金碧輝煌的廟宇前，石階從山下一直通上廟前的廣場，寬闊的廣場地面鋪著一層淡黃色的細沙。

「噹！」

悠揚的鐘聲，從上清宮裡絲絲縷縷傳了出來，敲碎幽谷的靜謐，也敲醒了沉寂的山林。

宮內香煙繚繞，一大群和尚和幾個俗家弟子都正聆聽方丈說話，聚精會神地望著那個老和尚。

只見那個老和尚低垂雙目，濃密的灰眉不時往上輕聳，他單掌合十胸前，盤坐在蒲團上，神情肅穆地道：「佛門不幸，我峨嵋數十年來安然無恙的在平靜中度過，哪知公孫牛一時衝動，竟惹下瀰天大禍……。」

公孫牛是峨嵋六個俗家弟子中的一個，人雖憨直，卻是掌門人虛無禪師最寵的徒兒。

公孫牛此時一語不發，滿臉愁容靜立在殿旁一隅，這時大殿裡籠罩著愁雲慘霧，在每個人的臉上都看不到一絲笑意。

虛無禪師心情沉重地道：「想那天龍大帝之女武功定是奇高，她若殺上山來，我們縱是傾全派之力也難與天龍谷爭一長短。」

公孫牛這時抬頭道：「師父，這事是我引起的，等東方萍來的時候，我立刻在她面前自盡身死，想她也不會再難為峨嵋……。」

虛無禪師一睜雙目，道：「胡說，峨嵋派創始至今，哪有這種畏罪自殺的弟子，你是我最得意的弟子，竟敢說出這種話……。」

公孫牛嚇得全身一顫，急忙跪下道：「弟子不敢！」

正在這時，自殿外慌慌張張的跑進來一個小和尚，全身直打哆嗦，他臉色蒼白，顫抖地道：「不好了！東方萍、七絕神君和金羽君等殺上山來了，山下已有二十多個師兄死傷，請掌門人……。」

笑聲一停，七絕神君和金羽君莊鏞擁著東方萍，如幽靈似的出現在殿門外。

「哈哈！虛無老禿驢！你給我滾出來！」

東方萍長髮散亂，手持一柄長劍逢人就殺，那些站在殿門外的弟子，瞬息間便倒下了四個。

虛無雖然氣得全身直顫，但那唯有的一點靈智始終克制住他那沸騰的熱血，緩緩站起身來，合十道：「阿彌陀佛，女施主這樣血洗峨嵋，不知有違天和嗎？」

東方萍眸裡閃動悽迷的淚水，復仇的烈火在她心裡如烈火般的蔓延開來。她滿身鮮血，厲聲道：「你們這些假仁假義的東西，石砥中何處得罪你們峨嵋，你們竟把他打落江底，使他屍骨無存。」

虛無禪師低宣一聲佛號，道：「敝派對石大俠確有遺憾之處，但那時火在頭上，難免有所失誤，女施主何必為此而要大動干戈！」

東方萍冷笑道：「難道這樣就能了事了嗎？」

公孫牛見東方萍連殺數位同門，驚悸地望了她一眼，他自知因一時衝動而給峨嵋帶來無窮的禍患，悲痛之餘，他手持長劍，飛似的奔了過來。

他大喝道：「石砥中是我殺的，你找我好了！」

七絕神君一聽公孫牛的喝聲，頓時大怒，他厲叱一聲，怒喝道：「小子，你大概就是公孫牛了！」

要知七絕神君年歲快逾百齡，公孫牛雖然已有五十多歲，但在七絕神君眼裡還是個孩子，七絕神君本來就對普天下的和尚沒有好感，他身形一閃，單掌電疾地扣向公孫牛的腕脈上，運力一捏，喝道：「我要你凌遲至死！」

公孫牛想不到七絕神君功力如此深厚，輕描淡寫的一招，自己便落入人家手中，他痛得冷汗直流，一股深入骨髓的奇痛直鑽入心裡，使他臉上泛起陣陣抽搐。

他強自咬緊牙關，怒喝道：「七絕神君，你乾脆殺死我好了！」

「嘿！」七絕神君冷笑道：「殺你易如反掌，只是不想太便宜你了。」

峨嵋派的高手見公孫牛落進人家的手裡，俱都大驚，紛紛暴喝，杖劍朝七絕神君撲了過來。

七絕神君嘿嘿冷笑連聲，一掌揮出，數個人影立時倒翻而去，慘嗥聲霎時充滿了大殿上，峨嵋山正面臨著生死存亡的關頭。

虛無禪師目中含淚，喝道：「姑娘，你真這麼狠心嗎？」

東方萍恍如失去理智似的，她輕拭眼角的淚水，滿頭白髮根根倒豎而起，她怒極而笑道：「殺！殺！殺！殺盡你們這些賊子。」

她心恨峨嵋派中的任何一個人，手下也絲毫不留情，身形如電光石火般飛掠起來追殺峨嵋弟子，在一剎那間，連續劈倒了五個青年高手，使大殿一時變成人間鬼域。

血是紅的，人眼也是紅的。

東方萍正要繼續揮劍砍殺，忽然門外傳來一聲大喝，只見一排十個峨嵋老和尚，肅然自外面走了進來，這些和尚年紀雖老，但步履穩健，看來都有極高的功力。

虛無禪師見峨嵋派退隱的峨嵋十老出現，神情立時輕鬆不少，他忙低宣一聲佛號，沉痛地道：「佛門不幸，敝派已面臨崩潰的絕境，虛無自覺有辱職守，罪無可恕，尚請十老發落……。」

峨嵋十老都向他頷首示意，然後峨嵋派這碩果僅存的十個長老，在大殿中身形一分，各站了一個方位，把東方萍、七絕神君和金羽君莊鏞圍困在大殿的中央。

七絕神君見峨嵋十老出現，臉色立時大變，他深知峨嵋派有一套護山劍陣，威力極大，傳聞這個劍陣失傳已久，自發現這個殘缺不全的「十絕劍陣」

之後，峨嵋上代掌門便秘密授於十大弟子，並謂峨嵋非遇重大事故決不准施出，免得為武林中人覬覦。

峨嵋十老各站定一個方位後，他們緩緩從背上拔出寒光四射的長劍，霎時劍光萬丈，大殿上劍芒閃耀，森冷的劍氣如水潑出。

這十個德高望重的老和尚，各領劍訣，平劍於胸，神色凝重地同時大喝一聲，劍尖泛射起刺眼的光弧，十支長劍分向十個方位電疾地劈了過來，急嘯而至。

東方萍驟見密集的劍影在空中布成一個劍網，倒灑而落，她厲叱一聲，長劍一引，斜劈而去。

「叮噹！」

劍刃相擊，發出一聲清脆巨響，東方萍只覺虎口一震，幾乎連長劍都要脫手飛出，她大驚之下，急忙收劍回身，只見七絕神君和金羽君這時也被逼得連連倒退。

層層疊疊的劍氣瀰空而起，在空際幻成數十道銀虹，把這三個各負絕藝的高手逼得手忙腳亂，這個劍陣才施展開來，便產生出一股無形的壓力，壓得他們幾乎透不過氣來。

七絕神君抓起公孫牛往襲來的劍光擋去，大喝道：「不錯，峨嵋總算還有一套不錯的劍法。」

峨嵋十老驟見七絕神君以人擋劍，只得把激射而出的劍氣收回，金羽君覷準這個機會，抖手發出十片金羽，無聲無息射飛過去。

金光流灩的金羽，在空中如影隨形射向身形轉動的十大高手的身上，峨嵋十老大喝一聲，劍光一轉一覆之間，那十片金羽竟在瞬息間鑽進劍光裡，釘上了每個人的左臂上，頓時從他們的左臂上流下一片殷紅的血漬。

「錚！」

一縷琴韻如萬馬奔騰響了起來，媳媳餘音鑽進每一個人的心裡，恍如一柄無形的金錘，撞得峨嵋十老身形一晃，劍勢立時一緩，連他們身上的傷勢都無暇顧及了。

「錚！錚！錚！」

一連串的琴音響起，大殿上圍觀的和尚俱發出一聲低呃，痛苦地倒在地上翻滾，功力較高的則撫著胸前，如飛似的往殿外奔去，恍如遇到鬼魅。

七絕神君手撫古琴，手指不停彈奏，哈哈笑道：「虛無老禿驢，我要你們峨嵋弟子通通死在我的琴聲裡，然後一把火燒了上清宮，才能洩我心頭之恨。」

虛無禪師強自運功抗拒那縷縷如絲摧心裂膽的琴音，他臉上痛苦地一陣抽搐，急喘地喝道：「神君，你快停手！」

峨嵋十老此時竟沒有心力再發動劍陣攻擊敵人，他們急忙收攝心神，盤膝坐在地上，運功抗拒這無形的琴音，只見他們低垂雙目，額下長髯拂動，合十當胸，臉上俱是十分肅穆，顆顆汗珠如雨點似的滴落下來。

東方萍由於石砥中死於江裡，腦中始終揮不掉那悽慘的一幕，柔和的琴音飄蕩在她耳際，立時使她神智模糊起來。

她恍如看見石砥中滿身鮮血佇立在她眼前，她痛苦地低哼一聲，顫抖地道：「砥中，誰殺了你，是誰？」

石砥中沒有說話，只是指了指站在他身旁的那些模糊人影，東方萍全身顫抖，一聲厲笑，泣道：「砥中，我要替你報仇！」

她因被琴音感動而陷於幻想之中，東方萍淒厲地一聲長笑，一式「穿雲破霧」，電疾地朝著那些模糊的人影刺了過去。

只聽一聲慘哼，一個峨嵋老和尚身上已被刺中了一劍，鮮紅的血液汩汩流出，那老和尚手撫傷處，大喝一聲倒地而死，臉上浮現出死不瞑目的怒色。

「萍萍！」

這聲大喝有如巨雷似的響了起來，東方萍全身劇烈地一顫，自幻景之中清醒過來，當她眼光垂落在自己的劍刃上時，只見殷紅的鮮血，正自銳利的鋒刃上滴落下來。

她一手擲出手中長劍，抓扯頭上的銀髮，顫驚地道：「我到底做了什麼事！」

她這時心裡空空洞洞的，連一點思緒都沒有，當她才從幻境中清醒過來的時候，她又被眼前的慘象震駭住了。

「萍萍，你瘋了！」

東方萍驚悸地抬起頭來，這熟悉又慈愛的聲音已經好幾年沒有聽見了，她盈眶的淚水再也克制不住而滴落了下來，潤溼的眸子裡閃現出她爹爹的影子。

她狂呼道：「爹！」

琴音戛然而止，七絕神君緩緩回過頭來，他一眼瞥見東方剛撲進大殿，東方萍淚水滾滾，撲倒在東方剛的懷裡輕泣起來。

「天龍大帝！」

虛無禪師驚呼一聲後，面容更顯驚恐了，一個七絕神君已使峨嵋幾乎覆滅，若再加上天龍大帝，那峨嵋永遠也休想翻身了。

他低宣一聲佛號，痛苦地道：「峨嵋完了．峨嵋完了！」

× × ×

東方萍撲進東方剛的懷裡，神智漸漸清醒過來。

她輕輕飲泣著，驚悸地抬起頭來，呆呆望著情緒激動的東方剛，在那雙隱隱透著淚光的眼睛裡，她恍如看見一些失去又復得的東西，那是真摯的父愛，沒有絲毫做作的虛偽，慈祥的笑容在她眼裡是那麼熟悉……。

她有些寒悚，因為她自認沒有臉再見父親，她想起她的不孝，偷偷離家出走，只留下一個孤獨老人在天龍谷，使他飽受晚年的寂寞、孤獨、悲愴……種種心靈上的痛苦，這些打擊對一個老人而言是很難承受的……。

東方剛萬里追蹤東方萍，終於皇天不負苦心人，在峨嵋山頂上找到了她，那種心靈上的興奮絕非一個局外人所能感受的。

他激動地道：「萍萍，萍萍！」

淚水終於抑制不住自眼眶裡滾落下來，他雙手托起東方萍那蒼白的面頰，仔細端詳著，在那張清瘦的臉上，他好像又看見自己死去妻子的臉龐，霎時之間，在他腦海裡迴盪著他死去妻子的影子……。

良久，他才嘆口氣，忖思道：「她太像若萍了！」

這個內心非常蒼涼的老人，在滿布條條皺紋的臉上，顯現出一絲黯淡的神色，他輕輕拂理著東方萍那細長雪白的髮絲。

他的心陡然沉重了，有如掉進了深淵裡……。

東方剛哽咽地道：「萍萍，你的頭髮……。」

東方萍全身劇烈地一顫，彷彿被一支無形的劍穿戳過那樣痛苦，她喊聲爹爹，哇的一聲又撲進了東方剛的懷裡放聲痛哭。

多年來，在江湖上，她表現出倔強沉毅的性格，但在這一瞬之間，一點的矜持與勇氣都消失掉了。

她恢復往昔的稚弱，她投入慈父的懷裡，鬱藏於心底的悲傷，盡數的流洩出來。

東方剛噙著眼淚，摟著東方萍，輕輕拍著她的肩頭，沉重地嘆了口氣，輕聲道：「萍萍，這就像一場夢，我們都忘了吧！」

萍萍搖搖頭道：「忘不了的，這一年來，我突然懂得人生，沒有愛情的生命是痛苦的，我愛石砥中，而他也愛著我……。」

東方剛聞言，立時勃然大怒起來，他總覺得他自己美滿的家庭是被石砥中拆散的，他冷哼一聲，猛然把萍萍推開，怒道：「那個江湖浪子，到底有什麼地方值得你去愛他！」

東方萍不知哪裡來的一股勇氣，她身軀輕輕退後兩步，突然大聲道：「爹，他不是江湖浪子……爹，你不要用有成見的眼光去看他，他處處隱藏著迷人的神秘，就像那個鵬城……。」

東方剛冷哼一聲道：「你這是教訓我嗎？」

東方萍悚然驚顫，淒涼地道：「女兒不敢，你是我最敬佩的父親，我深愛著你，但我不能讓你對石砥中有所誤解。」

東方剛仰天一陣大笑，道：「誤解，誤解，哈……女兒連父親都不要了……哈！」笑聲裡極盡淒涼。

他一陣狂笑後，目光突然一冷，冷峭地望向東方萍。

無限的愛心，換得的都是失望與憤怒，誰能理解他的沮喪，東方剛默默低下頭去，無限的傷感，哦！這個悲愴的老人，誰能瞭解他的委曲呢？他眼眶中早已噙滿了淚水。

「我沒有，我沒有……。」

東方萍那雙清澈的眸子裡閃爍著淚光，她痴痴地望著東方剛那老邁的身軀，她覺得父親老了，無情的歲月已經在他的臉龐上留下深深的痕跡……。

東方剛嘴唇翕動，喃喃自語：「空虛黯淡，黯淡空虛，一切那是黯淡與空虛。」

他目中淚水直湧出來，望著大殿上的神龕，他不禁又想起逝去的愛妻，他的嘴唇囁動，呢喃著心靈上的空虛與孤獨，他已經顯得太蒼老了。

只聽他輕聲道：「我不能失去萍萍，她是我的生命……。」

東方萍上前抓住東方剛的手，泣道：「爹，孩兒錯了！」

她曉得東方剛此刻的心情，她的心裡激盪起一股孺慕之情，她渴望東方剛的親情，也乞求他的原諒。

東方剛深深嘆了口氣，道：「萍萍，我們回家吧！」

東方萍驚悸地昂起頭，她沒有回答，只希望老邁的父親從她那雙眸子裡瞭解一切，因為她的一切都毫無保留地在眸子裡表現出來……。

第十五章 南海孤雁

大殿裡沉默無聲，七絕神君和金羽君已經悄悄退到東方萍的身後，他們的心情也是十分沉重，兩人只能投給東方剛同情的眼光，其他什麼也說不出來。

虛無禪師終於打破了這死寂的氣氛，他低宣一聲佛號，合十雙掌，緩緩走到東方剛的身前。

他躬身一禮，道：「東方老前輩，令嫒是非不明血洗峨嵋，貧僧不敢怪罪令嫒，只求老前輩給峨嵋作主……。」

東方剛頷首道：「事已至此，惟有請掌門人多包涵了……。」

公孫牛適才差點把老命送在七絕神君手裡，正憋著滿肚子的悶氣，這時東方剛把事情推得一乾二淨，頓時牛脾氣又發了起來。

公孫牛臉色鐵青，上前怒道：「峨嵋雖然流年不利，也不至於倒楣到這種程度，你說得倒輕鬆，難道這十條人命就這樣算了？」

東方剛一愣，他沒想到公孫牛能說出這麼一番大道理，他身為武林前輩，自然不能一直袒護自己的女兒，東方剛心頭一沉，一時也不知該怎麼解決這件事情。

七絕神君把眼一瞪，道：「你這條蠻牛，本君沒有宰了你，已經是很客氣了，如論石砥中同本君的交情，這就要你們峨嵋雞犬不寧。」

公孫牛只因一時義憤，根本不顧自己死活，他是出了名的牛脾氣，不論你是七絕神君還是天龍大帝，任誰來他都不含糊。

他冷哼道：「七絕神君，我公孫牛殺了石砥中，該由我公孫牛償命，你們也犯不著來峨嵋逞威風！殺了人就想一走了之，我公孫牛可沒有這麼容易放你們走。」

說完，身形向前疾掠，當真攤開雙掌擋在大殿門口，恍如守門神似的站在那裡。

七絕神君冷笑道：「你不惜峨嵋遍體橫屍，儘管攔攔看。」

他這時恨透了公孫牛，臉色一冷，目泛殺機走了過去，使得殿裡群豪同時面色大變，紛紛向七絕神君逼攏過來。

虛無禪師雙目圓睜，怒道：「逆徒，快給我回來！」

公孫牛目含淚水，道：「師父，峨嵋數十年清譽毀在弟子一人手裡，我公孫牛死不足惜，但不可使峨嵋淪至萬劫不復的地步。」

虛無禪師目射精光，怒喝道：「逆徒，這事都是你惹來的，還敢再給峨嵋生事，你若不給我回來，我現在就把你逐出門牆。」

公孫牛這時激動異常，他滿臉悲憤，含著淚水道：「師父！」

他雖然有滿腔的話要說，可是驟然看見虛無禪師發怒，頓時急得熱淚直流，雙膝一軟跪了下去。

東方萍這時再也不能保持緘默，她輕輕拭去眼角的淚水，蓮步輕移，緩緩走到虛無禪師的跟前。

虛無禪師雙掌合十道：「阿彌陀佛，女施主有何見教？」

東方萍冷煞地一笑，怒道：「貴派弟子把回天劍客石砥中打落江裡而死，這又作何解釋？」

虛無禪師合十道：「石施主擊斃各派弟子，羞辱我峨嵋，這些事江湖上已經人人皆知，女施主怎麼不先思量這事的始末再作道理呢？」

東方萍料不到虛無禪師口齒如此犀利，非但不責怪峨嵋公孫牛的魯莽，倒過來反說石砥中的不該，她氣得通體微微顫抖，目中立時湧起殺意。

她厲聲笑道：「你能證明那些事確實是石砥中所為嗎？」

虛無禪師一愣，吶吶道：「這……這……。」

公孫牛身體向前一撲，怒喝道：「我敢證明。」

七絕神君隨後追了過來，冷笑道：「你這條蠻牛，本君不給你一點顏色，你就不知天高地厚，看掌！」

他性情最烈，說著當真一掌向公孫牛身上劈去，這一掌發的特別快速，掌指一翻間，掌風已激旋迸射推將而來。

公孫牛先前已吃過七絕神君不少苦頭，曉得自己要與七絕神君頡頏，那無異是自找難堪，他驟見七絕神君掌勢一發而至，不禁嚇得倒退幾步。

但這時刻不容緩，他縱是閃避已是無及，公孫牛沉肩大喝一聲，掌緣低下數寸，斜削地迎了過去。

「砰！」

公孫牛低呃一聲，身形如紙鳶似的被擊了出去，他身形才震飛而去，空中已灑下一片血雨，眾人只見他蜷曲身子朝著大殿外面落去，一個僧人急忙朝殿外奔了過去。

虛無禪師面上抽動，痛苦地道：「神君，這樣不嫌太過分嗎？」

這個終身尚佛的老禪師，只因不願捲入江湖是非，而存了息事寧人之心，他深深體會得出，今日上峨嵋尋仇的，無一不是能隻手掀翻武林萬丈波濤的高絕人物，雖然峨嵋身列武林九大門派，但也難和這批人對立。

七絕神君一掌擊飛公孫牛後，那靜立於四周的十個老和尚目含殺機逼了過來，他們左臂上各尚釘著一片金羽，殷紅的血液汩汩流出，但他們這時卻毫不留意自己的臂傷，只欲和七絕神君拚命……。

金羽君急忙手捏金羽，和七絕神君並肩立在一起。

濃濃的殺意瀰然散開，充塞於整個神殿裡，東方剛發覺有些不對，其他人也警覺出情形有異，是故群僧與眾英豪同時都在凝耳聆聽著公孫牛摔落地上傳來的聲音。

事情確實有著意想不到的變化，公孫牛被七絕神君一掌擊飛時，群僧明明看他朝殿外摔去，哪知等了這麼長的時間，非但那奔出去的僧人未見回轉，連公孫牛墜地的聲音也沒有聽見。

這麼晚更怪的是，神殿裡的眾人俱清楚地看見了公孫牛射將而出的身影，哪知在疏神的一剎那裡，沒有人知道他是如何消失了蹤影。

生不見人，死不見屍，眾人目光紛紛落在大殿門檻外面的石階上。

× × ×

「雁自南來，翅分東西頭向北！」

這高亢激昂的高唱突然自殿外傳了過來，絲絲縷縷梵唱有如一道箭矢似地射進了每人的耳鼓，震得場中各人面上同時泛起驚異之色，俱都望著殿外。

東方剛和七絕神君同時面色一變，臉上立時掠過一陣陰影，在兩人腦海裡疾快地浮現一件六十年前發生的往事，他倆駭然望著殿外，嘴唇翕動，同時喃喃道：「怎麼會是他！」

殿外突然盪起一聲清笑，只見一個身著藍布長衫的少年，雙手抱著公孫牛緩緩走了進來。

公孫牛滿嘴鮮血，胸前起伏喘息沉重，那少年在他身上連點幾處穴道，然後輕輕地把他放在地上。

公孫牛急喘呼道：「小恩人，這些你不能放過一個！」

那少年傲然笑道：「我救你可不是替你們峨嵋找場子，只不過適逢其會，在這裡會會幾位故友而已。」

東方剛臉色凝重，上前道：「這位小兄臺是打哪裡來的？」

他心驚這個少年功力奇絕，能在悄無聲息中救了公孫牛，此人年紀輕輕便身懷絕學，這怎不令他暗吃一驚呢？

那少年傲然道：「我不是前頭已經說明了嗎！你難道沒有聽見？」

七絕神君驚懼地道：「你是南海孤雁？」

少年恭肅地道：「家師已然作古，我是南海孤雁的第二代傳人。」

東方剛心頭一陣激動，顫聲道：「令師一代奇人，遽然仙逝著實令人惋惜，東方剛想不到海外一別，竟成永訣，只是六十年前那件往事已然過去，難道令師臨終前還會為此耿耿於懷嗎？」

那少年面色一冷，道：「那是一場名譽之會，關於當年那件事我不想追問，謹希望南海孤雁重返中原……。」

東方剛勃然色變道：「令師敗於老夫之手，曾發誓從此不履中原，這次你現身神州，與當年誓約徑相背違。」

那少年冷笑道：「說得是不錯，家師雖敗，但時時未忘圖雪前恥，這次我進中原，正是要向天龍大帝找回那一招之失。」

東方剛憤怒地道：「小夥子，你叫什麼名字？」

那少年輕笑道：「我是南海孤雁的傳人，仍用南海孤雁之名。」

東方剛在六十年前力鬥南海孤雁，血戰三晝夜方始贏了一招，當時雙方都是血氣之爭，南海孤雁一招挫敗之後，便發誓在未能思出擊敗東方剛那一招之前，絕不復履中原一步，哪知當南海孤雁終於思出破解那一招時，他已沒有能力再重鬥天龍大帝了。

東方剛這時心境雖老，卻是雄心未滅，他哈哈一聲大笑，道：「好！老夫就是天龍大帝，你儘可出手。」

南海孤雁不等他說完，便冷哼一聲，笑道：「我早知你就是天龍大帝，你縱是不說出來，我也要鬥鬥你，否則我遠來峨嵋做什麼？」

說完，他身形突然往前一欺，單掌輕輕一拂，便有一股掌風射了出來。

哪知他掌勢才遞進一半，便突然收招而退，冷漠地抿唇而笑。

東方剛一愣道：「你怎麼不動手了？」

南海孤雁嘴角微哂，道：「我倆相鬥非千招以上不能分出勝負，現在時間寶貴，我想你用那招『天女散花』，我也用『神火焚珠』再試試如何？」

東方剛大怒道：「小子，你是存心報復。」

南悔孤雁哈哈一笑，道：「小子不敢，只是家師臨死之前，遺命晚輩必須以這一招勝你，師命難違，只得從權得罪了。」

東方剛以天龍大帝之尊，自然不願和一個後生晚輩動手，但南海孤雁的傳人以咄咄逼人之勢，使得這個老江湖實在難以下臺。

他氣極笑道：「很好，我就看看南海孤雁到底教出什麼好徒弟來！」

他氣得髮鬚飄拂，雙目寒光一湧，盤膝坐在地上，深深吸口氣，雙目緩緩低垂下去，不多時，從東方剛鼻孔裡飛出兩股淡淡的薄霧，由淡而濃，逐漸飄散……。

東方萍看得一驚，道：「爹，你用三昧真火純氣成霧……。」

此言一出全殿皆驚，俱都面現驚色地望著東方剛，這種內功最高的境界，沒有數十年性命交修是很難辦到的。

殿裡的高手俱是識貨之人，一看就知道是怎麼一回事。

南海孤雁淡淡一笑，朝東方萍道：「你不要替令尊擔心，六十年前他能勝得家師一招，六十年後也許還能贏過在下，對他的名譽絲毫無損。」

這少年也真是狂人，他頷首微笑，雙手不斷緊緊揉搓著，此時東方剛逼氣成霧所散發出的絲絲白氣已驟然逝去，連一點痕跡都不可尋。

東方剛站了起來，大喝道：「你接著！」

南海孤雁含笑仰首望天，只見這空中成串著流下顆顆晶瑩的冰珠，緊緊相連滾落下來。

這一手當真是駭人欲絕，東方剛非但化氣成霧，還將之變為顆顆般大的冰珠，這種前所未見的奇功一時震懾住全場。

南海孤雁嘴角上的笑意突然一斂，大喝一聲，緊緊合十雙掌，倏地作了一個童子捧蓮之式，迎著流瀉而落的冰珠捧接過去。

「嘶！」冰球一落入合十的雙掌之中，立時冒起一股白氣，並傳來一陣叮咚叮咚的落珠之聲，恍如那些渾圓的冰珠激落在銀盤裡似的。

那些冰珠甫落，南海孤雁的掌心立時幻起一蓬水霧，恍如煮沸的水液，不多時，合十的雙掌裡盈滿了沸騰的水液，掌中的水滾滾沸騰，但卻沒有一滴水流下來。

南海孤雁雙目圓睜，道：「這一招你輸了。」

只見他雙掌一分，那掌中沸騰的水液驟然逝散而去，竟然點滴無存，這種逼力焚水的神技，立時震懾全場，那些峨嵋僧人同時發出了一陣驚呼。

東方剛臉上掠過一絲黯然神色，他望著殿裡的神龕怔怔地出了一會神，方始嘆了一口氣，道：「你果然把三昧真火練得出神入化，老夫深為故友能有你這麼一位傳人而高興，這一場算你贏了，令師當年的誓約從此毀去。」

南海孤雁傲然大聲叫道：「這一場晚輩僥倖勝了，卻不如理想……。」

「哼！」

東方萍見爹爹數十年盛譽毀於一旦，她的心裡不禁十分難過，她本不知南海孤雁是何許人，這時看那少年如此狂傲，頓對一股怒火湧上心頭。

她冷哼一聲，黛眉深鎖，怒喝道：「你狂什麼？這一場你認為真的贏了嗎？」

南海孤雁一怔道：「這裡有目共睹，我以體內聚煉精火焚逝掌中冰珠，這本是內家最難練的一著功夫，怎麼……。」

他人本來就長得很瀟灑，這一說起話來，唇紅齒白，臉上浮現出一層淡淡的笑容，看來他對東方萍倒沒有存絲毫敵意。

東方萍冷冷地道：「我說你輸了。」

此語一出，立時使場中眾人便是一愣，東方剛到底是武林第一高手，雖然自知這一招在功力上勝過對方，但在技巧上卻失了先機，他深具名家宗師的風度，見愛女如此強詞奪理，不由十分不悅。

他暗嘆一聲：輕道：「萍萍，爹爹輸得心服，你不要多說了。」

南海孤雁甫來中原，尚未遭遇過真正的敵手，他見東方萍口口聲聲說他輸了，一股少年爭勝之心頓時壓抑不住，他向前跨了兩步道：「你說我輸在什麼地方？」

東方萍輕輕捲起羅袖，道：「你以『肌吸膚收』之法，把水吸進汗毛孔中，認為便可瞞過我的耳目嗎？……你若不服，我這就讓你現出原形來。」

她皓腕往前輕輕一舒，駢起兩指住南海孤雁的右掌心挾去，只見她手掌才出，在雙指之間便有一縷勁風襲出，電疾地射向南海孤雁的腕脈上。

南海孤雁沒有料到東方萍會有這麼高的功夫，只覺腕脈一麻，自掌心便有一滴滴水珠流了下來。

他臉色大變，厲喝道：「賤丫頭，你施的可是白龍派的殘魂指？」

東方萍身形急晃撲了過來，斜掌向前一劈，道：「你敢罵我！」

由於心情非常惡劣，她手下絲毫沒有留情，掌勢甫動，澎湃激旋的掌風已如風雷迸發推了過去，直往南海孤雁的前胸撞到。

南海孤雁身形一閃，暴退數尺，道：「在我踏入中原之前，我以為除了天龍大帝是我敵手之外，就算回天劍客石砥中了！現在我得重新估計，把你也列入能與我匹敵的對手，適才我體力消耗甚巨，我倆改天再較量較量吧！」

說完身形一閃，便撲出了殿外，轉眼之間，身影已消逝在靜寂的山林，地上僅留下一灘水跡。

七絕神君輕輕嘆道：「南海孤雁重進中原，事情就不好辦了，可能數十年前那幾件事又要重新波及江湖各門派。」

東方剛臉上肌肉抽動，道：「南海孤雁我倒不擔心，最令人堪憂的是神水飛龍和神火怪劍，這兩人復仇之心最烈，武功也是最強，既然南海孤雁傳人已經現身了，那他倆不久當可趕來。」

七絕神君皺了皺眉頭，唱道：「粉面銀牙白玉兒，臥青草地，望明月……。大帝是否尚記得這句歌謠？」

東方剛聞聲臉色驟變，道：「神君，你是說玉面笛聖了？」

七絕神君搖搖頭道：「沒有，不過自從大漠鵬城初現之後，江湖上已起一陣新的變動，這些人早在六十年前就想得到金鵬秘笈與墨劍兩宗東西，現在石砥中身懷金鵬墨劍，這些人聞風之後，定會趕來中原查看究竟。」

東方剛長嘆一聲，沒有說話，在他心裡卻湧起無限的感慨，他拉著東方萍向殿外行去。

虛無禪師幾次欲言又止，望著這些離去的高手竟不敢再加以攔阻，公孫牛雖然憤憤不平，但卻不敢多說一句話，只能鐵青臉怒視那些逝去的人影。

「噹！」

峨嵋山上又響起蕩人心弦的鐘聲，清越的鐘聲衝破了山林的寧靜，那嫋嫋餘音拖著曳長的尾聲逐漸逝去。

第十六章　古剎紅塵

「重來江畔草仍青，人事全非猶憶新，
人間恨事知多少？天涯難遣離別情！」
多麼蕭條啊！曾以詩篇歌頌過的江畔！
多麼淒涼啊！曾以微笑映照過的江水！
斜照夕陽，清冷的晚風徐徐拂過林梢，輕拂過石砥中的臉上，他踏著蹣跚的步子，懷著滿腔愁怨，重回這埋藏著他歡樂的長江邊。
青青細柳搖曳著，茸茸小草柔軟地鋪滿地上，浪止夢遠，江邊惟有尋夢者的嘆息，幽幽傳向彼岸……。
「尋不回的記憶，就當成是一個夢幻吧！」
他時常這樣安慰自己，他也極力想忘掉另一個惡夢，但是他澎湃的感情卻掙脫理性的束縛……。

於是、他追尋過去種種，回憶夢幻似的往昔，他將感情投射於江水，將愁怨發洩於浪濤，將思念遙寄遠方……。

他永遠記得各大門派高手在長江岸邊群起攻擊他，尤其在他跌落江裡的一剎那，他清晰地記得那聲淒厲的慘叫，那是東方萍的聲音，是多麼熟悉的呼喚，如今又在他耳際響起。

他望著微波盪漾的江水，腦海中泛起無盡的往事。

石砥中凝視著波心的漩渦，喃喃道：「江湖就是一個大漩渦，只要踏錯一步，便會被捲進那無底的江水裡……這次若不是夏辰星父子救了我，恐怕我早就餵了魚了……哎！他們父子的恩情，我真不知該如何報答……。」

他輕輕嘆了口氣，雙目泛現淚影，望著浩浩江水，滿心淒涼，惆悵與徬惶……。

「重來江畔草仍青，人事全非猶憶新；

人間恨事知多少？天涯難遣離別情！」

嫋嫋餘音如浪濤拍岸似的迴盪在他的耳際，石砥中聽得心裡一陣難過，重重疊疊的思念之情壓得他喘不過氣來，他落寞地一聲長嘆，回身望了一個黝黑的少年一眼，這是他恩人的兒子黑鐵。

他苦澀地笑道：「黑鐵，你爹回來了沒有？」

這黑鐵身軀魁梧，一雙黑瞳閃出茫然的神色，他約有十五、六歲，望著石砥中搖頭笑道：「石大叔，我爹還沒回來！」

石砥中嗯了一聲，沒有說話，他能說什麼呢？他能對一個孩子說出自己心靈的痛苦嗎？他沒有辦法開口。

黑鐵呆立在那裡，過了半晌才道：「石大叔，你吟的這首詩真好聽，就是淒涼了些……。」

他還只是個孩子，不懂人間冷暖，也不曉得心靈上的那種痛苦，他哪知道這是石砥中悲愴心境的寫照，在這首詩裡，誰又知道石砥中掉過多少相思的淚水……。

石砥中苦笑道：「你能知道淒涼的感覺就不錯了！」

黑鐵愣愣地道：「石大叔，我看你好像有心事。」

石砥中恍如觸電似的，全身一陣劇震，這孩子雖說沒念過多少書，但卻非常聰明，有著超越常人的觀察力，石砥中極力克制自己激動的情緒，道：「你說我有什麼心事？」

黑鐵想了想道：「你好像在懷念一個人，並且還是個女人……。」

「女人？」石砥中喃喃道：「女人，不錯，她是一個值得懷念的女人！」

他的心好似被針尖戳了一下似的，他覺得心裡淌著血，一種無言的痛苦深深纏繞著他……，東方萍的身影如電光石火般突然浮現在他的眼前，也倒映在水面上。

黑鐵睜大眼睛道：「她是誰?你是不是很喜歡她？」

石砥中痛苦的一嘆，道：「他還是個孩子，這些事怎能告訴他呢！雖然我很想找一個人發洩我心頭的創傷，但是，我怎能使一個孩子的心靈蒙上陰影呢……。」

他急忙轉變話題，道：「黑鐵，我那天教你的功夫練得怎麼樣了?」

黑鐵臉上流露出得意的笑容，他把腦袋一拍，道：「石大叔，你不說我還真忘了呢！那天你教我那招『老樹盤根』，小三子、李小武……他們都打不贏我了，通通向我舉手投降……。」

到底還是個孩子，當有了一樣新本領，便喜歡在同年齡的朋友面前炫耀。

石砥中聞言，雙眉緊緊一蹙，道：「黑鐵，我教你功夫是讓你作防身之用，不是要你去和人家打架，要知武學之道，首在於修身立德，而非恃技鬥強逞雄，否則難以練得登堂入室……。」

黑鐵見石砥中生氣的樣子，不禁急道：「石大叔，我以後不敢了！」

石砥中面色稍緩，輕嘆道：「你先回去吧！我要在這裡多站一會兒……。」

黑鐵嘴裡滿口答應，身子卻動也沒動一下，他茫然望著石砥中，嘴角翕動了半天，才惶恐地道：「大叔，古聖賢有曰：『學以致用』，我們學了武技而不去用，那豈不是和聖賢遺教相違背？」

石砥中詫異地望著黑鐵，一時倒被問住了。

他發覺這孩子的思想早已超越他的年齡，沉默良久方嘆了口氣，沉痛地道：「我不是不要你用，而是要用在值得用的地方，比如若有人要置你於死地，那麼你當然得奮起抵抗，否則你必死在對方手裡，不過玩刀者必傷於刃，你還是要深以為戒。」

黑鐵沉思了半晌，好像是聽懂了，他含笑道：「我曉得了，大叔，我心裡有種感覺……。」

「感覺？」石砥中愣愣地咀嚼著這兩個字。

是的！他這時心靈感覺到空虛，是飄渺的，也是痛苦的，他詫異地看著黝黑臉龐的黑鐵，自從落江獲救之後，他還是第一次和這個純樸的孩子說這麼多話，哪知黑鐵每句話都深深觸動他心裡的創痕……。

石砥中輕嘆道：「你說你的感覺如何？」

黑鐵囁嚅道：「這些天來，我察覺大叔不是一個普通人，你從不談自己的往事，總是沉默地徘徊在江邊，我知道你心裡有許多事情，只是你不想說出來也不願別人去提起它，我也知道你即將要離開我們了……。」

最後那一句話低微得幾乎使人聽不清楚，但卻非常的感傷，這孩子說到這裡，目中已潸然滴下了淚水，他急忙把目光轉開，不敢望向石砥中，緩緩低下了頭。

石砥中十分感動，電快地忖道：「這孩子敦厚誠摯，雖與我僅有短暫時日相處，卻已建立深厚的感情，這種誠摯的情感在我心裡，將永遠留下甜蜜的回憶……哎！珍貴的友誼……。」

他的臉上有種離別的傷愁，苦笑道：「黑鐵，暫時的別離並不是永訣，這對我們友誼是沒有絲毫損害的，也許有一天我會離開江湖，和你們父子重聚在這個令我難忘的地方。」

黑鐵瞪大眼睛，詫異地道：「石大叔，江湖是什麼？」

「江湖……江湖……。」

這兩個字在他心裡不停翻滾，他想說出江湖的詭譎機詐，但對方僅是個初解人事的孩子，縱然為他解釋也很難讓他理解，況且石砥中實在不願意讓黑鐵這麼早就去面對複雜的人生。

石砥中正覺得不知如何向黑鐵解釋的時候，他的目光忽然瞥見從江的彼岸蕩來一隻小舟，舟上僅有一個艄公和一個身穿灰布長衫的女子，艄公輕輕搖著櫓槳，濺起翻濁的浪花，那姑娘獨自凝立在船頭上，迎著清風，滿頭的髮絲向肩後流瀉飄拂，痴痴望著天邊，竟然不言不動。

小舟緩緩激濺水浪前進，向這方駛來。

石砥中的目光漸漸凝聚，不瞬地望向那個少女，他全身突地一顫，在他的目光裡，立時閃現出這個少女的容貌，而在他心裡也同時掀起感情的波瀾。

他愣愣驚望著馳來的扁舟，腦際電忖道：「是她，我要不要見她呢？」這個意念沒有消逝，那激起水浪的小舟已經靠近了江邊，只見那個少女輕輕走上江堤，低著頭向石砥中這邊走來。

這少女頭垂得極低，非常落寞地走著，那蒼白的面頰上帶著一層淒涼的嫣紅，她恍如不覺有人在凝望她，更不知這個正望著她的人竟是石砥中。

石砥中想回避對方也已不及，他身軀微顫，但卻沒有移動腳步，只是激動地凝視著對方的臉靨……。

「果然是她！」

他嘴唇嚅動，低低呢喃著，這輕微的低語，幾乎僅有他自己能夠聽到，他的心頭頓時下沉，就像那葉扁舟蕩向茫茫的江心。

黑鐵惶恐地揮動他的手臂，急急大叫道：「石大叔，石大叔，你是不是又犯病了？」

石砥中被這焦急的呼喚驚醒，他急忙收回失神的目光，回頭望著黑鐵，在那淒涼的目光裡，充滿孤獨的憂傷，他輕輕翕動嘴唇，卻也不說出一句話來。

那個剛剛要擦身而過的少女聽得黑鐵的呼喚，突然煞住步子，但她卻沒有立時轉過身來，只是佇立不動，恍如要再證明剛才呼喚聲中的那個人是不是自己心中所想的人。

石砥中驟見這個少女停下步子，立知她已發覺了自己，他想上前招呼，可是又不知該如何開口，他僅能輕輕嘆了口氣，拉著黑鐵的手，輕聲道：「黑鐵，我的病已經好了！」

那少女全身一震，柔細的身軀突然一陣顫抖，她緩慢抬起臉來，目光已停留在石砥中的臉上。

在那雙清澈的眼眸裡，泛現晶瑩的淚珠，她荒然望著石砥中，兩滴眼淚珍珠似的從她面頰上滑落了下來，她的心裡掀起驚濤巨浪，那過去的種種重新在她腦海裡歷歷如繪地閃了過去……。

她哽咽道：「砥中，這不是夢吧！」

石砥中儘量平復自己心中的激動，他低沉地道：「這不是夢，只是人們偶然的遇合……。」

當他的目光瞥及西門婕手裡那串佛珠時，他不禁嘆了口氣，他見到西門婕尚蓄著滿頭長髮，迷惘地在她臉上掃視著，好像在尋找什麼似的……。

「你出家了？」

西門婕搖搖頭道：「沒有，師父說我與佛無緣，成不了佛門中人，所以未曾為我剃度，只因我一心向佛，是故手拈佛珠，可是……。」

她愁眉深鎖，目眶盈淚，那臉上的淒涼神色，看得石砥中心裡一陣難過，總覺得造成西門婕這一生在愛情的波折下存了出家的念頭，是件太殘酷的事情。

他黯然道：「你這又是何苦？」

西門婕悽愴地道：「你永遠不懂女人的心，它雖是難以捉摸，但惟有對愛情是絕對不變的，當把愛情交付給一個男人時，女人就像自縛春蠶般，永遠不變心……。」

石砥中見黑鐵愣愣地注視著他倆，他不願在孩子面前透露自己的往事，他伸手從懷中掏出一封信，道：「這個交給你爹，趕快回去吧！」

黑鐵目中淚水泉湧，接過信道：「石大叔，你真的要走了！」

石砥中摸著黑鐵的頭，黯然道：「我在這信裡說得很明白，你回去就知道了！」

黑鐵把淚水一抹，輕輕地道：「我和爹都曉得留不住你，鐵兒不敢存太多希望，只希望你能偶而來看看我。」

說完，含著激動的淚水，轉身如飛似的奔去，那句頗堪玩味的話，隨著他奔去的身影消逝於江邊。

石砥中愣住了，西門婕也愣住了，這孩子的表現是多麼感人肺腑，這份珍貴誠摯的友誼，著實是令石砥中感動的。

石砥中臉上流露出離別的淒涼，嘆道：「在我一無所失時，總覺得心靈上永遠是空虛的，但自從我遇見他們父子後，我空虛的心靈又漸漸充實起來。」

西門婕苦笑道：「人的感情有時候在患難中產生，有時候在平靜中培養，也有的時候是在痛苦及歡笑中滋長……當有了感情之後，你將會願為感情去掙扎、努力與奮鬥……但是，當你脫離人群而成為隱士之後，在冷僻無人的地方，你又會懷念這些珍貴的感情與友誼，思索過去的一切，懺悔你在人生旅途上所做的每一件錯事……。」

石砥中深覺西門婕說的話頗含佛理，他澈悟道：「你好像對人生有了更深一層的瞭解……。」

西門婕淒笑道：「每當我站在佛龕之前，我首先想到的是你，如果不是命運的作弄，我相信我會得到你，因此我憎恨命運之神，也永遠遺憾我遭遇到的坎坷。」

石砥中怕引起西門婕太多的傷感，道：「這些都是早已過去的事情，我們不要再談了。」

西門婕指向前方那個莊嚴的古剎，道：「我就住在那個尼姑庵裡，你若沒事，我們何不去再多談一會……。」

石砥中見她眸中流露出企盼的神色，他實在不忍違拂她的盛情，只好勉強笑道：「不太方便吧！」

西門婕搖搖頭道：「沒有關係，那裡只有一個老師父和我，她去化緣了，現在只有我一個人……。」

說完，當先領路和石砥中徒步行去。

× × ×

遠山朦朧，萬家燈火，絲絲縷縷的炊煙裊裊消逝於空際，太陽最後霞光已自大地消逝，躲進雲端裡……。

西門婕領著石砥中踏上石階，推開早已破爛不堪的尼姑庵大門，古庵雖然寂靜無聲，卻有種祥和肅穆的感覺。

石砥中隨著西門婕繞過大殿，來到一間靜舍之前，微弱的燈光搖曳著光芒從房中透射出來，使得兩人修長的身影倒映在地上。

西門婕滿臉詫異地道：「房裡的燈怎麼燃上了！」

「是我！」

房裡傳來一個男子粗獷的聲音，那半掩的房門輕輕啟開，只見有一個人背著身子坐在書桌前，這人身穿藍布長袍，正低頭聚精會神翻閱桌上的那本舊書，雄偉的背影驟然出現在西門婕眼裡，她嚇得全身一震。

這男子低頭看書，竟似不理會兩人的來到。

西門婕顫悚地道：「東方玉，你怎麼找來的？」

東方玉緩緩轉過身來，那雙眼睛裡充滿敵意，但也隱含著淚光，他朝石砥中一望，臉上立時浮現詭異的神情。

他長吸了一口氣，道：「婕妹，這些年來，我幾乎一直都在找你，總算今天讓我找到你了……。」

西門婕冷冷地道：「你找我做什麼？」

東方玉全身驚顫，臉色驟然變得蒼白，他苦笑道：「婕妹，你難道不知道我深愛著你嗎？」

西門婕心神劇震，身軀搖晃，幾乎穩不住自己的身子，她急忙扶著石壁，輕輕喘了口氣。

她冰冷地道：「我知道你愛我，但我不會和你在一起了，因為我心已死，我已看破了世間的一切……。」

當東方玉聽到她那種冰冷的語氣，心中登時一冷，他日思夜想，足跡踏遍任何西門婕可能去過的地方，都沒有找到她的蹤影，每天都沉浸在相思的痛苦裡。

他年紀雖尚很年輕，但因日夜思慕著西門婕，而顯得蒼老，他的心境也是悲哀悽涼的。

他惶恐地道：「婕妹，你真的不懷念過去？」

西門婕淡然道：「時間會沖淡愛情，現在我的心裡只有古佛青燈，這虛無塵世間的情孽對我而言都是虛偽的、自私的……。」

「不！」東方玉痛苦地道：「我是愛你的，婕妹，在這些年裡，你不知道我是何等痛苦，每當夜闌人靜，我會對著天空呼喚你的名字，總希望能用我的聲音喚起你心靈的共鳴，把我對你的愛遙寄遠方，對宇宙自然傾訴出我的愛意……。」

愛情使人變得特別軟弱，它會使你忘去自尊，不顧一切盲目的追尋……。石砥中見東方玉如此痴情，確實有些感動，也很替他感到難過，可是愛情是一絲也勉強不得的，雖然西門婕曾把感情移注在東方玉的身上，但是她的心底還是無法忘記石砥中的影子。

西門婕覺得東方玉痴情得確實使人感動，他話聲裡顯露出來的愛，縱是鐵石心腸也會深受感動，況且她心裡也不時想起東方玉以往對她的那番情意。

她淚珠滾落而下，泣道：「玉哥哥，你為什麼要找我，為什麼呢？」

東方玉滿目淚水，道：「我愛你，婕妹妹，這些年來，我沒有一刻忘記你，我曾發過誓，不管你對我如何，我都要得到你。」

西門婕突然心頭一冷，目光倏地瞥向桌上那本大乘經易佛經。

她急忙安定心神，忖道：「我的感情當真這麼脆弱嗎？我難道會被這幾句話而感動嗎？我的心早已凍結，愛雖能融化我，卻也能毀了我，與其將來痛苦倒不如現在就回絕他，免得造成以後雙方更加痛苦……。」

這個意念電光石火一閃而逝，她堅決地把臉一沉，冰冷地道：「東方玉，你回去吧！我不會接受你的愛，你我塵緣已了，不要自招痛苦……。」

東方玉不寒而慄抬起頭來，思緒紊亂如麻，他不知西門婕何以會如此堅決地拒絕他，到底是為了什麼？莫非是因為石砥中……。

頓時，攻上心頭的寒意使東方玉清醒了過來。

東方玉眼角微微瞥向石砥中，只見他正茫然望著屋頂，好像正在沉思，也好似在嘲弄著自己。

憤怒的烈火在東方玉心中熊熊燃燒起來，他目中閃過怨毒的神色，恨恨地盯著石砥中。

東方玉冷冷地道：「姓石的，你可心滿意足了！」

石砥中一怔，收回失神的雙目，道：「東方兄，你這是什麼意思？」

東方玉冷哼道：「你不要以為曾經救過我一命，便可挾恩凌人了，我東方玉恩怨分明，有朝一日我會報答你的恩情，但是現在我希望你能滾離這裡……。」

石砥中不知東方玉何以會如此深恨著自己，他愣了一愣，道：「東方兄，我石砥中給人好處從不希望人家報答我，你這種口吻，實在令人難以忍受。」

東方玉嘿嘿笑道：「你可以不要忍受，傳聞你已得到那柄名貴的金鵬墨劍，今天我東方玉願以項上人頭見識見識你的神劍……。」

西門婕急忙上前道：「東方玉，你這是幹什麼？」

東方玉見她臉色蒼白，他倒不敢魯莽，先是深情地望了她一眼，然後退後一步，道：「婕妹，這是我與他的事，請你退向一邊。」

西門婕沒想到東方玉心胸如此窄小，竟然因為自己拒絕他的愛意，而遷怒到石砥中身上，她驟然覺得心頭劇痛，深為東方玉惋惜。

她冷漠地道：「不准在我這裡動手！」

東方玉突然大笑道：「你當然不希望我動手，誰都知道石砥中是你的愛人，我東方玉算得了什麼，只不過是個……。」

「呃！」

西門婕痛苦地低吟一聲，她沒有想到一個情場失意的人心胸會如此狹窄，使她掩面輕泣，東方玉這句話深深傷害了她的自尊心，一時滿腹的委屈只有在哭泣中發洩出來。

東方玉顫抖地道：「婕妹，請你原諒我！」

石砥中輕嘆道：「你這種話太傷她的心了，她就算愛你，衝著你這種態度，她也不會回心轉意的……。」

「你滾！」東方玉怒吼一聲撲了過來，大喝道：「你滾得遠遠的，這裡不要你插嘴！」

積鬱在心底的那股恨意愈來愈濃，竟使他喪失理智，他認為石砥中奪去西門婕，霸佔了他的愛人，這次若不是石砥中又出現，也許西門婕早就回心轉意了。

石砥中被罵得勃然大怒，他冷冷地道：「東方玉，我的心情並不見得比你好，你做的事情我都可以原諒，獨對這一句話絕不能饒恕你……。」

東方玉大喝道：「你不滾，我趕你滾！」

他說到最後一個字時，電快向前躍了過來，雙掌一合，喉間低吼一聲，坐馬沉身，雙掌往外翻出。

只見一股炙人的氣體，翻翻滾滾向石砥中襲了過去，這股熱浪有如燒紅的炭火，迸激勁強，波旋湧來。

石砥中臉色驟變，電忖道：「這是什麼功夫，怎麼這般霸道？看這種威勢很像是『天雷神掌』，我自從出得鵬城後，從未用過在鵬城裡習得的那些神功，今天我何不試試！」

這個念頭他在腦中還沒閃過，那股炙人的熱浪已罩滿石砥中的身上，壓得他幾乎喘不過氣來。

他身形向空中一拔，踏前數尺，大喝道：「來得好！」

石砥中喝聲甫落，右手一翻，只見他輕輕地一揚手掌，掌緣斜削，劈出一股淡黃色的氣體迎了上去。

掌勁冷冰，恍如寒凍的冰氣迸發出來。

「砰！」

一冷一熱兩股掌風交擊在一起，發出一聲砰的巨響，兩人身形電快分開，各自暗驚對方這手從未見過的神奇功夫。

石砥中長嘆一聲，道：「東方玉，你空有這身功夫，如果不走正途，將會自毀前程……。」

東方玉冷笑道：「我這功夫練來是專門對付你的，石砥中，我承認以前武功不如你，但是現在……嘿！很難論雌雄了。」

西門婕上前擋住東方玉，哽咽道：「東方玉，你不要以為練得絕世神功，就可目中無人，縱然你武功天下第一，若沒有好的品德也難稱雄江湖……。」

東方玉驟聽西門婕如此說，登時一愣，他深情地痴望西門婕一眼，在他眸裡閃爍一抹幽怨的神色。

他淒涼地笑道：「婕妹，我要在你面前打敗石砥中，讓你曉得東方玉並不如你想像中那麼差勁，婕妹，請你讓開！」

「叮噹！」

西門婕正想答話，忽然自夜空裡傳來一陣叮噹的輕微響聲，絲絲縷縷飄進每個人的耳中。

第十七章　穿雲三鈴

「叮噹！叮噹！叮噹！」

清晰的輕微叮噹聲，有節奏地響著，在夜深之時聽來更加悅耳，石砥中臉色微變，輕輕道：「這是什麼聲音？怎麼會在這裡出現？」

窗櫺外傳來的鈴聲清脆悅耳，具有懾人心神的威力，石砥中細聽一會，立時覺察出不對！

東方玉卻神色自如地道：「這是敝友南海孤雁的『穿雲三鈴』，正在向閣下招魂呢。」

一語方畢，窗櫺外響起一聲大笑，道：「雁自南來，翅分東西頭向北，南海孤雁有請回天劍客！東方兄，你請也出來做個見證人。」

石砥中冷冷怒哼，對東方玉道：「原來是閣下搗鬼！」

東方玉冷笑道：「這不算什麼？只是給你認識一位朋友而已。」說完，冷傲地拱拱手，領著石砥中往外行去。

西門婕望著東方玉逝去的背影，氣得全身顫抖，她身形向前一躍，跟上去道：「東方玉，我總算認清你的面目了。」

東方玉苦澀地笑道：「你以後會諒解的。」

三人步出寺外，在月光下，只見一個身材魁梧的青年冷峭地立在寺前，俊秀中帶有陰氣，態度卻十分從容，身著藍色衣袍。

石砥中驟見這藍衣青年，神情不由一怔，他雖不認識此人，但見這少年態度從容，必懷有超人的藝業，否則東方玉不會邀請他來。

西門婕輕拭眼角淚痕，怒道：「東方玉，你這是什麼意思？我們之間的事犯不著找外人參加，而且這個人與我根本沒有任何關係。」

南海孤雁欣然笑道：「我算不得是外人，東方兄拉我來見見中原第一高手回天劍客，這事與你和東方兄之間並沒有關係。」

西門婕氣得怔立當場，竟一句話也說不出來。

石砥中冷漠地道：「乾坤有六隱，海外有三仙，閣下仙鄉是何處？」

那青年面色大變，道：「你果然得到大漠鵬城的秘密了，我是南雁。」

石砥中望著這個青年，心裡陡然湧起一股怒氣。

他自進得鵬城之後，得知無數武林中的隱秘，在金鵬秘笈上，他曉得當世堪與其匹敵的只有九個高人，南海孤雁便是六隱三仙之一。

他腦中電快地忖道：「若非我進得鵬城，還真認不出這青年的來歷，我身為鵬城之主，必須拚鬥六隱，擊敗海外三仙，方始能保住鵬城城主之位，蒙古先知博洛塔里雖然建造了神秘的鵬城，並自認天下沒有人能進得去，殊不知在六十年前就有一個人進得裡面，那人雖然進得裡面卻無法出來，只得把全副精神用於鑽研武技，把博洛塔里遺留下來的金鵬秘笈重新研究，而最後終老死於鵬城，我若非從小懂得陣法變化，恐怕也跟那個老人一樣出不來鵬城。」

要知石砥中並非是第一個揭開鵬城之秘的人，遠在六十年前，羅浮滅派之後，西涼派崛起江湖之前，中原出現過一個神秘人物——百里狐，他自命天下第一人，連鬥海外三仙，血拚各佔一方的乾坤六隱，最後被逼入大漠，而死於鵬城裡面。

百里狐死時前立下誓咒，只要進得鵬城第二個人便是鵬城之主，但必須要用金鵬秘笈上的武功擊敗六隱三仙，替他湔雪六十年前之恥。

石砥中斜睨南海孤雁一眼，道：「閣下找我回天劍客，不知有何見教？」

南海孤雁幼稟其師之狂妄，自進入中原還未逢真正敵手，他雖然和天龍大帝較量過身手，卻深知天龍大帝之武功還不能和自己相對抗，眼下堪與自己匹敵的，恐怕只有回天劍客石砥中了。

他哈哈一陣狂笑，道：「在下一生中只有兩件最喜愛的東西，一是神兵利器，二是國色天香的美人，傳聞你得了千古神器——金墨鵬劍，在下斗膽，請閣下把劍借在下一觀如何？」

西門婕氣得神色大變，怒罵道：「無恥！」

南海孤雁目光在西門婕臉上淡淡掃過，突然一陣狂笑，他眼角斜睨著東方玉，笑道：「東方玉，這女子還真不錯，怪不得把你弄得神魂顛倒，口口聲聲念著她呢！」

東方玉臉上一紅，呐呐說不出話來。

西門婕神情尷尬，氣得通體驚顫，竟從那雙泛淚的眼睛裡，閃現一股冷寒的殺意，緊緊盯著南海孤雁。

石砥中見南海孤雁對陌生女子如此無禮，登時一股怒火燃燒起來，他深深替東方玉難過，只因為愛情的失意而自甘墮落……。

「哼！」石砥中向前斜跨一步，冷冷地道：「閣下說話得留點分寸。」

南海孤雁與那冷煞的目光交錯，暗中不由大驚，倒退了一步，他急忙避開目光，閃躲對方的眼神，電忖道：「他的目光好冷，怎麼我會畏懼他的目光……哼！我南雁何曾怕過誰，諒他回天劍客也沒有多大道行……。」

他冷冷地道：「我命你把劍交出來，你聽到沒有？」

石砥中眉罩殺氣，怒喝道：「你作夢！」

「嘿！」南海孤雁突然低喝一聲，臉上驟地泛現陰毒的笑容，他的目光朝東方玉一瞥，道：「東方兄，在峨嵋山時，我與天龍大帝動手尚且佔了先機，這小子與天龍大帝相較，想必還差一截。」

東方玉面現驚異之色，道：「什麼，你與我父親動過手了？」

南海孤雁從沒有想到天龍大帝竟會是東方玉的父親，他和東方玉在關洛道上邂逅，兩人俱未透露自己身分，所以南海孤雁尚不知他就是天龍大帝之子。

南海孤雁愣了一愣，道：「下次遇上令尊，我會向他請罪，不過我師父一招之辱總得討回來……。」

東方玉雖有些不悅，但不願此時此地和南海孤雁翻臉，他鼻中透出一聲冷哼，目光朝石砥中一瞥，道：「這事以後再談，眼下之事要緊。」

南海孤雁頷首笑道：「極是，極是，回天劍客不顧江湖道義，搶走東方兄未婚妻之事，我南海孤雁必替你討回這個面子。」

「你胡說什麼？」

石砥中驟然聽見南海孤雁說出這種不堪入耳的話來，登時大怒，他這時憤怒異常，實在無法再忍受對方無理取鬧，身形往前疾躍，喝道：「閣下不明是非，休怪在下得罪了。」

語聲方畢，南海孤雁身邊的東方玉忽然默不吭聲閃身撲來，他滿臉猙獰，嘴角噙著冰冷的笑意，厲聲道：「石砥中，婕妹一日不回到我身邊，我一日不放過你。」

西門婕驀地抬頭，冷冷地道：「我永遠不會再愛你。」

她在海心山時，東方玉因療傷而和她日久生情，那縷情感至今尚未褪色，但東方玉因為得不到她全部的愛，竟變得喪心病狂，把人性醜陋的面目都顯現出來，西門婕看得心神皆傷，沒料到東方玉會是這樣的人，著實傷透了心……。

東方玉斜掌一立，喝道：「我既然得不到你，我們就玉石俱焚吧！」說罷厲笑大聲，他飛身向前，斜舉右掌，緩緩往石砥中胸前推了過來，頓時一股掌風迸激而出。

他這時心中的憤怒有似燎原之火，不斷延燒著，直使他血脈賁張，把全身的功力都蓄發於這一掌之上。

石砥中目注東方玉這一掌來勢，凝聚於嘴角上的笑意突然一斂，滿面凝重之色，他冷哼一聲，身形倏退三尺，丹田真氣運到左臂，勁道蓄於掌心之中。

剎那間，他鬚髮齊豎，渾身衣袍鼓起，含蓄於掌心中的那股真力，對準東方玉襲來的掌勁迎了上去。

倏地，南海孤雁大喝道：「石砥中，你可敢傷害東方玉？」

這聲暴喝離距石砥中身前不足七尺，是以喝聲一發，石砥中微微分神，不禁收回二成功力，而分神注視南海孤雁的一舉一動，但是這時雙方掌勢已發難收，迸激撞向對方。

「砰！」

東方玉悶哼一聲，身形踉蹌倒退三步，他只覺胸前氣血起伏，半條手臂都被對方掌勁震得抬不起來，心裡大驚，腦中電忖道：「我這次本以為石砥中將不是我的對手，哪知我縱然練好千古神掌『天雷掌法』，還是無法和他一爭長短，看來我東方玉當真是贏不了他了。」

意念未了，南海孤雁身軀驟地往前一躍，目光在東方玉臉上一掃，見他並沒有受傷的跡象，南海孤雁長吁口氣，回身怒視石砥中，喝道：「你還好沒有傷著他，否則我就要你血濺七尺……。」

他自己也不知道為何會說出這一句話，只覺得東方玉氣度不凡，和自己深為投機，內心非常欣賞這個朋友。

「呃！」哪知南海孤雁話聲方逝，東方玉突然低吟一聲，臉色驟地蒼白，哇地噴出一道血箭，身形搖搖晃晃，幾乎要仆倒地上。

南海孤雁和東方玉相距僅隔數步之遠，東方玉這一口血雨灑落，倒濺得南海孤雁滿身是血，他勃然色變，登時一股怒火自臉上泛現出來，恨恨地望著石砥中。

西門婕也未曾料到東方玉會被石砥中這一掌擊得身負嚴重內傷，她雖極為痛恨東方玉今日的行為，但藏於心底的那一絲愛意，使她始終關懷著東方玉。

她全身微微一顫：「砥中，你打傷他了！」

石砥中利用渾厚的掌勁震傷東方玉之後，陡然覺得有一股悔意湧上心頭，他對東方玉雖沒有好感，但也沒有惡意，這次若不是東方玉一意孤行，他是不會和他動手的，因為石砥中心裡多少還顧念著東方萍的情面。

他深深嘆口氣，冷漠地道：「剛才他若靜下心來阻遏翻湧的氣血就不會受傷了，他被我震傷之後，還想要妄動真力，準備和我再作一拚，才使得傷勢發作，這只能怪他自己……。」

他此時心境悲涼，不禁對任何事情都看得非常淡薄，縱是西門婕曾經在他心底烙下愛痕，他也無法再使那冰凍的心再熾熱起來。

南海孤雁目光停留在石砥中的臉上，突然心頭劇烈震盪了一下，只見石砥中那冷漠的臉龐上突然泛出一股令人駭懼的神色。

當他的視線緩緩又瞥向面色蒼白的東方玉，登時一股憤恨的殺氣掠過南海孤雁的臉上，厲聲道：「石砥中，你也接我一掌試試！」

他一揚單掌，身形移處，迎面就是一掌劈去。

石砥中低哼一聲，雙膝微蹲，右臂急揮，霍地迎了過去，這一掌他存心試探南海孤雁的功力，掌上用足了六成勁道，挾勢激射而去。

「砰！」

一聲震耳欲聾的巨響，南海孤雁身形微挫，腳跟後退半步，右掌向上一翻，猛地向前疾跨一步，又是一掌劈出。

掌勁相交，立即又是一合，在這一分一合之間裡，南海孤雁連劈三掌，石砥中也硬接了三掌。

「啪！啪！啪！」一連三聲巨響，直將整個夜空都震得幾乎要坍塌下來，迴盪的掌風氣勁旋激，波浪形的氣流旋激成渦，震得周遭樹枝上的葉子片片落下，斜飄捲去。

西門婕看得暗暗心驚，惶悚地忖道：「像這樣的硬劈硬接，就是百練精鋼也會被擊成碎片，真不曉得砥中何以值得和南海孤雁拚命！」

她看了看地上那些落葉，已瞥見東方玉搖晃著身軀，重重喘著氣向她走來，雙方相距六尺之遠，突然煞住身勢，以奇異的目光望著她。

雙方齊都心頭一震，互相對望。倆人心中這時同樣泛起一股難以形容的痛苦，臉上同時表露出一種極為悲傷的神情，在目光裡漸漸流下諒解對方的淚水……。

東方玉輕輕呼喚著：「婕妹！」

西門婕淒涼地道：「你趕快坐下療傷。」

她不願再勾起心中的感傷，急忙把目光移至場中互相對峙的倆人，當她將頭緩緩移動的時候，兩行眼淚已滑落至面頰上，夜風輕拂，有種冰涼的感覺……。

東方玉望著西門婕那種哀傷欲絕的樣子，心頭突然激動起來，他方待舉步走上前去，喉間氣血陡地湧出，一絲血漬自嘴角淌了下來，他心中大駭，急忙盤膝坐在地上運功壓制住那向上噴湧的氣血。

「嘿！」南海孤雁此時臉色蒼白，望向沉著如恆的石砥中，他重重喘著氣，低喝道：「石砥中，我南雁今天非要殺死你不可！」

石砥中見這青年爭強之心並不亞於自己，而那身功力若非自己，實難有人能夠接下這渾厚的三掌，他深吸口氣，勁氣倏地貫滿全身，衣袍隨之鼓起。

他冷冷地道：「你認為有這個可能嗎？」

南海孤雁怒吼道：「不信你就試試！」

他深吸口氣，大步跨前，暴喝一聲，自背上緩緩拔出一柄璀璨的長劍，斜指石砥中。

石砥中嘴角一抿，臉上頓時瀰漫起一股殺意，他肩頭微聳，肩後墨劍便已握在手中，神劍平胸斜指穹空，注視著南海孤雁那準備發動的劍勢。

南海孤雁低喝一聲，手中長劍斜灑而出，劍尖顫動帶起片片寒光，一連幻成七個劍花，劍氣瀰空，長劍方始斜削而來。

石砥中沒有料到對方這詭異莫測的劍式，有似驚虹閃爍，乍閃即至，斜削自己的肩頭。這種快捷的劍法，絕不亞於當今各派鎮山劍法。

石砥中冷哼道：「好一招『摘星擲月』！」

他腳下輕移，閃退一步，劍式斜劈，直往對方劍刃上擊去。

誰知對方身形突地斜傾，劍式微閃，一點寒光陡然跳起，竟往他「臂儒穴」上射到，快捷凌厲。

南海孤雁這一式來得迅捷無比，變招之際，宛如羚羊掛角，飛鴻探爪，沒有絲毫痕跡可尋，劍光微閃，劍刃便已逼到石砥中手肘之上。

石砥中心頭一沉，左肩急聳一劍倏刺而出，直往對方劍柄上劃去。

他這一劍乃是金鵬秘笈裡的絕技「金蛇吐信」，劍氣尖銳如錐，「叮！」的一聲，擊在對方劍柄之上，將對方劍刃擊起五寸火花彈躍而逝。

南海孤雁驚啊一聲，劍刃一撤一顫，霎時劍波泛起，光影片片，罩住石砥中胸前七處大穴。

「嘿！」石砥中手握神劍，突然往外一劃，空中閃過一大片光弧，南海孤雁疾襲而來的七縷劍氣頓時被擋拒在數尺之外。

「叮噹！」南海孤雁立時只覺手中長劍一輕，只見長劍被對方的神劍絞得斷為數截，手中僅餘下劍柄。

他臉色大變，道：「你……。」

石砥中淡淡笑道：「這只是一個小教訓，若不是你退得快，這一劍準要你的命。」

南海孤雁厲喝道：「石砥中，你在招式上未必能贏得了我，總有一天，我也會找到一柄神劍，讓你敗在我的劍下……。」

說完，回身就往黑夜中奔去。

東方玉雙目圓睜道：「南雁！」

南海孤雁非常洩氣地道：「東方兄，我們再會了！」

東方玉目注南海孤雁離去的身影，長長嘆了口氣，他站起身來，緩緩走到西門婕的身前，輕聲道：「我暫時把你交給石砥中，等我有一天能打敗他的時候，我再把你接回我的身邊，婕妹……。」

石砥中聽得心頭劇震，急道：「東方兄，你乃聰明人，當知其中誤會，我不會和你爭奪西門婕，我的心中只有萍萍……。」

他悲戚地一笑，身形陡然斜飛而起，好似一隻大鳥，往夜空撲去。轉眼之間，沒入黑夜裡。

冰冷的夜，颳起陣陣寒風……。

東方玉愣愣地站在昏暗的月光下，痴望著西門婕彎彎的眉眼，發出一聲沉重的嘆息。

西門婕淚痕滿面，衣袂輕輕飄起，心頭泛現萬千愁緒，輕輕拭去眼角的淚水。

月斜星疏穹空無語，兩人沉默地站在黑暗裡……。

第十八章　弱水飛龍

晨曦自層層薄雲後，閃露出淡淡曙光，朝陽尚未升起，這是一個寧靜的黎明。

石砥中踏著清晨的露珠，緩緩走出長巷，將那平鋪整齊的麻石地拋在身後，就像黎明也將黑暗拋於身後一樣……。

溼濡的靴子上沾著幾根草屑，石砥中迎著沁涼的晨風，舒暢地深吸了一口氣，轉向左側的一條小河道而去。

晨光灑落在他身上，一條挺直的人影斜落於地，他背上背著長劍，劍柄泛著閃爍的金光……。

劍穗晃動，流蘇搖顫，石砥中一個箭步便躍向河中的那塊大石上，修長的人影立時倒影於波光粼粼的水面上，隨著顫動的波光而搖晃……。

俯望潺潺流水，他的目光盪漾，那連綿不斷的浪花，一個個起來，又一個個逝去了，彷彿啟示他生命的真諦……。

「往者已矣，逝者已去！」他感慨地道：「這就是人生，正如昨日我又見到西門婕，而今日我卻孤獨地站在河中的大石上，誰又能預知我們下次再會面的時間和地點呢！」

他淒涼的放聲狂笑，那河中的倒影隨著蕩起搖晃的波紋，連一絲痕跡都沒有留下，消逝無蹤。

石砥中望著水面倒映的身影，黯然搖頭輕嘆道：「這些惱人的事情，我去想它作什麼？在我僅餘的生命裡，我應當為自己的前途而努力。」

他身形有如一隻大鳥，輕輕一點地面，躍身飛上河岸，他的靴子方落地面，已沾上一片水漬。

清涼的晨風拂在面上有些沁人的寒意，他輕輕嗅著晨間青草散發出來幽馥的香味，洗淨了他心中鬱藏的那股濁悶……。

「唏唏唏！……。」一連串的馬嘶衝破了晨間的靜謐傳了過來，石砥中正待移動身軀向前行去，驟聞一陣熟悉的長嘶聲，不禁一愣。

他凝神聆聽了一會，不由道：「這不是大紅的聲音嗎！是牠……。」

他有如發現異寶般，迫不及等向前躍去，但這時晨霧未褪，遠處都是白茫茫的一片，他根本無法看清那汗血寶馬的蹤影。

石砥中急忙揚起一指，撮指在唇上吹出一聲響亮的口哨，那尖銳的口哨聲立時響遍漠野，遠遠傳了出去。

「噠噠噠……。」急驟的蹄聲在薄霧繚繞中清脆地透了過來，接著在那霧影裡響起一聲高亢的馬嘶，愈來愈清晰。

淡淡的雲霧中漸漸透出一點紅影，汗血寶馬恍如天馬行空般踏著曙光似的，冉冉落在石砥中身前，牠嘴裡尚噴著絲絲的白氣。

牠宛如一個孩子似的，歡呼一聲，昂著頭不停地在石砥中身上摩挲著，伸出了長長的舌頭舔著石砥中的面頰、鼻尖、嘴唇……。

石砥中激動地撫摸著牠身上的鬃毛，輕輕拍著牠的額頭，道：「老朋友，我們許久不見了！」

汗血寶馬深具靈性，恍如聽懂主人話聲似的清越地發出一聲長嘶，竟然前蹄向前一仆，跪倒在石砥中的面前，輕輕喘著氣。

石砥中摟著牠，臉頰貼在牠頸項上，道：「大紅，大紅，這些年來我想死你了！」

牠晃著頭，搖著長長的尾巴，銅鈴似的眼睛凝視石砥中的臉龐，望著牠尋遍整個大漠都沒有找到的主人。

牠好像有許多話要和闊別多年的主人說，可惜牠沒有辦法表達出來，只能深情地望著石砥中。

汗血寶馬在地上翻了一個滾，繞著石砥中行走了數匝，不時低頭衝擦著他的身子，還輕輕咬著他的衣袖，搖晃著長長的馬臉……。

牠似乎無法寧靜下來，不時發出低沉的長鳴，身軀毫不歇止地跳躍著，好像要拉著石砥中離去。

石砥中和牠情感深厚，深解寶馬的靈異，見牠這種急躁的樣子，他撫摸牠的額際道：「老朋友，你想要幹什麼？」

牠只是晃動著身軀，搖著尾巴，在石砥中面前緩緩踱了幾步，突然躍起身來，向前面奔去，走了沒有多遠，又回身奔至石砥中的身前，竟然張開嘴咬住石砥中衣角向前拉扯著。

石砥中不解地道：「大紅，你不要胡鬧！」

他低頭沉思一會，也覺得寶馬這種怪異的舉動發生得太突然，他跟著牠走了幾步，忽然笑道：「老朋友，你原來是要我跟你走……。」

石砥中朗聲大笑，身軀輕輕飛躍而起，輕鬆地飄落在神駒身上，牠長鳴一聲，身形倏然向前飛奔躍去。

石砥中身形甫落在牠背上，耳際已響起呼呼風聲，他只覺得恍如置身搖籃裡，又好像騰雲駕霧，翻騰於空中，隨著清風翱翔於無際的蒼穹……。

頓時，一股雄心自心底盪漾而起，使他覺得自己又恢復當年那種英雄氣魄，萬丈豪情激越而出……。

紅雲穿霧衝去，人馬如電急馳。

在石砥中眼前又浮現出自己單人一騎馳騁於大漠裡的種種往日情景，這匹千古神駒曾馱著他翻過無數山頭，奔馳數千里路，也曾衝殺於戰場，力敵過無數高手……。

石砥中每當面臨生命厄運挑戰時，牠始終不離身旁，使石砥中得以化險為夷，安然度過死神的考驗。

牠的神異曾使石砥中驚奇不已，他輕輕拍著汗血寶馬，拭著牠身上沁發出來的血汗，他的腦際又迴盪起那些往事……。

他清晰記得在大漠裡被西門熊父子萬里追蹤，若非汗血寶馬拚死衝出重圍，他也許早就死在漠野，永遠休想進得鵬城，更別提揭開那千古神秘……。

他的思緒飛快轉動，過往的事蹟片片呈現在他的眼前，好似這些事情才發生沒有多少時間……。

石砥中正在低頭默想心事，神駿威武的寶馬突然一聲低鳴，他全身驚震，急忙從沉思中清醒過來。

他緩緩抬起頭，目光穿過翻盪的薄霧，朝前方望去，在那繚繞的霧靄裡，他僅能看見那些翠綠的樹影，斜插於雲端的飛崖，俯視腳下流泉湍急地流下山谷，盪濺起顆顆迸激的水珠，潺潺流水聲隱隱傳了過來。

神馬翻山越澗，奔馳了將近一個時辰。

石砥中詫異地忖道：「大紅到底要跑到何時為止……。」

他漸漸覺得有些不對勁，他發現牠奔行有一定的方向，馳過了一個怪石嵯峨的山谷，又落回平坦的大道。

朝陽自雲端探出臉龐，條條縷縷金焰溫柔地灑落下來，薄霧在陽光下悄悄褪逝。

石砥中愛憐地笑道：「老朋友，你也該歇歇了！」

牠悲鳴一聲，回頭望了石砥中一眼，身軀前衝，速度更加快了許多。

石砥中愕了愕，忖道：「看大紅這種焦急的樣子，不像是載著我戲逐於山水之間，雖然我們久別重逢，牠可能由於過分興奮而放蹄狂奔，但也不可能如此……。」

沉重的蹄聲清脆地響徹了靜謐的晨間，黃土地上濺起一片塵土，飄射至空中又緩緩散落下來。

石砥中許久沒有這樣暢快地奔馳過了，他哈哈一陣震澈穹空的大笑，迎和著神馬的長嘶，遍傳大漠四野。

× × ×

「嘿！」

空中突然傳來一聲低喝，石砥中微感詫異凝望著發聲之處，只見在一個山坡之上，有兩條人影互相追逐兩人，行動如電，幾乎難以看清這兩個人影是男是女。

石砥中駭異地忖道：「看這兩個人的出手招式，簡直算得上是一派宗師，想不到我再出江湖，所遇盡是身懷絕藝的高手。」

他跨下坐騎沒等他吩咐，就縱身躍了過去。

石砥中飄身斜掠飛起，悄悄落在山坡上，當他目光才聚落在場中拚鬥著的兩個人身上時，他驀地瞥見盤膝坐在地上的另外兩個人。

石砥中看得心中大震，忖道：「這不是七絕神君和金羽君莊鏞嗎？怎麼，他倆都受了傷，是誰能同時挫敗這兩個絕世高手？」

只見七絕神君柴倫和金羽君兩人面色蒼白，嘴角不時溢出條條血漬，神色凝重地望著場中搏鬥的人影。

滿身淌著汗血的寶馬輕嘶一聲，立即驚醒了七絕神君和金羽君，兩人的目光才投落在寶馬身上，忽然瞧見石砥中已激動地站在兩人身前。

「啊！石砥中！」金羽君發出一聲驚呼，難以置信地緊緊盯在石砥中身上，目中盪起雀躍的神色。

七絕神君激動地站了起來，道：「砥中，真是你！」

石砥中禁不住心裡的驚喜，上前握住七絕神君的手，道：「神君，我們許久沒有見面了！」

七絕神君只因過於激動，使得正在胸頭翻湧的那股氣血哇地噴了出來，一蓬血雨如水灑出，滴滴濺落在地上。

石砥中看得大驚，急急問道：「神君，是誰把你們打傷的？」

七絕神君重重喘了口氣，強自壓制住幾乎又要噴灑出來的氣血。

他臉色蒼白，深吸口氣，道：「你不要管我，快去把萍萍換下來，她不是那個人的敵手。」

「萍萍！」

石砥中嘴唇輕輕翕動了一下，喃喃低語著東方萍的名字，這突然而來的消息，使他心神劇烈地震盪起一股辛酸的喜悅，他幾乎不敢相信場中那個奮力掙扎的銀髮少女，竟會是他心底思念的愛人！

石砥中茫然愣立在那兒，突來的驚喜掩蓋了他的思想，他竟然像沒有知覺般呆立著……。

複雜又難以分辨的種種滋味，在這剎那間，通通湧上他的心頭，他竟不知是苦、是澀、是甜、是酸、是辣……他只知道自己的身子在飄浮，心情在起落……。

七絕神君驟見石砥中面上那種忽驚忽憂的神情，深知一對戀人久別重逢的感受。

七絕神君黯然搖頭，忖道：「真正的愛情不怕任何阻撓，哪怕千關萬水遙遙相隔，那一點靈犀還是會把他們聚在一起……我當年和她那種離別的苦楚，不正和他們表現出的一樣嗎！」

他想起自己年輕時戀愛的滋味，回憶起來還有種惆悵襲上心頭，事隔這麼多年，他還是無法拋卻她的影子，時時在獨自沉思的時候，想起她來……。

七絕神君輕輕推了石砥中一下，急切地道：「砥中，萍萍不能支持了！」

「啊！」石砥中的神智突然被喚醒，他身形電快地拔掠斜飛而起，驚呼一聲，沉聲喝道：「住手！」

這聲巨喝有如霹靂似的在空中迴響起來，震得沙石飛濺，斜坡上幾株孤零的小樹被斥喝聲震盪得枝頭晃動，樹葉片片簌簌抖落下來。

場中兩人正在凝神聚氣的攻擊對方，忽聞這有若巨雷迸發的喝聲，震得他們身形一晃，各自飄身退了開去。

只見東方萍那頭蓬亂銀絲根根流瀉飛起，在她那略顯蒼白的臉上泛現顆顆汗珠，她香肩晃動，胸前起伏，隱隱有喘息聲傳出。

她微感詫異，回頭正望見自空中撲來的石砥中，全身忽然一陣劇烈的顫抖，在那帶有濃濃哀愁的眸瞳裡，逐漸浮現晶瑩的淚光，奪眶湧出淚水……。

石砥中從她的眼睛裡忽然發現那些幾乎以為失去的東西，對方的眸子裡泛射出的愛意，似乎竟比往日還要濃厚，他不自覺地融化在她充滿愛戀的眸瞳中……。

他激動地呼喚對方的名字，道：「萍萍！」

「砥中！」

東方萍也輕輕呼喚著她愛人的名字，她忘記適才拚鬥的勞累，帶著滿面淚痕，語聲哽咽疾快地向石砥中躍了過去，撲進他的懷抱裡……。

此時無聲勝有聲，萬般相思在淚中，兩人緊緊擁抱對方，這個世間好像沒有東西能再把他倆分開，兩顆熾熱的心凝結為一……。

「哈哈哈哈！」

連串的大笑聲響徹耳際，正沉醉於溫馨甜蜜中的石砥中和東方萍，立時被這陣嘲笑聲驚醒過來。

石砥中回頭瞥見笑意未斂的那個中年黑衣漢子，一股冷煞之氣立時從他眉宇間浮現出來。

他冷冷地道：「有什麼事值得閣下如此大笑？」

這漢子濃眉大眼，薄薄的嘴唇，雙目寒光如電，往石砥中臉上一掃，冷哼連聲，嘿嘿笑道：「我笑兩個不知羞恥的男女，在光天化日之下做出這種親熱的樣子，中原禮義之邦豈都像閣下……。」

石砥中忽然正色地道：「愛出乎於心發乎於外，真正的愛情是沒有虛飾，沒有隱藏！兩心相悅，親熱正是愛的表示……。」

那漢子一怔，道：「這是男歡女愛！」

石批中冷笑道：「你這個卑鄙的傢伙，竟敢冒瀆愛情，一個沒有嚐受過愛情的人，正如一塊沒有靈性的頑石，在它的生命裡沒有火花、沒有色彩、沒有希望、沒有回憶……當它被擊碎時，化為土屑任人踩踏，永遠無聲無息地受著風雨的侵蝕，閣下豈能懂得愛情是什麼？」

那漢子面色冰冷，道：「閣下少發宏論，我可不是來聆聽愛情的學問。」

石砥中冷冷地道：「那麼你給我滾到一邊去，這裡沒有你說話的地方。」

那漢子一愣，旋即怒道：「閣下是誰？竟敢對我弱水飛龍說這種話。」

石砥中見弱水飛龍能接連擊敗七絕神君和金羽君這兩大高手，頓知這漢子不是普通易與之輩，僅從弱水飛龍那份沉穩的架勢上，就知道他具有深厚的功力。

石砥中跨前兩步，道：「我是回天劍客石砥中，閣下總該有過耳聞吧！」

弱水飛龍一聽他就是名震遐邇、素有回天之能的回天劍客石砥中，頓時驚得心中一顫，他肅然收斂起臉上狂妄的笑容，道：「幸會，幸會，我對閣下的事蹟聽得太多了，這次奉家師之命，特地從海外趕來這裡會會閣下！」

石砥中微感意外地道：「令師何人？」

弱水飛龍高聲道：「龍從海起，眼觀日月口朝天……閣下倘若真從大漠金城裡出來，就會知道我的來歷。」

石砥中冷哼道：「你是海外三仙的傳人，怪不得敢目中無人！」說罷身軀向前一躍，曳著袍角電閃般搶先攻出三掌，這三掌快若閃電，發時沒有一絲風聲，但每一掌都拍向對方致命之處。

弱水飛龍神色大變，身形電疾晃開，閃避暴退五尺，這三掌他雖然躲得快，那掌緣還是劈在他身上，但他沒有受到絲毫損傷。

他茫然道：「你怎麼不出手傷我？」

石砥中目光一冷，道：「要殺你太簡單了，只是我不願那樣做，剛才三掌是試試你是否真是海外三仙之後。」

弱水飛龍一聽大怒，厲喝道：「石砥中，你自認那三掌能要了我的命嗎？哈……你也太小看三仙的傳人了，來，來，我們拚拚看！」

他此時憤怒異常，恨不得一掌劈死石砥中，他深吸口氣，雙掌斜立於胸前，凝神望著石砥中。

石砥中目光在他身上輕輕一掃，道：「你連鬥三人，體內真力消耗過巨，我不願在這種情形下打敗你，待你恢復功力之後，我倆再動手好了。」

說罷，轉身扶著東方萍，向七絕神君立身之處走去。

東方萍輕輕拂理著飄亂的銀髮，幽幽嘆了口氣，道：「砥中，你的豪氣著實令人心折，這個弱水飛龍並非尋常之人，他擊敗七絕神君，又劍傷金羽君，剛才若不是你適時喝止，我也許已傷在他手裡呢！」

「喂，石砥中，你等一下再走！」

石砥中正要開口答話，忽聽身後弱水飛龍傳來憤怒的大吼，他一煞身形，回頭冷冷地道：「閣下還有什麼事？」

弱水飛龍低喝道：「你說得非常有理，我現在就以最快的速度調濟我身上耗損的真力，在一盞茶的時間後，我倆再交鋒。」

說完之後，他身形斜掠而起，向斜坡下那一塊長滿青苔的巨石上躍去，他深深吸了口氣，盤曲身體倒臥在那塊石頭上，居然呼呼地睡著了。

石砥中看得心頭大驚，詫異地忖道：「他連海外『龜息大法』都練成了，那這人一身功力豈不是比南海孤雁還要厲害！」

東方萍卻不知石砥中腦海中在這瞬間閃過無數個念頭，她凝望石砥中那股威武凜然的樣子，心中一震，往昔的回憶齊都泛上腦海，恍如幻影似的閃過……。

她目眶中盈滿淚水，目光聚落在他的臉上，那英挺的鼻樑、彎彎的濃眉、薄而翹的嘴角弧線上那層隱約的笑意，永遠使她迷醉，永遠吸引著她……。

請續看《大漠鵬城》6　冷月孤星

風雲武俠經典
大漢鵬城【五】劍氣沖天

作者：蕭瑟
發行人：陳曉林
出版所：風雲時代出版股份有限公司
地址：10576台北市民生東路五段178號7樓之3
電話：(02) 2756-0949
傳真：(02) 2765-3799
執行主編：朱墨菲
美術設計：許惠芳
業務總監：張瑋鳳

出版日期：2025年9月
版權授權：蕭瑟
ISBN：978-626-7695-06-7
風雲書網：http://www.eastbooks.com.tw
官方部落格：http://eastbooks.pixnet.net/blog
Facebook：http://www.facebook.com/h7560949
E-mail：h7560949@ms15.hinet.net
劃撥帳號：12043291
戶名：風雲時代出版股份有限公司

風雲發行所：33373桃園市龜山區公西村2鄰復興街304巷96號
電話：(03) 318-1378
傳真：(03) 318-1378
法律顧問：永然法律事務所 李永然律師
北辰著作權事務所 蕭雄淋律師

行政院新聞局局版台業字第3595號 營利事業統一編號22759935

國家圖書館出版品預行編目資料

大漢鵬城／蕭瑟 著. -- 初版. -- 臺北市：風雲時代出版股份有限公司, 2025.08
冊； 公分

ISBN 978-626-7695-06-7 (第5冊：平裝). --

863.57　　114003702